Le Poignard du Sourire

A mon ange gardien,
A ma famille,
A mes amis

© 2021, Aude Julien

Édition : Books on Demand,
12/14 rond-Point des Champs-Elysées, 75008 Paris
Impression : BoD - Books on Demand, Norderstedt, Allemagne
ISBN : 9782322198306
Dépôt légal : février 2021

Préface

Une vengeance, un jugement, une peine et de la douleur. Voilà comment le monde se définit aujourd'hui et compte se placer dans l'obscurité. Pourtant, il est libre de ses actes et a et aura toujours le choix.

Aujourd'hui, les gens se croient humbles en se rabaissant, refusent gentiment des compliments. Comme Hercule Poirot le dit : « Je le reconnais, je suis un homme extraordinaire. » L'humilité n'est pas se rabaisser, mais se reconnaître, connaître ses dons. Vous savez écrire un bon texte, eh bien dîtes-le à haute voix. Vous dessinez extrêmement bien, exclamez-vous ! Vous êtes libres de dire que vous êtes doués. N'allez cependant pas jusqu'à la prétention. L'humilité ne va pas au-delà. Prendre du recul, c'est bien ; en prendre trop, c'est mauvais.

Ne vous dîtes surtout pas qu'il vaut mieux être hypocrite dans tous les domaines. Bien sûr que non. Il faut dire son avis ! Sinon cela devient du libéralisme. Vous dites "c'est leur droit". Mais de quel droit, parlez-vous ? La liberté ? La liberté n'est pas un droit ! Par nature, nous l'avons ! La vie est dure, c'est un fait. Nous sommes libres, c'est vrai, mais il ne faut pas en abuser non plus.

Dans le social, vous vous verrez confronter à différentes situations sociales. Par exemple le fait d'aller voir d'autres personnes pour multiplier les relations. En effet, ce n'est pas aussi simple.

Faire le premier pas, cependant, n'est pas se dire : « Bon, puisqu'elle ne fait pas d'efforts, je vais le faire. » Oh que non ! Faire le premier pas, c'est le faire avec bon cœur. Il n'y a pas d'efforts à faire. Vous côtoyez une personne que vous voyez très souvent. Pourquoi ne pas aller lui parler ? Si elle n'ose pas, c'est son problème. C'est donc à vous d'aller la voir !

Être extraverti ne veut pas dire que vous êtes forcément sociables. En effet, il y aura toujours des chances où vous n'irez pas voir une personne en particulier. Être extraverti, c'est s'ouvrir aux autres. C'est montrer aussi tous vos talents. Il faut donc un peu de timidité pour montrer un peu de mystérieux avant d'éclater au grand jour votre véritable talent. Le cacher ne servira à rien cependant. Il faut le multiplier en s'améliorant peu à peu, comme une fleur qui s'épanouit sous le soleil dans un champ de milliers de fleurs.
Attention ! La timidité n'est pas un défaut. Elle révèle un petit peu de réservation, mais elle ne bénéficie pas du fait d'être introverti. Évidemment, on a tendance à dire que c'est un défaut car, la personne timide ne va pas vraiment vers les autres, mais qui dit qu'elle ne cache rien en elle ? Au contraire, tout le monde tient beaucoup de secrets en soi. Même si une personne vous en révèle énormément sur elle-même, il ne faut jamais dire qu'elle a tout dit.

Se méfier au sens positif des gens qui nous entourent. Tout le monde a le droit à sa part de secret. Mais en cacher trop n'est pas bon pour notre santé mentale. Là, ce serait le cas d'une personne introvertie. Se replier sur soi-même est très mauvais pour soi et pour l'entourage. On s'inquiète, on s'irrite puis on s'éloigne. Une amitié brisée peut être une amitié perdue si l'on ne recolle pas chacun les morceaux. Car chacun doit y mettre du sien. Il ne faut jamais attendre des hommes.

Chapitre 1 : Le procès

« Les avocats sont confiants au procès, ce n'est qu'après qu'ils ont des doutes. » Downton Abbey

La justice fait bien les choses. Elle écoute les témoins, sans aucune exception. Mais qui pourrait croire que les assassins aient aussi une justice propre ? Pourtant cela est vrai. J'ai même un procès pour moi tout seul.
J'étais face à mon juge, assis à ma table, les pieds dessus. J'avais l'air décontracté et je m'ennuyais. Les avocats du diable faisaient leur discours et se disputaient entre eux tandis que le juge, le chef de la Ligue Carpe Noctem, les écoutait en me jetant un petit coup d'œil. J'ai dû le sidérer, car il frappa son bureau avec son poing. Il me regarda de ses yeux noirs de colère et se leva brusquement, faisant taire tous ceux qui se disputaient.

- Monsieur Stone ! Je vous signale que c'est votre procès. Vous devez avoir honte d'avoir tué un des membres seniors dans la Ligue, s'exclama-t-il.

- C'est tout ? demandai-je en baillant.

Je sentais la rage monter en l'homme qui me jugeait. Tous les assassins me regardèrent froidement. Il était vrai que j'avais assassiné un membre du Conseil.

La Ligue Carpe Noctem était constituée de plusieurs échelons. Les supérieurs faisaient partis du Conseil, c'est-à-dire les chefs de la Ligue. Ils dirigeaient tous les autres échelons et c'était eux qui confirmaient nos quêtes. Ensuite, il y a les Solos. Ce sont les assassins qui ont un minimum de pouvoirs et qui peuvent mener leur mission seul. Ils sont dans l'autonomie et réalisent les quêtes les plus dangereuses. Enfin, tout en bas de la liste, il y a la Plèbe. Ses membres vivent en communauté et doivent être en équipe pour faire des quêtes. Ils ne peuvent pas devenir Solo à moins qu'ils aient des compétences remarquables dans l'assassinat. Mais ils doivent passer des tests pour gravir cet échelon. Ainsi que pour atteindre le Conseil, il faut avoir au moins rempli une centaine de missions. Mais ça, ce ne sont que les Solos qui peuvent y accéder. Moi je fais partie des Solos, et je pourrais carrément devenir un membre du Conseil. On me l'a même proposé, mais j'ai refusé car rester devant un bureau était beaucoup moins amusant que de sauter sur les toits de Paris.

La salle du tribunal était crasseuse et démodée, j'imagine que le XVIème siècle était le style de ces grognards. Tous les assassins portaient leur costume simple, gilet à capuche (un peu beauf à mon goût) et un pantalon blanc avec des bottes en cuir noir. Le Conseil lui avait le même costume mais en bleu ce qui les différenciait des autres grades. Pour ma part, je n'avais pas eu le temps d'enfiler mon costume puisque je l'avais abandonné il y a cinq ans de cela.
On m'accusait d'un crime soi-disant odieux pour eux, tuer quelqu'un, quelle ironie. Nous sommes nous-mêmes des assassins, même si je ne voulais plus qu'on me désigne comme tel. Il y a cinq ans, j'étais un assassin hors-pair. Mais une rencontre a changé ma vie et j'ai quitté Paris pour cela. Malheureusement, on m'a déniché dans un petit village situé au nord de la France et je suis revenu dans la capitale pour mon procès. Ce membre du conseil, je l'ai bien tué. Mais j'avais mes raisons. Un tel crime était puni par la mort dans la Ligue. Je m'en fichais. Je préférais mourir, plutôt que de

continuer de vivre avec eux. L'assassinat me faisait maintenant vomir.

Mon avocat se leva pour prendre la parole. Je n'avais peut-être aucune chance, mais j'avais tout de même le droit que quelqu'un me défende.

- Monseigneur, dit l'avocat, s'il a tué ce chef, c'est parce qu'il avait une raison. Ce membre du Conseil a tué une personne très chère à Oliver.

À ces mots, je me levai de mon siège, furieux. Cette information était tenue secrète, bon sang ! Aucun assassin ne devait le savoir. Le juge tapa la table avec son marteau en me priant de m'asseoir avec autorité. Je le fis prestement, en colère. L'avocat me regardait un peu surpris, mais il continua:

- La peine est peut-être la condamnation à mort, mais si vous le faites, vous perdrez un assassin qui a de fortes compétences.

Je fixais mon avocat. Je savais qu'il allait dire ceci. Évidemment, tous les témoins ainsi que le juge se regardèrent. Le Conseil, assis derrière le juge, me dévisageait. L'homme avait raison. J'étais l'assassin le plus réputé de la France, et si je mourrais, ils perdraient beaucoup de clients, puisque ceux-ci se référaient uniquement à moi. Étant donné que j'avais quitté la Ligue, plusieurs clients avaient arrêté de demander quête aux assassins, ce qui avait provoqué une grande faillite. La Ligue Carpe Noctem était comme une entreprise. Les assassins étaient ses ouvriers. S'il n'y avait pas beaucoup de clients, il y aurait moins de bénéfices. Le juge se leva, avec tout le Conseil, et s'exclama :

- Nous allons y réfléchir. Une séance d'audience sera exigée. Vous pouvez sortir de la salle.

Sur l'ordre du chef, je fus emmené dans ma prison. Arrivé dans cette salle répugnante, je frappais le mur avec mon poing et m'assis sur mon lit aux draps troués en passant une main dans mes cheveux ébouriffés. Je le sentais très mal. Mourir ne me dérangeait pas. Mais je ne voulais absolument pas redevenir assassin. C'était hors de question.

Alors que je réfléchissais à ma situation, je revis la scène où tout a basculé. L'assassin qui tuait sous mes yeux la personne qui m'était cher, et moi le tuant par vengeance. Ce qui m'avait le plus heurté à cet instant, c'était le sourire de sa victime. Elle me souriait tendrement et fermait les yeux, avant que son corps meurtri s'écrase sur le sol. J'avais accouru pour la prendre dans mes bras, répétant ses mots :

- Ne meurs pas... Je t'en supplie, ne me laisse pas...

Cette personne était tout pour moi. Je l'avais perdue pour toujours. Et rien ne pouvait la ramener. Rien, ni personne... Après ça, je suis parti, sans même me retourner pour me réfugier dans un village. J'avais mené une belle vie, pendant cinq ans. J'étais un homme bon, et les villageois m'aimaient beaucoup. Leur hospitalité était chaleureuse. Mais lorsqu'un assassin m'a retrouvé, j'ai du révélé mes origines à tout le monde. Les habitants m'avaient fixé, surpris par ses révélations. Certains m'ont lancé un regard noir, d'autres détournaient leur regard. Ils me reniaient. Je connaissais cette réaction. J'avais baissé la tête. Lorsqu'un enfant accourut vers moi et s'était jeté dans mes bras en disant :

- Moi, je te pardonne ! Je te pardonne parce que tu as changé !

J'avais écarquillé les yeux puis des larmes commencèrent à monter mais je les retenais. J'enlaçais le petit pour rendre son étreinte et lui avais soufflé à l'oreille :

- Merci.

Enfin, je rompus le câlin et je suivais l'assassin en jetant un dernier regard au village. L'enfant pleurait. Il me tendait ses bras en criant :

- Non ! Reviens ! Reviens !
Ses mots résonnèrent dans la contrée. Je frémissais mais continuais à marcher. Je ne pouvais pas rester. On m'avait trouvé. Sa mère le prit dans ses bras en me regardant et hochant la tête comme pour me remercier et s'en retourna dans sa maison. En voyant cela, une larme roula sur ma joue. Je l'essuyais rapidement et tournais le dos au village. L'assassin me lança alors :

- La réalité est comme ça, Oliv. Assassin un jour, assassin toujours.

Il avait raison. Le monde nous tournait le dos. Nous étions méprisés, même si nous avions considéré que nous n'étions plus des assassins. Le passé est passé, hein ? Pas du tout. On ne juge que sur les origines. C'est injuste, mais c'est comme ça.
Je restai assis, le dos courbé et la tête dans les mains. Mes gardiens se moquaient de moi, voyant que j'avais perdu ma fierté. Je m'en fichais d'eux. Je m'en fichais du Conseil. Je m'en fichais de la vie. Peu importe où cela me menait, pourvu que je ne sois plus assassin !

On ouvrit soudainement la porte. Mon avocat entra dans la cellule et s'assit devant moi. Il portait toujours son costume d'assassin et il me fixait avec un air désolé.

- Je suis ton défenseur, Oliv. Sinon, comment veux-tu sortir d'ici ?

- Je m'en fous, dis-je froidement.

- Tu t'en fous de mourir ?! Réfléchis à ce que tu...

- Non, Marc, le coupai-je. Tu ne peux pas comprendre.

L'homme me regarda en haussant un sourcil. Il n'avait pas l'air de me comprendre. Effectivement, c'est mon avocat, il fait son boulot. Mais il fallait que je lui montre que je n'étais pas d'accord, même si c'était la procédure. Marc se leva et me dit en baissant légèrement la tête :

- Je ferais mon possible pour que tu ne meurs pas.

Je me levai rapidement, menaçant :

- Je viens de te dire que je ne voulais pas !

Il hocha la tête.

- Je sais. Mais il y a une autre solution pour que tu ne sois pas assassin.

- Ne me fais pas de faux espoirs.

Il sourit légèrement et sortit et de la cellule. Ce sourire ne me disait rien qui vaille... Et j'avais raison. Je sentais que le lendemain, quelque chose d'inattendu allait se produire. Ce fut ce quelque chose qui changea, encore une fois, ma vie.

Chapitre 2 : Mission empoisonnée

Le marteau frappa contre la table de bois faisant taire les assassins présents dans la salle qui sert de tribunal. Le juge se tenait debout, prêt à déclarer le verdict de l'audience. On m'obligea à me lever, Je baillais et fixais le juge et le Conseil avec un petit sourire en coin. Autant mourir fier plutôt qu'avec le remord dans le ventre. Je ne voulais pas m'abaisser devant ces imbéciles. Je n'étais plus un assassin. Je ne le serai plus jamais. Mais quelque chose clochait encore. Ça ne sentait pas bon. Pas bon du tout.

- Monsieur Stone, veuillez-vous lever, annonça le juge.

Je me levais prestement, gardant mon petit sourire afin de montrer que je ne me rabaisserai jamais devant ses idiots. J'étais prêt à mon prochain avenir. J'étais prêt à la revoir... Elle...
Une odeur malveillante se dégageait dans la salle. Je sentis un malaise se diffuser dans mon corps. C'était comme si mon avenir allait être décidé maintenant mais pas à mon avantage. Je jetais un coup d'œil à la salle : trois membres du Conseil me regardaient avec malice, le sourire en coin. Cette fois-ci, ce fut moi qui perdit le sourire. J'avais perdu la partie.

- L'audience a été faite, et nous avons conclu une solution à votre égard, me dit le juge.

Il marqua un ton de silence avant de reprendre :

- En raison de votre départ d'il y a cinq ans, la Ligue a failli faire faillite.

- Ça m'aurait bien arrangé, murmurai-je.

- Nous avons su que vous ne vouliez plus être assassin.

À ces mots, je levais la tête vers le juge, surpris. Enfin, ce n'était pas étonnant, mais ces imbéciles avaient appris à réfléchir et à y prêter attention ! Bon sang... Je suis très mal...

- Au lieu de vous condamner comme d'autres traîtres de votre type, car il est question de vos capacités assassines, ajouta le juge, nous allons vous envoyer dans un endroit où vous réfléchirez à votre situation.

Juste ça ? La Ligue Carpe Noctem n'est plus ce qu'elle était... Comment pouvait-elle être aussi indulgente envers moi alors que j'ai tué un membre haut placé et suis un traître ? Il y avait quelque chose qui ne tournait pas rond dans cette histoire...

- Bien évidemment, vous serez surveillé et vous devrez accomplir une mission en même temps, continua-t-il.

- Une mission ? répétai-je en haussant un sourcil, incrédule.

- Oui. On vous dira toutes les règles demain à l'aube, car demain sera votre départ.

Je n'aurais jamais imaginé de la sorte que le lendemain sera un grand jour pour moi. Un jour qui changera ma vie, mon destin et mon avenir. Il faut dire que les Assassins ont plus d'un tour dans leur sac et rater une occasion de me tuer était absurde. En effet, certains rêvaient que je sois banni ou quelque chose d'autre dans le genre. En tout cas, je provoquais la jalousie de mon entourage. En observant la salle, je remarquai que beaucoup d'assassins s'échangeaient des regards complices. Certains ricanaient même sous mon nez, d'autres se murmuraient des choses dont je ne préfère pas savoir le contenu. Je trouvais cela étrange, mais je ne voulais pas trop en savoir plus que ça. On m'emmena alors à mon "cachot" et on me pria de dormir car j'avais soi-disant une grosse journée devant moi.

Je me demande vraiment de quoi ils parlaient en disant cela... Alors que je réfléchissais sur ma situation, on ouvrit la porte et Marc apparut. Avant même qu'il ouvrit la bouche, je lui disais :
- Dehors.

J'entendis un profond soupir de sa part.

- Je... fit-il.

- J'ai dit : "Dehors."

Il ne m'écouta pas. Il s'assit en face de moi, croisa ses bras, les posant sur la table et se pencha pour être proche de moi.

- Écoute-moi, Oliv.

- Arrête d'abord de m'appeler par ce surnom.

- Ce que tu peux être rabat-joie. Donc, Oliver, cette mission, je te demande simplement de la faire...

- Et elle consiste en quoi cette mission ? dis-je sidéré.

- Je ne peux pas te le dire. Mais ça va te plaire.

Ça allait me plaire ? Si une telle mission pouvait me plaire, la Ligue m'aurait fait une fleur alors. Mais en écoutant la suite, j'ai compris que c'était plus compliqué que cela :

- Ça va te plaire dans le sens de ta promesse faite à Marie, continua Marc.

À ce nom, je me crispai. Rien qu'à entendre parler de cette fille, des souvenirs bons et mauvais remontaient dans ma mémoire. Mais je restais impassible et calme pour écouter ce qu'il avait à dire :

- Sinon, cette mission est assez délicate. Elle te sera difficile, mais je suis sûr qu'ils vont t'adorer.

- Ils ?

Marc esquissa un léger sourire sans rien dire. Je compris que les Assassins cachaient encore beaucoup de choses, et que je n'avais pas percé jusqu'à ce jour...

***

La classe semblait agitée. Le tableau vert à craie devant nous devait être nettoyé à cause de toute la poussière qu'il a accumulé la dernière année. Mais évidemment, ce sera toujours John qui le fera. Je soupirai et mis mes mains dans mes poches. Je rejetais ma tête en arrière pour regarder le plafond : toujours aussi blanc et vide. Ah ! Non. Ryan a dû encore utilisé sa sarbacane pour lancer du papier mâché. Résultat : des boulettes s'accrochent au plafond. Je fermais les yeux et commençais à rêvasser lorsqu'une voix féminine m'en empêcha :

- Eh ! Olivier, tu pourrais m'aider pour cet exercice ?

Je rouvris les yeux et regardai la personne qui se tenait devant moi et qui m'avait empêché de faire ma petite sieste matinale en attendant le professeur. C'était une grande fille aux cheveux longs, blond vénitien et avec des grands yeux verts. Clara était une fille très enjouée, enthousiaste qui aimait le sport et se rapprocher des gens. En voyant mon air blasé, elle se reprit en frottant sa tête :

- Oups ! Je te dérange ?

Je soupirai et me mis droit sur ma chaise en disant :
- Non, vas-y, c'est quoi ?

Elle fit un grand sourire et posa son cahier devant moi. Elle l'ouvrit et commença à m'expliquer ce qu'elle n'arrivait pas à comprendre en s'asseyant à côté de moi. Ah... Du français... Forcément, étant donné que nous sommes la classe de première année littéraire... Pendant que Clara parlait, je jetais un coup d'œil sur la classe. Tout au fond, il y avait cette personne qui m'intriguait depuis la primaire. Cette jeune fille qui avait grandi avec moi tout au long de mon enfance mais qui n'avait jamais révélé son véritable visage... Elle avait les cheveux au carré, châtains clairs et ondulés, le tout attaché par un unique ruban de soie bleu. Ses yeux bruns étaient tournés vers la fenêtre qui montrait une prairie verte. Son menton se reposait sur la paume de sa main, son coude appuyé sur la table. Même si son regard n'exprimait aucun sentiment, son visage était clair et calme, posé. Tout à coup, elle poussa un léger soupir et se tourna vers son cahier où elle commença à travailler.

Je l'observais encore, lorsque Clara me tira de mon observation :

- Olivier ? Tu m'écoute ?

- Non.

Elle soupira puis rit doucement. Clara me connaissait bien. Cette fille était douée aussi pour voir les émotions des autres. C'est pour cela qu'elle est arrivée ici... Elle me fit une tape amicale dans le dos avant de dire :

- Toi alors, tu n'as pas changé !

- Si j'avais changé, ça t'aurait fait quoi ? demandai-je d'un air las.

- J'aurais fait une crise cardiaque, je pense.

Elle éclata de rire, mais en voyant mon sérieux, elle se reprit encore et toussa.

- Euh... Plus sérieusement, où j'en étais ? se dit-elle.

- Sur la question de l'utopie, dis-je.

Elle resta interdite en entendant ma réponse puis sourit et continua son argumentation. Je trouvais ça ennuyeux mais par politesse, je m'obligeais à l'écouter. Depuis le début de l'année, notre classe a dû travailler seule car notre professeur n'était là qu'une semaine sur deux. On était au mois de novembre, et plus de nouvelles de ce prof. Alors, la directrice nous a dit qu'un nouveau professeur allait arriver aujourd'hui. Il est en retard... C'est déjà bien.

Soudain, la porte de la classe s'ouvrit, laissant passer une jeune femme aux cheveux mi-longs et bruns au reflet blond. Elle portait un pull blanc à col roulé et une jupe noire qui arrivait à ses genoux. Contrairement aux autres femmes qui travaillaient ici, elle portait des ballerines aux pieds, à la couleur noire. Elle se mit derrière le bureau, face à nous. Tout le monde s'était tu. Même Thomas, l'insolent de la classe avait arrêté de parler.

- Votre nouveau professeur va bientôt arrivé, annonça-t-elle. Je vous prie donc d'être calme le temps qu'il arrive.

Les élèves se regardèrent, un peu étonnés. Le professeur allait bientôt arriver. Sur le coup, je sentais que l'année n'allait pas être comme les autres...

Chapitre 3 : L'entrée retardée

Sur le siège passager de la voiture, j'écoutais attentivement les conseils que l'on me donnait. J'aurais voulu que ce soit Marc qui m'emmène, cela aurait été au moins un côté positif. Je soufflai un coup et jetai un coup d'œil à mon chauffeur qui me parlait. Évidemment, c'était un assassin mais il portait une tenue civile. Sa barbe blanche et les cicatrices qu'il avait sur son front montraient qu'il avait de l'expérience dans le domaine.

- Surtout, veillez à ne pas être en retard la prochaine fois, disait-il.

- Oui, oui... fis-je lassé.

On m'avait réveillé comme prévu à l'aube en me présentant ma nouvelle carte d'identité et une tenue de civil, en priant aussi de me dépêcher de m'habiller. Mais un bel homme doit bien s'occuper de soi, c'est pourquoi j'ai pris mon temps. Alors me voici donc en retard. Je n'aurais jamais imaginé que je deviendrais professeur en un jour ! Je soupirai et regardai ma carte d'identité. Au moins j'avais un prénom et un nom plutôt sympathiques : Lewis Bamer. Je serais ainsi caché sous ce faux nom pour que je ne sois pas mis en rogne par l'État. Je ne sais pas ce qu'attendait de moi le Conseil mais j'allais le découvrir très bientôt... Je regardais par la fenêtre le paysage où le ciel était gris. Quel triste spectacle... J'aurais voulu un beau soleil jaune. Mais comme nous sommes en novembre, donc rien d'étonnant sur le temps.

- Nous sommes presque arrivés. Regardez, dit soudain le chauffeur.

Je me tournais vers le devant de la voiture. En haut d'une colline, si l'on regardait bien, on pouvait apercevoir un manoir immense à travers les arbres. Une forêt était près de ce bâtiment, et tout un bosquet l'entourait. La voiture noire monta sur la colline et je pus mieux voir cette étrange école dont on m'avait caché l'existence... On m'avait dit que cette école servait à enseigner les élèves des cours normaux comme on voit tous les jours mais aussi, l'assassinat. Ces enfants dans cette école venaient d'un orphelinat consacré à ceux-ci. La directrice de l'orphelinat observait les enfants et lorsqu'elle percevait des qualités assassines dans certains, elle les envoyaient dans l'école d'assassin divisé en deux : le collège et le lycée. Et justement, la classe à qui je vais devoir enseigné l'assassinat est une classe de première littéraire...

Je savais que quelque chose clochait. Quand je voyais cette école, je sentais une odeur malsaine se dégager au-dessus d'elle, comme si l'année que j'allais passer dedans allait être très mouvementée... Ce manoir aux murs et aux toits rouges et noirs ne m'annonçait rien de bon.
La voiture s'arrêta devant un immense portail où du lierre poussait pour l'entourer. Le chauffeur m'ordonna de ne pas bouger et sortit de la voiture. Je le suivis du regard et l'observais sonner à la porte puis murmurer quelques mots au parleur. À cet instant, un craquement retentit et le portail s'ouvrit lentement dans un crissement. Ce manoir est vraiment sinistre... Le chauffeur assassin se remit sur son siège et fit avancer la voiture afin de nous faire entrer dans l'enceinte du lycée. L'extérieur était vide, il n'y avait aucun élève dans la cour. Celle-ci était très grande, formait une sorte de carré où

il y avait à ma droite, un terrain sableux et à ma gauche, une sorte de rond-point avec de l'herbe. Aucune imagination... Quelques plantations embellissaient la cour mais aucune fleur n'était là pour arranger le tout.

- Quelle heure est-il ? demandai-je.

- 9h00, répondit l'homme.

- Et les cours commencent...?

- À 8h30.

La classe a dû attendre donc une demi-heure avant que j'arrive, génial. Je me demande bien ce qu'ils vont penser de moi   maintenant...
Je restais derrière mon guide afin d'observer le bâtiment et prendre mes repères, s'il y avait une possibilité de sortie pour ma prochaine évasion. Je ne m'imaginais pas donner des cours à des élèves, encore moins sur l'assassinat. Soudain, le guide s'arrêta en plein milieu d'un couloir - luxueux je vous dis - et se tourna vers moi, d'un air impassible.

- Cessez de chercher, il n'y a aucune issue à part l'entrée que nous avons empruntée, dit-il.

J'étais bouche bée. Cet homme avait tout compris dans mon jeu. Il avait vraiment beaucoup d'expérience. Mes yeux se remplirent d'admiration. Même si je ne voulais plus être assassin, je ne pouvais m'empêcher d'admirer cet homme en face de moi. Cela me frustra de ne pas le voir agent secret du FBI ou quelqu'un travaillant pour le gouvernement plutôt qu'assassin.

Soudain, une porte sur le côté s'ouvrit violemment et un garçon aux cheveux bouclés noirs avec de grands yeux bleus sauta sur le guide afin de le mettre à terre. Mais celui-ci s'écarta sans effort et le jeune homme ne pouvant pas s'arrêter à temps à cause de son élan s'écrasa contre le mur. J'éclatai de rire. Cette situation était tellement drôle que rire devenait un faible mot. Mais en croisant le regard blasé du vieil assassin, je me repris et me remis droit sur mes jambes. Le jeune garçon avait une grande taille et ses vêtements fripés étaient simples : chemise blanche non repassée, pantalon noir et chaussures brunes tâchées... Il passa sa main dans ses cheveux, sidéré d'avoir raté son attaque.

- Grrr... J'y arriverais jamais !

- Faut te rendre à l'évidence, Thomas... dit une voix malicieuse derrière moi.

Je me retournais et aperçus un autre garçon au sourire provocateur. Ses cheveux étaient d'un blond vénitien éclatant mais mal coiffés, et ses yeux bruns reflétaient les rayons du soleil qui passaient au travers de la fenêtre du couloir. Il portait la même tenue que l'autre, cependant avec une cravate noire mal mise.

- Arrête de te foutre de moi, Ryan ! cria Thomas en le pointant du doigt.

- Mais c'est tellement amusant de voir tes échecs cuisants...

Le garçon aux cheveux noirs impulsif allait sauter sur l'autre qui restait calme, les mains dans les poches, lorsque mon guide s'interposa entre eux et arrêta le petit idiot.

- Stop ! Ça suffit. Retournez dans votre classe, dit-il.

- Oui, monsieur...

Les deux rentrèrent dans la salle. Je les suivais du regard puis je me tournais vers l'homme à la barbe blanche. Celui-ci devina ma question et sourit de toutes ses dents. J'en ai vu une en or...

- Oui.

- Quoi ? dis-je intrigué.

Mon Dieu... Ne me dites pas que c'est à eux que je vais faire cours ? L'homme continuait de sourire puis baissa légèrement le menton en fermant les yeux pour prendre une profonde respiration. Je me sentais un peu déboussolé. Alors, ce n'était pas une blague... J'allais vraiment donner des cours à des enfants ? Et encore... Ceux que j'ai vu il y a à peine une minute étaient... spéciaux... Alors les autres, je ne les imagine pas... J'en avais même froid dans le dos...

Ce qui me frustrait, c'était le fait que cet établissement avait été imaginé dans les moindres détails. À la moindre tentative d'évasion, on pourrait me débusquer à moins d'un kilomètre. La vue de ce lycée était immense et donnait à une énorme prairie, aucune forêt, à part celle que l'on pouvait voir au-dessus du mur qui entourait le bâtiment, pour se cacher. Ce n'était que de simples champs, et encore il y avait un village qu'on pouvait percevoir au loin mais j'imagine que les habitants sont au courant de ce bâtiment et donc voir promener quelqu'un de mon genre surtout en costume d'assassin, cela éveillerait des soupçons. J'étais coincé.

Tout à coup, je sentis quelqu'un se cogner contre mon dos. Je me retournais et vis cette fois une jeune fille aux cheveux châtains, soigneusement attachés en queue de cheval. Elle ne disait rien et lorsqu'elle leva son regard vers moi, je vis une nuance verte assez belle dans ses yeux mais qui ne semblait exprimer aucune émotion mis à part un petit air blasé. Elle baissa légèrement la tête et ne bougeait pas, serrant un carnet contre sa poitrine. Elle portait une chemise blanche toute simple avec une jupe noire et des bottines brunes. Je souris et allais lui demander son nom quand une voix se fit entendre ainsi que des pas annonçant quelqu'un d'essoufflé :

- Mia !

La concernée - celle devant moi - se retourna lentement pour regarder un jeune homme brun où l'on pouvait voir un bandeau autour de sa tête et ayant la même tenue que ceux que j'ai vus avant courir la rejoindre et s'arrêter devant elle avant de dire après avoir repris son souffle :

- Mia, s'il te plaît, ne disparais pas comme ça ! Tu m'as fait peur !

- Désolée, John... répondit simplement d'une petite voix la jeune fille.

John fit un grand sourire et ajouta :

- Ce n'est pas grave, mais ne refais plus ça, ok ?

Il leva lentement la tête et posa son regard brunet sur moi. Son sourire s'élargit et tendit sa main vers moi en s'exclamant :

- Oh ! Bonjour, monsieur ! Vous êtes notre nouveau professeur, je suppose... Je me présente : je m'appelle John Bamou.

Je pris sa main pour la serrer en souriant également.

- Enchanté, John. Mon nom est Lewis Bamer, dis-je.

Puis, me tournant vers la jeune fille qui s'était écartée :

- Tu t'appelles Mia, si j'ai bien compris ?

Elle arrêta ses pas, le dos tourné à moi. Elle ne répondit rien et continua sa route. Je haussai un sourcil et me tournis vers John qui avait l'air embarrassé. Il me dit toujours avec le sourire :

- Excusez-la, monsieur... Elle n'est pas trop sociable. Mais elle s'appelle bien Mia et son nom de famille est Nate.

Enfin, il rajouta avec empressement :

- Je vais y aller, comme je suis délégué de classe, je dois voir et régler un peu si la classe cause des problèmes... À tout à l'heure, monsieur !

Et il disparut après avoir franchi la porte. Je regardais mon guide qui m'avait mené dans ce pétrin. Des explications s'imposaient... et il l'avait compris. Il soupira et me fit signe de le suivre. Je hochais la tête et on commença à marcher en direction d'un grand couloir sombre qui nous amenait au bureau du proviseur...

Chapitre 4 : Le nouveau professeur

S'il y avait bien une chose qui était claire ici, c'est que tout secret était bien gardé au fond d'un minuscule tiroir ! L'homme qui m'avait emmené dans ce bureau n'était autre que le proviseur lui-même du lycée, monsieur Naima. Ce dernier était assis derrière son bureau, les doigts entre lacés et me regardait avec un sourire malicieux.

- Vous avez tout compris, dit-il.

Je n'étais pas pour autant surpris. Cet homme devant moi avait beaucoup de qualités requises et je suppose que c'est un très bon proviseur, même assassin. Cependant, la question qui me tourmentait était l'organisation de ce lycée.

- Les lycéens ont leur dortoir au rez-de-chaussée, qui donne à la cour, dit le proviseur. Les chambres ne sont pas mixtes et sont partagées afin qu'il y ait au moins deux ou trois élèves qui y dorment.

- Tout ça, c'est bien, mais comment se fait-il qu'ils aient des noms de famille alors qu'ils sont orphelins ? demandai-je incrédule.

Monsieur Naima me sourit et ferma les yeux pour pousser un léger soupir puis me répondit :

- Dès leur entrée au collège, des personnes dans l'entourage acceptent de donner leur nom à ses orphelins.

- Quoi ? Attendez, ces personnes...

- Non, ils ne savent rien. Ils savent juste que ce sont des orphelins qui vont se construire une nouvelle vie.

- C'est de la manipulation...

- Nous sommes des assassins, monsieur Stone...

Je serrai mon poing fermement. Au plus profond de moi, je ne savais pas quoi faire. Tout ce que je devais faire, c'était écouter et exécuter. Je sentais ma conscience me dire que c'était mal, mais que devais-je décider ? Mon sort avait été bien imaginé... A présent, je devais être responsable d'une classe d'assassin. Et j'allais risquer ma peau tous les jours. Le proviseur me regardait avec une attention infinie. Il soupira et allait se lever lorsque je dis précipitamment :

- Ces enfants que j'ai vu tout à l'heure...

- Oui ? fit monsieur Naima.

- Ils sont vraiment destinés à devenir des assassins ?

- Évidemment.

Je ne pouvais pas le croire. Cette jeune fille, cette Mia, me semblait si fragile... Quelles capacités assassines cache-t-elle ? Et John Bamou... Il m'a l'air trop protecteur, trop gentil pour être assassin...

- Méfiez-vous d'eux, dit simplement le proviseur, devinant mes pensées. Ils dissimulent bien leur jeu. Maintenant, allez donner votre premier cours.

Il me transmit les emplois du temps et tous les dossiers que je devais avoir ainsi que les informations nécessaires puis je sortis de la pièce. Je traçais le long couloir sombre, les yeux baissés. Ce qui m'arrivait me plaisait presque... Peut-être parce que je ne mourrais pas en fin de compte... Mais je me repris vite. Je m'étais promis de ne plus avoir affaire avec l'assassinat. Et pourtant, je suis en plein dedans... Ces salauds du Conseil ne vont pas me lâcher. Je réfléchissais encore quand tout à coup, je me cognais contre une jeune femme.

- Aie !

- Oh ! Excusez-moi...

Je me reculai et la regardai, avec un air désolé. Je remarquais qu'elle avait les cheveux au carré, blond aux nuances rousses et les yeux bleu clair... Sa tenue était simple, pull blanc à col roulé et une jupe noire. Et elle me regardait furieuse.

- Regardez où vous allez ! dit-elle.

- Désolé... Je réfléchissais.

Elle fit la moue puis soupira. À ce moment, ma galanterie fit surface et éclata. Je lui souris gentiment et lui demandai :

- Puis-je connaître votre nom ?

Sans me donner une seule réponse, elle passa son chemin, relevant son menton d'un air hautain. Je la suivais du regard, clignant des yeux, étonné, puis je souris légèrement et repris ma route. Les femmes fortes ne sont pas à prendre à la légère. C'est tout à fait mon type. Voyant que je m'égarais dans mes pensées, je me fis une petite claque, soupirai et m'avançais lentement en direction de la classe à qui j'allais faire cours. La porte était devant moi. On pouvait entendre du couloir les agitations que les élèves causaient. Je pouvais entendre la voix de John s'élever qui disait :

- Ça suffit ! Le professeur va arriver ! Chut !

D'un autre côté, j'entendais une voix féminine s'adresser à John avec un petit air exaspéré :

- Ça ne sert à rien, Jojo... Ils sont trop ex... Léo ! Rends-moi ma trousse !

Je ne pouvais m'empêcher de ricaner tellement je trouvais ça pathétique mais en même temps, très drôle. Je pense que cette année allait être très amusante... Prenant mon courage tout de même à deux mains, je tournais la poignée et ouvris la porte. Le silence ne se fit pas prier. Tous les élèves avaient tout de suite arrêter leur remue-ménage. Je souris amusé et fermai la porte derrière moi avant de dire à toute la classe:

- Bonjour.

Les enfants me répondirent en chœur :

- Bonjour, monsieur.

Ils s'étaient tous assis à leur place. J'observais attentivement leurs regards : d'un côté, il y en avait qui me souriaient, et de l'autre, il y en avait qui en faisaient une tête... J'avais envie d'éclater de rire tellement c'était drôle et basique, car cette classe d'assassin faisait penser à une classe totalement normale... Je me mis derrière le bureau et posai les feuilles d'appel sur la table. Puis, je m'adressais à la classe :

- Je suis monsieur Lewis Bamer. Je serai votre professeur principal pour l'année.

Prenant un air embarrassé, je rajoutais :

- Excusez-moi pour le retard. J'ai eu...un contre temps...
Les élèves me regardaient d'un air plutôt très blasé. Je commence vraiment à perdre espoir... "Ils vont t'adorer" disait Marc. C'est ça... Ils me détestent maintenant. Je suis arrivé en retard pour mon premier cours et en plus, il est maintenant 9h20. Ce qui veut dire que le cours est bientôt terminé, normalement. Je soupirai. Cela m'exaspérait et me frustrait en même temps. Je suis vraiment dans une situation embarrassante... Soudain, un élève leva la main. C'était une jeune fille aux longs cheveux noir de jais avec de grands yeux gris. J'acquiesçais de la tête pour savoir ce qu'elle avait à dire. Elle se leva et déclara:

- Nous acceptons vos excuses, monsieur, en espérant que vous ne recommencerez plus.

J'étais soulagé par sa réponse, même si le ton de sa voix était froid... Je lui adressais un sourire et elle se rassit à sa place. Je remarquais qu'elle se tenait à côté de John qui me souriait gentiment. Tout au fond, à ma droite, il y avait Mia qui semblait fixer la fille qui venait de me parler. Son air avait une nuance de colère dans ses yeux... Je me demandais ce qu'elle pensait mais je repris mes esprits pour mieux me concentrer. Je pris la feuille d'appel et commençai à appeler les élèves un par un. Quand chacun entendait son nom, il se levait en répondant "présent" puis se rasseyait.

J'avais peut-être raté une heure, mais je me souvins que j'étais le seul professeur de cette classe.

- Alix Comia.

- Présente, monsieur !

Je découvrais de nouveaux visages, des fois agréables, parfois un peu agaçants. Mais le plus souvent, les remarques que je faisais étaient le fait qu'ils n'avaient pas l'air de devenir assassin. Les paroles de monsieur Naima revinrent dans ma mémoire. « Méfiez-vous d'eux, ils dissimulent bien leur jeu. » Il a bien raison. Si je n'avais pas renié mon titre d'assassin, je serais sûrement fier d'eux. Mais aujourd'hui, je ne suis plus le même qu'auparavant. Et je ne changerai pas. Ses élèves que je voyais là auraient besoin d'un peu de motivation dans la vie qui les entoure et surtout d'un bon professeur, j'en suis certain.

- Mao Dalhmer.

- Présent !

Chaque voix que j'entendais, chaque enfant, chaque levée me faisait frémir. Je ressentis la responsabilité d'une classe comme un vrai professeur. Je me sentais responsable de chacun des élèves devant moi. Je ressentis l'envie de mieux les connaître, les réconforter, les éduquer, leur faire savoir tout dans le monde. J'aimerais leur apprendre ce que j'ai appris il y a cinq ans. Soudain, alors que j'épelais un nom :

- Zélie Montague.

J'entendis une petite voix à côté de moi, ce qui me fit sursauter.

- Ici, monsieur.

Je dévisageais la jeune fille toute petite devant moi. La porte de la salle était ouverte. Je l'avais fermée pourtant... Je ne l'avais même pas entendue entrer ! Mon cœur battait à cent à l'heure. J'étais terrifié. Un peu plus, et j'aurais eu une crise cardiaque ! Si cette fille le voulait, elle aurait presque pu me tuer... La jeune fille, donc Zélie, me regardait un peu étonnée. Elle avait les cheveux mi-longs ondulés, châtain clair je dirais, avec un nœud dans les cheveux. Ses yeux bruns dégageaient un sentiment timide et réservé. Elle avait l'air de cacher beaucoup de choses en elle, cela se sentait.

- Je vous ai fait peur, monsieur ? me demanda-t-elle d'une voix timide.

Je restai interdit quelques secondes puis répliquai :

- Un peu, oui, mais ce n'est pas très grave ! Où étais-tu ?
- Comme vous n'étiez toujours pas là, je suis allée chercher un livre à la bibliothèque, répondit-elle d'une manière franche mais réservée.

Ses paroles furent comme un couteau qui transperçait mon cœur. Elle avait raison d'un certain côté, et cela me frustrait un peu. Je la priais alors de s'asseoir à sa place, ce qu'elle fit sans rien dire, juste avec un hochement de tête, et elle s'installa au fond de la pièce, près de la fenêtre, à ma gauche. Je soupirai encore une fois, et je commençais donc mon premier cours.

Chapitre 5 : Des élèves pas ordinaires

Le premier cours se passa très bien. À vrai dire, je m'en sortais bien en professeur. J'étais fier de moi. Mais ce n'était que de l'anglais... Alors, pour les autres matières, j'avais tout de même un peu peur. Je posai la craie sur le rebord du tableau en soupirant de fatigue. C'était crevant de faire étudier ces enfants... Surtout deux qui n'ont pas arrêté de faire les pitres. Il me semble qu'ils ne sont autre que Léo Falcon et Thomas Candèle. Ces deux-là, je dois bien les tenir à l'œil. Il y a aussi Marie Schneider. Lorsque j'ai épelé son nom, je me suis crispé. Je me suis souvenu de tous les moments que j'ai passés avec celle que j'aimais... Cette fille dont le nom tourmentait toutes mes nuits. Cela en devenait terrifiant.

Bien évidemment, la jeune fille qui se tenait en face de moi n'était pas celle que j'ai connu auparavant. Elle avait les cheveux courts, blonds avec des yeux marron clair. Au coin de sa table, j'avais remarqué une pomme. D'ailleurs, elle n'était pas la seule à avoir quelque chose à manger sur son bureau. La plupart en avait aussi. Par exemple, Ryan Vesther, le blondin que j'ai vu la première fois dans le couloir, avait sur la table des boules de coco. À côté de lui, se tenait une rouquine nommée Natalie Rosamus et celle-ci portait à sa bouche des langues de chats, un gâteau courant dans la région. Apporter de la nourriture en classe était un signe de non-respect mais en relisant le règlement, ces petits garnements avaient non seulement le droit de manger en classe, mais aussi d'essayer d'attaquer leur professeur sans pour autant le tuer quand ça leur chante.

Bref, j'étais dans un certain côté en mauvaise posture avec cette classe anormale. Je m'assis à mon bureau en passant ma main dans les cheveux bruns ébouriffés. La sonnerie avait retenti et les élèves étaient déjà sortis pour leur pause qui durait un quart d'heure. Ça me laissait le temps de souffler un peu et de revoir mon emploi du temps. Pendant ce temps-là, une jeune fille s'approcha de moi et tapota mon épaule doucement. Je relevai la tête vers elle : Iris Tanuvie. Cette fille au caractère assez froid pourrait s'appeler Blanche Neige à cause de la couleur de ses cheveux et de ses lèvres mais elle ne dégageait pas vraiment de la gentillesse...

- Oui ? dis-je en souriant.

- J'ai appris que vous étiez nouveau, ici, c'est bien ça ? demanda Iris.

- Euh... oui...

Elle semblait sûre d'elle et gardait un air blasé.

- En tant que deuxième déléguée de classe, je dois vous présenter chaque élève, annonça-t-elle, par ordre du proviseur. Et, comme ils ne sont pas là, je vais en profiter pour vous dévoiler tous leurs dossiers.

« Leurs dossiers » ? On aurait dit des militaires dans un camp ou même des prisonniers de la CIA. Curieux, je hochais la tête et lui fis signe de se mettre à l'aise. Ce qu'elle fit prestement. Elle prit une chaise et s'installa devant moi. Puis elle déclara :

- Épelez-moi un nom, et je vous dirai tout.

Je souris et pris la feuille d'appel dans la main. Je cherchais un nom puis l'épela :

- Clara Després.

Du tac au tac, Iris me répondit avec un grand sourire :

- C'est ma meilleure amie. Clara est une jeune fille très audacieuse et douée. Elle adore le sport et anime la classe. Sans elle, je pense, l'assassinat serait ennuyeux...
À l'écouter, je me doutais qu'elle appréciait beaucoup son amie. Cela faisait plaisir de voir que chaque élève se sente bien dans l'école. Mais lorsqu'elle prononça le mot "assassinat", je revins sur terre et conclus que je ne devais pas trop m'écarter de cette réalité. La jeune fille aux cheveux noirs me présenta chacun des élèves sans hésitation. Elle savait tout sur tout même les secrets de chacun. J'étais impressionné de l'entendre parler normalement de ses camarades. Puis je me disais qu'elle les connaissait mieux que personne puisqu'elle a passé son enfance avec eux. Le dernier de la liste arriva peu à peu. C'était Olivier Étécie. Je levais les yeux vers Iris afin qu'elle me réponde mais sa réponse fut directe :

- Méfiez-vous de lui, monsieur, me prévint-elle. Olivier est peut-être un mec très blasé, neutre, en économie d'énergie mais lorsqu'il s'agit d'assassiner quelqu'un, il peut être très violent. Plus violent que Ryan.

Je fus surpris par cette réplique. On aurait dit que quelque chose de très grave allait arriver par rapport avec ce jeune homme. J'eus un quelque frisson. Ce petit frisson ne m'apportait rien de bon... Cet Olivier, je n'avais entendu que sa voix lors de l'appel. Il se faisait discret, je l'ai remarqué pendant le cours, mais je sentais bien qu'il cachait bien son jeu. Pour l'instant, il avait plutôt l'air désintéressé du cours... Sûrement une de ses faces qu'il montre. Soudain on entendit un grand fracas contre le mur du couloir. Je me levais instantanément et regardais Iris avec étonnement. Celle-ci était surprise également et se dirigea vers la porte pour l'ouvrir. Je la suivis intrigué par le bruit qui s'est produit. Iris ouvrit la porte et tomba nez à nez avec Zélie. La jeune fille avait la tête baissée et contourna la déléguée pour entrer dans la pièce et aller à sa place.

Je suivais du regard cette fille toute frêle. Iris me l'avait décrite comme timide et réservée mais aussi renfermée sur elle-même. Elle devait cacher aussi comme Olivier une deuxième personnalité... Mais en la regardant, elle n'avait pas l'air de cacher beaucoup de choses, et si elle voulait voiler quelques secrets, elle les cachait très mal. Je me tournis vers l'entrée de la salle de classe. Un attroupement d'élèves était dehors prêt à entrer. Iris avait du mal à les retenir d'entrer, je ne comprenais pas d'ailleurs pourquoi. Je m'approchais et posai une main sur son épaule.

- Laisse-moi faire, Iris, lui dis-je.

À ces mots, elle rétorqua mais d'une réponse très inattendue :

- Vous devez dire mademoiselle Tanuvie.

- Oh, excusez-moi alors. Donc, laissez...

- Je m'en occupe.

Je me mordis la lèvre inférieure. Cette fille était très lunatique... Il y avait une minute, elle avait un air agréable...

Je soupirai et m'installai à ma place derrière mon bureau. Les élèves entrèrent un par un.

Tout de même, je me demandais ce qui s'était passé entre temps pour faire un si gros bruit juste avant le prochain cours...

***

Point de vue Olivier Étécie

À la fin du cours du nouveau professeur, je sortis de la salle plutôt rapidement. Il y faisait tellement chaud, tellement étroit qu'on allait étouffé ! Je me mis sur le côté pour attendre que tous les élèves sortent afin de rester derrière Zélie. La voici, toute petite, qui se faufilait entre les gens et partir du côté de la bibliothèque. Je la regardais de loin avant de me décider de la suivre. Mais une main se posa sur mon épaule, m'empêchant de le faire. Je me tournis vers la personne qui ne me laissait pas partir : Ryan Vesther. Celui-ci avait toujours ce petit sourire en coin mais son air était prévenant et sérieux. Je haussai un sourcil, incrédule.

- Laisse-la. Tu es toujours en train de la couver, il faudra bien qu'elle se débrouille toute seule.

Puis en chuchotant, il rajouta :

- Je sais bien que tu t'inquiètes pour elle.

Je le regardais blasé.

- Tu crois que moi, je suis amoureux de cette fille ?

Ryan éclata de rire. Ce rire me frustra mais m'arracha un sourire. Cependant, je m'inquiétais tout de même de cette fille si fragile. Je n'avais pas vraiment envie que ça se passe comme hier... Ryan s'arrêta en essuyant une larme de rire qui roulait déjà sur sa joue puis s'exclama :

- C'est vrai que ce serait assez drôle.

Je le regardais blasé puis soupirais. Il sera toujours le même. Je remis mes mains dans les poches et m'adossai au mur pour mieux discuter avec mon ami du nouveau professeur. Ce dernier donnait une impression crispée et assez maladroite. On aurait dit que c'était sa toute première fois en professeur. Mais son visage inspirait l'expérience dans le domaine et cachait peut-être quelques secrets... Soudain, je me figeais. Une discussion loin de nous mais assez près pour que je puisse écouter attira mon attention. Je tournis mon regard neutre vers le groupe qui parlait et aperçut Natalie et Thomas avec d'autres filles et garçons d'autres classes qui avaient barré la route à... Zélie...
Je m'en doutais.
Laissant Ryan de côté, je partis les rejoindre, toujours les mains dans les poches. Natalie me vit et sourit de toutes ses dents :

- Tiens, Olivier ! Viens, on va rire.

Je la regardais blasé, sans sourire, et elle se tint droite devant moi, un sourire mesquin à ses lèvres, les cheveux roux derrière ses oreilles.

- Quoi ? Tu as un problème ? fit-elle.

Je déclinai mon regard vers la victime. Zélie me fixait de ses yeux bruns, ne disant rien. Une fille la gifla pour qu'elle décale son regard vers le sol. Mais, à cet instant, j'attrapai la main de cette fille et l'obligeai à reculer, ce qu'elle fit prestement, en me regardant surprise. Zélie s'était échappée entre temps mais fut attrapée par Thomas qui la retenait par les bras. Voyant que ça allait devenir violent, je pris le poignet de Thomas et en lui faisant une clé de bras, juste avant la sonnerie du prochain cours, je l'envoyais valser contre le mur. Natalie était bouche bée devant toute la scène, tandis que moi, je me tournis vers Zélie pour voir comment elle allait. Elle était là, à côté, ne semblant pas avoir eu peur. Mais, lorsqu'elle me regarda, je sentis une grande colère s'échapper de ses yeux. Elle me lança avant de s'en aller :

- Je sais me débrouiller seule.

Je la suivis du regard, étant silencieux. Je savais qu'elle allait dire ça.

Chapitre 6 : Mélodie Rio

Point de vue omniscient

Autour de la longue table marronée, les membres du Conseil se réunissaient pour discuter des retours de leurs clients. Mais un sujet les préoccupaient. Il est vrai qu'ils avaient déjà connu un cas comme celui-là mais pire ! Malheureusement, la Ligue Carpe Noctem et toute sa formalité était en train de s'écrouler et si cet homme qui avait tout manigancé recommençait, tous les plans s'effondreraient. L'heure était grave et il fallait absolument agir. Le grand Chef, Victor Tanama, se leva, posant ses grosses mains, ces fameuses mains qui pouvaient détruire les os de n'importe qui, sur la table en disant :

- Cet homme ne doit pas s'enfuir encore une fois, ça c'est le but principal.

- Il faudrait le surveiller, proposa un membre lambda du conseil.

- Il y a déjà Monsieur Naima qui s'en occupe.

Un silence vint. Puis, quelqu'un se leva de sa chaise en toussant un peu pour attirer l'attention. C'était une jeune femme, habillée convenablement, jupe noire et chemise blanche, les cheveux courts et ondulés aux couleurs blondes au reflet roux. Elle avait le regard déterminé, les mains posées sur la table et elle fixait le grand Chef. Celui-ci haussa un sourcil et demanda :

- Oui, mademoiselle Rio ?

La jeune femme resta silencieuse un instant, comme si elle cherchait ses mots, faisant impatienter ses supérieurs. Elle se releva encore plus déterminée pour parler et dit :

- Laissez-moi me charger de surveiller la cible.

Le chef haussa son long sourcil noir gauche. Pour lui, la situation était compliquée et si un volontaire se présentait, il le prenait sur-le-champ. Mais ses valeurs l'obligeaient à repousser toutes mains féminines dans ce genre de mission. Non pas qu'il négligeait les capacités de la gente féminine, mais que la cible était réputée pour sa courtoisie envers les femmes. Il était facile pour lui de les séduire. Alors, il était hors de question d'envoyer cette femme sur les lieux. Mais la jeune femme avait deviné les pensées de son supérieur :

- Beaucoup d'hommes ont essayé de me séduire, mais je reste ferme, dit-elle avec le menton levé pour montrer qu'elle avait de l'expérience. Celui qui fera battre mon cœur n'existe que dans les illusions.

Les autres membres du Conseil se regardèrent puis certains hochèrent la tête approuvant les paroles de mademoiselle Rio. D'autres manifestaient leur désapprobation et leur mécontentement. Ils préféraient qu'un homme s'en charge et n'avaient aucune confiance en la jeune femme. Mais le Chef ne voulait rien entendre. Il leva sa main, le geste qui fit cesser les disputes entre ses collègues et se tourna vers la fille:

- Allez-y.

Alors qu'elle allait sortir de la salle sous le bruit de la reprise des disputes et des jérémiades entre les membres, Victor l'arrêta et lui murmura : « N'oubliez pas que c'était le meilleur assassin de notre organisation.» La jeune femme hocha la tête et s'en alla furtivement, sans un dernier regard. Lorsqu'elle sortit du repaire, elle regarda en face d'elle la cité prénommée capitale de France. Elle reprit sa respiration. Enfin elle pouvait sortir de cette ville tant étouffante et qui n'avait plus aucun intérêt. Elle détestait Paris. Ça l'a bien faite rire lorsqu'elle entendit dire que cette ville avait le surnom de ville de l'amour. Les citadins avaient plutôt tendance à râler que penser à leurs sentiments.

Mélodie Rio. Une jeune femme qui a d'énormes compétences en assassinat. Elle est toujours fidèle au Conseil et respecte les ordres sans répliquer. Elle pourrait même suivre aveuglément son maître, monsieur Naima, vers la mort. C'est une femme belle, grande, intelligente et ambitieuse. Elle a tellement porté de faux-noms pour ces missions qu'elle ne sait même pas si Mélodie est le vrai. En raison de ses facultés dans la matière, elle fut nommée membre du Conseil. Elle n'a jamais révélé ses ressentis, son passé, ses origines. Elle déclarait même avoir tout oublié. Mais, particulièrement, Mélodie portait une grande admiration pour Oliver Stone... Pour elle, cet assassin, exilé maintenant dans cet orphelinat, pouvait être maître de la Ligue. Parfois, elle rêvait même de le surpasser. Lorsqu'elle eut appris par le Conseil qu'Oliver avait quitté l'organisation, qui plus est pour une jeune femme, tout son monde s'effondra. Lui qui avait manifesté une grande flamme chez Mélodie, cette étincelle était en train de s'éteindre. Elle était au tribunal quand l'ex-assassin fut jugé et ce fut là qu'une haine envers cet homme orgueilleux consuma son cœur. Le mépris remplaça l'admiration...

Elle n'était ni amoureuse, ni envieuse. Elle voulait juste le dépasser, montrer à cet homme plein d'envergure ce qu'elle savait faire. Malheureusement, cette jeune fille, cette femme qui était entrée dans la vie de Stone, avait tout gâché. Elle avait ruiné tous ses projets, tout son univers. Mélodie serra les poings, contractant sa mâchoire. « Si seulement elle n'avait jamais existé... » pensa-t-elle. La jeune femme assassine aurait même voulu tuer elle-même cette femme si impudente.

Elle leva la tête vers le ciel, couvert de nuages gris. Quelques gouttes tombèrent sur son visage bronzé.

- Quelles illusions lui as-tu montré ? lâcha-t-elle.

Point de vue d'Oliver Stone

Cette classe... C'est tout simplement du n'importe quoi... Cela faisait deux semaines que j'étais dans ce lycée à enseigner une bande de voyous. Ce matin-là, alors que j'écrivais une phrase au tableau, je me suis reçu une boulette en papier mâché. C'est signé Ryan Vesther...

- Excusez-moi, m'sieur ! dit-il, un sourire en coin. Pouvez-vous vous décaler ?

- Tu ne pouvais pas me le dire simplement, sans te servir de ta sarbacane ? marmonnai-je.

- C'est bien plus amusant.

Je serrai le poing, l'envie de le frapper me démangeait. Mais ce garçon était intelligent. Il avait compris depuis le début que j'avais été enrôlé de force ici. En regardant cette classe, je me suis même dit que je m'y habituerai cette année... Même si j'avais envie de m'échapper d'ici.

En parlant d'évasion, je n'étais pas le seul à vouloir m'enfuir. Un soir, alors que je m'étais levé discrètement pour sortir dehors et grimper au mur, je fus surpris par Arthur Canali qui m'avait sûrement suivi. Je le regardais fixement un peu gêné, la main tendue vers le mur.

- Vous ne devriez pas toucher le mur, dit-il simplement.

- Pourquoi ? demandai-je.

- Parce que le mur est recouvert de piques.

Tout de suite, j'enlevai ma main. Le jeune garçon avait le regard assez neutre, les mains dans les poches. Ils sont tous comme ça, les garçons de la classe ? Mais je me souvenais d'Arthur. Il était plutôt dans son coin à rêvasser, réservé, mais lorsqu'on le regarde, il prend un regard sadique avec une tête affreuse et psychopathe. Il avait les cheveux très raides, mis sur le côté, très bruns et si l'on observe bien, on peut apercevoir une mèche grise. Arthur avait aussi les yeux gris, un mélange entre le bleu et le vert et il n'était pas très grand. Concernant ses résultats, il n'est pas très brillant... Cependant, il ne faut jamais sous-estimer ce garçon, car en assassinat, il peut nous surprendre. Moi-même, j'en fis l'expérience...

Un jour, c'était durant le cours de sport - disons plutôt assassinat - et j'avais réuni les élèves dans la cour. Autant vous dire que je n'étais pas très chaud à leur apprendre mes techniques mais j'y étais obligé... Alors que je montrais un exercice facile au couteau, Arthur s'était avancé et sans que je puisse répliquer, il me fit une clé de bras et me poussa par terre comme un vulgaire apprenti. J'étais perturbé et choqué. Je me relevai et le regardai, prêt à lui faire la leçon lorsque je croisais son regard. Il était...absorbant, attirant, même étrange... Le jeune homme me sourit sardoniquement et dit :

- Nous ne sommes pas des débutants, monsieur. Sachez-le.

Et il retourna à sa place. J'écarquillai les yeux. Comment pouvait-on faire cela à des enfants ?...

Chapitre 7 : Le loup contre la vipère

Point de vue omniscient

Les rayons du soleil pointaient sur les lourds rideaux bleus du couloir qui longeait les dortoirs des élèves. Dehors, on pouvait apercevoir l'aurore se lever qui semblait annoncer une bonne journée sous un beau soleil rafraîchissant. Mais les nuages gris apparaissaient peu à peu ; l'hiver approchait à grands pas, prenant doucement la place de l'automne qui s'en allait comme le vent qui s'en va. Aussi, dans la cour, on pouvait entendre le son qu'émettait une flûte traversière. Un élève s'était déjà levé et semblait s'entraîner sur le morceau de la Flûte Enchantée. Les yeux fermés, le garçon aux cheveux blonds très clairs reflétant la lumière du soleil, exprimait toute sa passion dans sa musique. Il se tenait debout sur la pelouse, seul au milieu de la cour. Un peu plus haut, parmi les fenêtres du lycée, une en particulier était ouverte. Oliver Stone, ou plutôt Lewis Bamer à présent, écoutait la douce mélodie, assis sur le rebord de la fenêtre. Ses cheveux bruns virevoltaient et ses paupières closes cachaient ses beaux yeux bleus, révélant un visage apaisé. La musique s'envolait, emportée par la brise légère qui se levait. Puis elle s'arrêta doucement, l'interprétation était terminée. Lewis - Oliver donc - fut un peu déçu que cela soit fini. C'était dommage car cet élève jouait magnifiquement bien. Il marcha donc dans le couloir, dans une tenue assez sobre. C'était bien le seul professeur qui ne portait pas la tenue appropriée. Tout ceux, étant assassins, devait porter leur habit d'assassin, ainsi ils montraient l'exemple aux élèves. Seules

les femmes pouvaient s'habiller autrement, tout comme le directeur, monsieur Naima.

Mais Lewis s'était décidé à ne plus jamais porter ce vêtement de malheur. L'événement qui avait changé sa vie restait graver dans son cœur.

Il marchait donc de manière tranquille, longeant le mur. Il n'était que sept heures et demie, les élèves n'allaient pas tarder à sortir de leurs dortoirs.

Aussi Lewis avait remarqué des compétences incroyables chez sa classe. Par exemple, celui qui venait de jouer de la flûte s'appelait Mao Dalhmer, doué en musique mais aussi en séduction. Son sens de l'ouïe, également, est très développé ; il entend quasiment tout, mais ne reconnaît pas forcément la personne ou la chose, l'animal. C'est aussi un véritable Dom Juan.

- Quel dommage de tomber aussi bas... se dit Lewis en souriant un peu. Il pourrait utiliser son talent pour d'autres choses...

Soudain, il entendit des pas derrière lui. Il s'arrêta, sans pour autant de retourner. Une présence assez froide s'émanait dans le couloir, cela se sentait. Lewis rit légèrement.

- Vous êtes un peu trop prévisible, monsieur... Moi qui... commença le professeur mais il fut coupé par une voix féminine.

- Je préférerai "mademoiselle", si vous le voulez bien.

Lewis se retourna subitement. Il vit une jeune femme aux cheveux longs cheveux blonds, rattachés en chignon, avec une mèche verte qui longeait son oreille droite, et des yeux verts resplendissants. Elle portait une robe noire avec une ceinture bleue à la taille, et enfin des escarpins bien sombres.

- Monsieur Stone.

- À qui ai-je l'honneur ? demanda l'homme.

La femme haussa un sourcil, amusée. Elle éclata de rire puis répondit avec un air assez hautain :

- Tiens donc, vous ne me connaissez pas ? Pourtant, c'est moi qui tire les ficelles de cet orphelinat.

- Oh ! Vous êtes mademoiselle Oriano, la directrice de l'institution, se souvint Lewis.
- Exactement. Je vois que vous vous n'êtes pas encore habitué aux élèves. Je suppose que vous êtes encore sous le choc des événements qui se sont passées il y a cinq ans.

À ces mots, l'ancien assassin baissa le regard, froissé par ses paroles glaciales. Il serra le poing, repensant à ses souvenirs. Il redevint cet homme perdu qui avait tout abandonné et qui fuyait cette société infâme qui le haïssait, le jugeant comme étant le plus misérable de tous. Pourtant, il semblait que c'était sûrement lui qui avait le plus souffert. Mais cela, la Ligue n'en tenait pas compte. Elle poursuivait les déserteurs et les jugeait comme bon lui semble. La directrice, quant à elle, se réjouissait d'avoir touché un point sensible chez cet homme. Pour elle, c'était comme un trophée qu'elle remportait à chaque fois. Mademoiselle Oriano était connue pour sa perspicacité de connaître tous les points forts et faibles de sa victime rien qu'en la regardant et par un événement marquant. Elle sait toucher où ça fait mal.

- Comment s'appelait cette femme que vous avez rencontré auparavant ? continua-t-elle, semblant s'amuser encore. N'était-ce pas...?

Mais elle ne put dire plus. Lewis s'était directement rapproché d'elle, le regard plein de fureur. Dans ses yeux, on pouvait revoir l'assassin violent qu'il était avant. La directrice poussa un petit cri de stupeur, surprise par ce geste. Elle n'était pas vraiment habituée par ce genre de situation.

- Ne prononcez jamais son nom devant moi. Vous ne méritez même pas de le dire vous-même, cracha-t-il.

- À vous entendre, son nom doit être celui d'un saint...

- Elle en est une.

Sur ces mots, Lewis s'en alla, laissant la jeune femme en plein milieu du couloir, qui enrageait. Cependant, elle pouvait se réjouir d'une chose : elle avait réussi à éveiller le loup qui sommeillait en Oliver.

***

Dans sa chambre, Clara était en train de s'habiller. Elle soupira, prenant le soin de bien mettre correctement sa chemise puis sa jupe. Elle tourna son regard vers le lit superposé. Zélie, sa compagne de chambre, dormait toujours. La jeune fille sourit doucement : cette fille était peut-être réservée, mais en tout cas, elle dormait bien. Clara se décida tout de même à la réveiller car le petit déjeuner était servi à huit heures moins le quart. Elle s'approcha doucement puis, soudainement, elle l'attaqua en la chatouillant dans le cou. Zélie sursauta et se cogna la tête contre le haut du lit.

- Aïe ! gémit-elle en se frottant la tête.

- Debout la marmotte ! s'exclama Clara en riant. Si tu veux manger, il faut s'habiller.

La petite brune regarda la jeune sportive d'un air neutre et hocha la tête. Elle se leva en silence et se déshabilla pour enfiler son uniforme. Clara l'observa tristement. Elle ne connaissait Zélie que depuis la seconde et souhaitait lier une amitié avec la jeune fille. Cependant, il y avait deux hics : tout d'abord, elles étaient ici, non pas pour s'amuser, mais pour apprendre à assassiner. Et ensuite, il y avait une autre personne avec qui Clara souhaitait également se lier. Une personne dont elle était amoureuse mais qu'elle se gardait de révéler... Car cette personne était hors d'atteinte pour elle. Plongée dans ses pensées, la jeune fille n'entendit pas Zélie l'appeler.

- Clara, on y va, dit-elle.

- Oh ! Désolée, Zézé... s'excusa Clara.
Et les deux jeunes filles sortirent de la chambre. Elles se dirigèrent vers le réfectoire. Pendant ce temps, dans la cantine, assis à une table, Olivier mangeait son bol de céréales tranquillement. Il n'était pas vraiment le seul à être le premier lever, d'autres commençaient déjà à arriver. Un plateau se posa devant le jeune homme. C'était Ryan qui s'installait en face de lui.

- Salut Olivier ! Bien dormi ? dit-il avec un sourire en coin.

- J'ai entendu Thomas crier cette nuit. Tu lui as fait quoi cette fois ? demanda Olivier sans prendre la peine de le regarder.

- Oh... Je lui ai juste mis un nid d'araignées sous son oreiller...

- Ah.

Ryan rit un peu. Le jeune blond adorait ces petites farces. Il aimait faire souffrir les autres, surtout les abrutis comme Thomas Candèle. Son tempérament sadique était très apprécié chez le directeur, pour un futur assassin, mais détesté chez les élèves non pas seulement qu'il embêtait tout le monde avec ces blagues sadiques mais qu'il récoltait les meilleures notes en assassinat. Il pourrait tuer toute personne, sans la moindre pitié. C'est pourquoi, il était le plus craint dans le lycée. Il avait déjà essayé d'étouffer un camarade, alors qu'il n'était qu'en sixième... Mais il avait du respect envers son ami Olivier. Car lui aussi avait des techniques appréciées par les professeurs. Seulement, il ne les utilisait qu'au dernier moment...

- Quel gâchis, pensa Ryan.

Le blond savait également qu'Olivier protégeait une fille de la classe. Et cette fille n'était autre que Zélie Montague. Cette dernière entra dans le réfectoire, accompagnée de Clara. Les deux filles virent les deux jeunes hommes et les rejoignirent. Clara était tout sourire, alors que Zélie restait blasée. Elles s'installèrent près d'eux, avec leurs plateaux.

- Bien dormie, Clara ? demanda Ryan en souriant, sachant très bien ce qu'elle allait répondre.

- Tu aurais pu mettre autre chose qu'une araignée sous son oreiller ! Maintenant, j'en ai fait des cauchemars à cause de ses cris ! le gronda la jeune fille.

Le garçon éclata de rire. Pendant que Clara lui faisait la leçon, Olivier regarda Zélie qui mangeait son œuf à la coque. Ses cheveux châtains étaient bien coiffés, toujours avec un nœud bleu derrière la tête. Elle mangeait posément. Le jeune brun se lança :

- Tu as bien dormi ?

Pour toute réponse, la jeune fille hocha simplement la tête. Olivier soupira et baissa les yeux vers son poignet. Le bracelet brésilien qu'il gardait précieusement lui rappelait quelques souvenirs d'enfance...

Chapitre 8 : Réunion de classe

La classe de première L était rassemblée dans sa salle respective pour le cours de français. Un élève était debout, parlant d'un texte étudié. Lewis, le professeur, l'écoutait attentivement, baillant un peu, n'ayant pu dormir que trois ou quatre heures à cause de quelques cris dans la nuit. Effectivement, ce cours l'ennuyait, et il désirait vraiment sortir au plus vite pour pouvoir respirer à l'air libre dans la cour. L'élève interrogé s'appelait Alex Erase. C'est un jeune garçon maigre et fragile, portant des lunettes, discret. Bref, pour notre cher Lewis, il n'avait rien à faire dans cette classe d'assassin. Pourtant, les mots du proviseur revenaient à chaque fois dans sa mémoire : « Méfiez-vous d'eux. Ils cachent très bien leur jeu. » Est-ce que ce Alex avait des grandes capacités ? En tout cas, la directrice avait l'air très sûre d'elle lorsqu'elle l'a choisi... Tout ce qu'avait remarqué Lewis, c'est que ce jeune homme aux cheveux bruns cendrés avait une grande passion pour l'écriture. Le français était son point fort, mais concernant l'assassinat, il restait toujours aussi discret.

En observant la classe, il y avait toujours une main levée, celle de Marie Schneider pour toutes les matières. Évidemment, Lewis savait qu'il ne devait pas tout le temps la faire participer, même s'il avait très envie pour deux raisons : la première était pour faire avancer le cours et la deuxième était parce que redire le nom « Marie » lui faisait plus ou moins du bien. En effet, la directrice avait vu juste. La jeune fille qu'il avait rencontrée il y avait cinq ans le hantait toutes les nuits... Il aurait aimé remonter le temps pour retrouver celle qu'il avait tant aimé, lui raconter tout ce qui lui arrivait. Elle lui aurait souri, caresser ses cheveux et le rassurer avec son visage blanc de neige. Il aimerait quitter ce monde, cette société qui le jugeait. Mais, maintenant, il était loin de ce rêve pour pouvoir le réaliser.

On ne peut échapper à son destin...

L'ambiance de la classe était fade. On pouvait s'y ennuyer mais aussi avoir quelques frissons. Les élèves avaient des visages froids, se battaient entre eux, et se jetaient des regards vides. Même celles et ceux qui aimaient rire avaient des yeux de tueurs.

« Qu'aurais-tu dit si tu étais face à cette classe ? Qu'aurais-tu fait ? »

C'était une question que se posait souvent l'ex-assassin. Il se sentait si impuissant, si fragile... C'était la première fois qu'il ressentait ça. Son cœur était lourd. À quoi cela servait de continuer d'avancer, alors qu'il avait tout perdu ? Mourir est une affaire facile, mais vivre est une chose toute différente... Avoir un fardeau sur le dos pouvait nous épuiser au bout d'un certain temps, cela dépendait du poids qu'il faisait. Et celui de Lewis était tellement lourd qu'il avait du mal à se relever. Il était tellement plongé dans ses pensées qu'il n'entendit pas la voix d'une jeune fille l'appeler :

- Monsieur ? Monsieur, Alex a fini.

Lewis sursauta légèrement et se tourna vers celle qui l'appelait. C'était la jeune Lucie Ovile.

- Oh, excusez-moi, dit embarrassé le professeur.

Le jeune garçon aux lunettes rondes regardait le professeur avec attention. Il attendait à ce que Lewis fasse son correctif pour pouvoir se rasseoir et qu'ils finissent le cours. Lewis toussa un peu pour donner de l'allure et dit vaguement un « très bien » ne sachant pas quoi dire d'autre vu que l'élève était bon en français. Tandis que Lucie, elle, soupira. Depuis le début, elle ne le supportait pas. Il lui semblait trop négligeant et se fichait complètement de son boulot. Ce qui était le cas... Simplement, elle voulait satisfaire le proviseur, monsieur Naima, ainsi que John, son délégué, alors le travail était pour elle très important. Mais depuis que ce drôle d'assassin avait obtenu la responsabilité de leur classe, le niveau avait quelque peu baissé. Et le conseil de la classe l'avait remarqué.

Alors qu'ils faisaient une réunion le soir même, la classe était réunie autour des tables que les élèves avaient installé de façon à former un rectangle. Tous les Premières Littéraires étaient assis et attendaient que John fasse son petit discours. Celui-ci ne se fit pas prier. Il se leva, prit une grande inspiration et demanda :

- Je pense qu'il est temps de voir ce que nous pensons du nouveau professeur, c'est-à-dire monsieur Bamer.

Il marqua une pause dans ses propos, remettant son bandeau au-dessus de sa tête, sur ses cheveux.

- Je laisse la parole à la deuxième déléguée de la classe.

Iris, alors, se leva de manière théâtrale. Elle jeta un coup d'œil à Mia qui la regardait, mécontente. Le regard de la brune semblait meurtrier :

« Comment oses-tu te mettre près de John ? »

La jeune déléguée sourit sardoniquement, se moquant d'elle. Depuis la seconde, elles s'étaient toujours confrontées par des regards. Iris était très intelligente et savait parfaitement à qui elle avait affaire. Mia, elle, ne la supportait pas. Elles étaient toutes les deux proches de John Bamou, et se le disputaient dans son dos. En effet, le jeune homme ne faisait pas apparaître ses véritables sentiments : il était protecteur envers Mia, mais il aimait beaucoup passer du temps avec la jeune Iris. Certains disaient que les deux délégués étaient même en couple, mais ce n'étaient que de simples rumeurs émises par des amateurs d'assassinat. Qui pourrait savoir qu'au fond du cœur de ses trois élèves se cachait une vraie pulsion meurtrière... ?

- J'ai pu soutirer ses informations de la directrice, annonça la jeune fille aux cheveux d'ébène.

Tout le monde la regardait avec intention. Iris était la préférée de mademoiselle Oriano, tous le savait. Alors, la classe se tenait plus ou moins à carreaux.

- Les voici : Monsieur Lewis Bamer n'aurait jamais été professeur dans les dernières années.

On entendit un éclat de rire. Il venait de sortir de la bouche d'une jeune fille à la peau métissée, et aux cheveux bruns. Elle avait mis ses pieds sur la table, décontractée et continuait de rire à gorge déployée. Iris soupira, prit un air blasé et la regarda en demandant :

- Je peux savoir pourquoi tu ris, Alix ? C'est grave ! Si on...

- Tu croyais que personne ne le savait, Iris ? la coupa la concernée, s'étant arrêtée de rire.

- Je ne fais qu'infor...

- Arrête de te prendre comme supérieure de nous tous. Moi, personnellement, je le savais déjà.

Irritée, déboussolée, la déléguée se rassit et croisa les bras avec un geste brusque. Alix Comia l'avait ridiculisée avec de simples paroles, la remettant complètement à sa place. Alix était certes une manipulatrice, avec un petit côté sadique, ferme, mais elle faisait partie aussi du gang des comiques. Lorsqu'Iris se rassit énervée, elle fit un check avec son camarade et son voisin de classe, Léo Falcon, avec qui elle passait la plupart de son temps à faire des farces. Les deux élèves adoraient titiller les nerfs de chacun, même s'ils n'arrivaient pas totalement à la cheville de Ryan, qui, lui, ne faisait que garder un sourire en coin agaçant le reste du temps.
Olivier, quant à lui, regardait la classe depuis sa place. Il gardait ses mains dans ses poches, observant la scène. Son regard blasé n'avait pas changé. Il était aussi plongé dans ses pensées. Il se demandait une chose :
« Sommes-nous une classe normale ? »

Chers lecteurs, je pense que votre réponse prendra tout de suite la direction du "non" ! Seulement, ici, tout n'est pas si simple... Cette école d'assassin avait été mise en place afin que la Ligue Carpe Noctem puisse continuer de tourner. Les assassins manquaient parfois d'assurance, alors de jeunes nouveaux étaient toujours les bienvenus. Mademoiselle Oriano, ancien assassin, avait été choisie pour diriger l'orphelinat. Elle recueillait tous les enfants perdus, n'ayant plus de parents.

Il y avait également une règle chez les assassins : du côté des femmes, si elles attendaient un enfant, elles n'avaient pas le droit d'avorter. Elles devaient accoucher et donner leur enfant à l'orphelinat. C'était peut-être une des règles les plus strictes dans cette "entreprise". Pour les hommes, il n'y avait pas vraiment de règles. Ils devaient juste faire attention à ne pas user tout le temps leur énergie pour une soirée avec des jeunes femmes... Mais, connaissant le monde, quel homme pourrait résister devant une belle femme ?

Pas Lewis Bamer en tout cas. Même s'il avait toujours un cœur froissé par les évènements qui se sont passés auparavant, il souhaitait tout de même retrouver les sentiments qu'il avait éprouvés... L'amour est un triomphe sur la haine, beaucoup de gens le disent. Mais n'est-ce qu'une simple illusion ? Notre monde est rempli de haine en soi... Si cela était vrai, le destin pourra-t-il encore être chamboulé ? Est-ce que le monde peut accepter un autre chemin pour Lewis ?

Car, demain, la grille du lycée s'ouvrira pour accueillir un nouvel arrivant qui changera la vie de notre cher assassin...

Chapitre 9 : Un professeur étrange

Une voiture blanche se stationna devant le lycée. La pluie tombait à grosses gouttes, et formait de grandes flaques d'eau. La portière du côté du chauffeur s'ouvrit et une jeune femme aux cheveux blond vénitien, habillée d'une robe bleue, serrée à la taille en sortit. Elle déploya son parapluie noir et marcha vers le gros portillon enfermant le bâtiment. Elle appuya sur la sonnette, située près de la boîte aux lettres et lorsque la voix de monsieur Naima retentit dans l'interphone, demandant qui c'était :

- Je suis Mélodie Rio, répondit-elle. Bonjour maître. Je suis venue vous relever.

- Très bien.

La porte s'ouvrit, laissant entrer la jeune femme. Et elle se referma derrière elle.

***

C'était la récréation. Lewis était adossé au mur et regardait les enfants jouer dans la cour. Enfin, jouer... C'était une façon de parler. Étant donné que c'étaient des futurs assassins, le mot « jeu » n'était pas approprié pour ceci : Thomas et sa bande, c'est-à-dire Natalie, Alix, Léo ainsi qu'Arthur et d'autres camarades assez bizarres d'autres classes menaçaient des élèves. Ryan se moquait d'eux, disant qu'ils n'avaient aucune expérience dans le domaine de la provocation, Clara qui jouait au basket mais en prenant un autre élève comme panier, etc...

Sur le côté, Mia, la jeune fille aux cheveux bruns, dessinait, à l'écart de ces mascarades. John étant à la bibliothèque, elle restait seule. Ou, peut-être pas. Alex Erase est venu la rejoindre. Ils ne se parlent pas vraiment...

Notre cher assassin commençait sérieusement à s'ennuyer. Certes, la Ligue lui avait ordonné de faire cours à ces enfants, certes il risque de mourir à tout instant - et ça, il s'en fiche - mais pour lui, l'action dans la vie donnait du goût. Là, c'était presque lassant de regarder même des enfants se disputer pour savoir qui est le meilleur dans l'assassinat... De plus, il savait qu'il faisait mauvaise impression et c'était fait exprès. Il ne voulait pas s'attacher à eux. Car c'était ce que voulait la Ligue Carpe Noctem. Même si cela paraissait « mission impossible », le professeur amateur avait réussi à mettre une distance entre eux. Cependant... il repensait sans arrêt à la promesse qu'il avait faite à la fille qu'il a tant aimé... Et il se disait qu'il était en train de rompre tout lien avec elle en ne l'accomplissant pas...

Un peu plus haut, derrière la vitre d'une fenêtre donnant sur le bureau du proviseur, monsieur Naima l'observait. Son visage était maussade. Le chef des Assassins demandait des nouvelles du détenu. Mais pour l'instant, rien d'intéressant à dire. L'ex-assassin se débrouillait très bien.

« Pas étonnant que ces idiots ont pu le retrouver au bout de cinq ans... » marmonna-t-il.

Il se retourna. Une jeune femme était assise à demi sur son bureau et aiguisait un couteau. C'était Mélodie.

- Tu as bien progressé ces derniers temps... Tu es beaucoup plus discrète, remarqua son maître.

La jeune femme sourit aisément, mais ne le regardait pas, occupée dans son divertissement.

- Merci, maître.

Elle souffla sur sa lame, rangea son couteau dans son fourreau attaché à sa cuisse puis leva la tête vers monsieur Naima.

- Qu'en est-il de l'homme en question ? demanda-t-elle.
- Il s'en sort... Il s'en sort... répéta le proviseur, un peu agacé. Je vois que je l'ai mal jugé.

- " Ne jamais se fier aux apparences. " C'est vous-même qui l'avez dit.

- Tu as raison.

Mais la jeune femme sentait bien l'inquiétude du proviseur se divulguer dans la pièce. Elle savait qu'il interviendrait à tout venant si quelque chose perturbait leur enseignement traditionnel. Pour l'instant, la cible en question faisait bien son travail, même si les délégués de la classe étaient venus voir le proviseur pour lui demander de changer de professeur. Monsieur Naima avait fermé les yeux, massé son front légèrement exaspéré. Il fallait avoir une discussion avec Lewis. Cependant, il avait beaucoup trop de travail alors il lui était impossible d'organiser un rendez-vous pour le moment. Le vieil assassin se retourna face à sa fenêtre pour continuer d'observer la cour.

- Maître, laissez-moi aller le voir, dit déterminée la jeune assassine.

L'homme se tourna vers elle subitement. Elle se tenait debout, en face de lui. Il s'attendait bien qu'elle allait dire cela. Il sourit et hocha la tête. À quoi bon dire non ? Elle était venue le relever. Mais, en la voyant partir, il se demandait s'il avait bien fait...

Du côté de notre assassin, celui-ci s'apprêtait à revenir dans sa classe. Les autres professeurs qu'il a rencontrés étaient assez froids avec lui. Bon, évidemment il s'y attendait, mais ils auraient pu lui dire un petit bonjour... même froid ! Lewis a même croisé la jeune femme aux cheveux blonds qu'il avait rencontré dans les couloirs. D'ailleurs celle-ci était le professeur principal de la classe scientifique. Elle était même très jolie... Lewis secoua doucement sa tête, reprenant ses esprits. Il reprenait ses mauvaises habitudes. Effectivement, c'était plutôt normal, mais il souhaitait vraiment évoluer. Même s'il rêvait d'une jolie brune ou blonde avec qui passer sa   vie...

Mais alors qu'il allait rouvrir la porte de la salle de classe, une femme se présenta à côté de lui :

- Bonjour monsieur Bamer, ou devrais-je dire, monsieur Stone.

L'ex-assassin sursauta à ce moment, ayant perdu son sang-froid et se tourna vers la jeune femme. Il haussa un sourcil :

- Bonjour ? fit-il.

- Je suis Mélodie Rio, l'élève de monsieur Naima, continua la jeune femme.

- Oh, je vois. Vous êtes venue le relever ?

Mélodie haussa un sourcil, surprise.

- Comment... bredouilla-t-elle.

Puis elle se reprit, avec un regard sérieux :

- Mmh, bref... Venez me voir dans la salle des professeurs à 21h.

Et elle tourna les talons, s'en allant, silencieuse. Elle restait la tête haute, fière mais en elle-même, son cœur battait la chamade. Mélodie avait approché pour la première fois celui qu'elle avait tant admiré. Elle ne savait pas que ça allait se passer si facilement. Elle pensait qu'il était difficile de parler aux plus célèbres d'entre eux, car ils étaient très orgueilleux. Pourtant, Lewis - Oliver - ne paraissait pas aussi vaniteux...

- Il a bien changé, pesta la jeune femme.

Elle serra les dents. Elle aurait voulu lui demander plusieurs choses comme comment il a pu aussi vite évoluer, quelles légendes raconte-t-on sur lui, etc... Les poings serrés, Mélodie haïssait la jeune fille souriante, enveloppée de lumière.
Du côté de Lewis, celui-ci haussa les épaules, souriant un peu car c'était bien la première personne qui lui disait bonjour. Bien qu'il remarqua chez cette femme une grande fierté, il avait aussi vu une certaine déception dans son regard. Notre assassin entra dans la salle de classe, sans trop se poser de questions. Les élèves le suivirent, un par un. La journée se passa à peu près bien, même si les élèves pestaient dans le dos du professeur. Iris avait les bras croisés derrière son bureau, les sourcils froncés. Alix ricanait dans

son coin avec Léo, tandis que Ryan continuait d'embêter le professeur avec ses boules de papiers mâchés. Olivier Étécie écoutait le cours avec indifférence, etc, etc... Rien à redire. C'était un cours comme les autres...

Lewis trouvait que les élèves étaient bien froids, ces temps-ci. Le mois de novembre était passé, décembre s'écoulait doucement... Et Noël approchait. À cette pensée, Lewis cassa sa craie. Il restait figé devant le tableau, se souvenant des événements qui avaient changé sa vie. Les élèves levèrent la tête. Même ceux qui faisaient les pitres arrêtèrent leurs "bêtises". Le professeur avait la mâchoire contractée, empêchant ses larmes de couler. Il passa son bras sur ses yeux puis se mit face aux apprentis assassins, la tête baissée. Il resta silencieux un instant, faisant régner un silence permanent, et imposant. Il ouvrit la bouche, voulant mettre fin au cours, mais soudainement, il leur tourna le dos et inspira profondément pour reprendre le cours de géographie.
Cependant, il sentait que plus Noël arrivait, plus les journées semblaient longues et douloureuses. Le souvenir de la jeune fille au beau sourire lui faisait mal au cœur. Cela remontait à cinq ans... Mais le deuil n'était pas encore fait. Une telle injustice ne s'oublie pas si facilement. On peut dire tant qu'on le souhaite que c'est du passé, on ne peut nier des crimes, tant qu'ils ne sont pas pardonnés ou regrettés.
Et Lewis n'a pas pardonné. Il ne veut pas. Il ne peut pas. Cela est contre nature. La haine tient encore une grande place dans son cœur. Une haine contre la Ligue, notamment le chef, Victor Tanama.

Le soir, à l'heure où il devait retrouver la jeune femme blonde qui l'avait fait demandé. La cloche sonna les 21 heures précises et sous la lune lumineuse, Lewis attendait dans la cour, assis sur un banc, regardant le ciel étoilé. Il poussa un léger soupir puis entendit un bruit de pas.

- Vous avez une minute de retard, mademoiselle, remarqua-t-il avec un sourire sans prendre la peine de se retourner.

- Vous avez un de ces toupets...

L'homme rit, se leva et se retourna enfin pour se tenir en face d'elle. Mélodie se tenait là, derrière le banc, les bras croisés, enveloppée d'un manteau de fourrure à capuchon. La discussion n'allait pas tarder...

Chapitre 10 : Refaire son image

- Frappe plus fort.

Les élèves étaient rassemblés dans la cour pour le cours de sport, ou plus précisément d'assassinat. Lewis, déterminé, passait dans les rangs, et observait chaque élève qui s'entraînait soit au poignard soit au revolver - étant chargé pour certains dont Ryan - et chaque élève se voyait conseillé par le professeur. Ce qui était étonnant, car celui-ci ne s'était pas vraiment donné à cœur joie pour ce cours en particulier, les autres jours.
Lewis passa derrière Olivier qui s'exerçait au tir. Le coup passa et ce fut en plein milieu de la cible.

- Excellent. Mais il faut être plus rapide, dit le professeur.

- Bien, m'sieur.

Olivier soupira un peu et reprit son souffle un instant. Il tourna le regard vers son professeur. Il pensait que c'était étrange de le voir aussi déterminé. Il haussa les épaules.

- Sûrement le directeur, supposa-t-il.

Mais, en aucun cas le directeur n'était allé voir Lewis. Car hier, une jeune femme avait parlé au jeune homme... Sous le clair de lune, colère et frustration se sont déchaînées... En attendant, le professeur semblait très confiant. Même Ryan était surpris. Mais il faisait semblant de ne pas l'être. Il était trop fier pour le reconnaître. A contrario, il souriait toujours aussi sadiquement. Ces gestes souples plaisaient beaucoup à Lewis.

- C'est bien, Ryan. Bientôt, tu pourras être le meilleur assassin de France.

Ryan s'efforça donc à continuer. Olivier, son ami, l'observait. Puis celui-ci décala son regard vers Clara qui s'entraînait au corps à corps. Son agilité était impressionnante. Un seul salto arrière pouvait mettre KO Thomas qui la combattait. La jeune fille aux cheveux blonds sourit fièrement, essoufflée. Lewis la félicita. Passant toujours dans les rangs, le professeur assassin regardait les élèves progresser. Cela faisait plaisir à voir des enfants si concentrés. Mais dans le cœur de Lewis, quelque chose avait changé. L'incertitude ne lui faisait plus d'ombre. Elle avait disparu. Quelque chose clochait chez lui. On aurait dit qu'il avait pris une grande décision d'une grosse importance.
L'homme continuait son inspection à travers les rangs. À côté, des terminales faisaient aussi leur entraînement un peu plus loin, avec leur professeur. Lewis jetait quelques coups d'œil vers eux. Il réalisa alors que l'entraînement que faisait subir le maître des élèves de terminales était plus rude, plus intense que le sien. En effet, ils couraient partout, chaque geste, chaque coup devait être parfait aux yeux du professeur. Et lorsque ce n'était pas bon, soit il essayait de les décourager en leur disant des paroles méchantes, soit il les humiliait en public.

Et l'humiliation, ici, était forte... Les élèves avaient le devoir de se mettre à genoux, à moitié nus et imploraient le pardon au professeur, qui les regardait avec mépris. La mâchoire de notre ex-assassin se contractait. Le poing serré, il mourait d'envie de faire voler ce professeur indigne contre le mur fourré de pique. Seulement, quelque chose l'en empêchait. Il revit le sourire de la jeune fille qui avait bouleversé sa vie. La violence ne résoudrait rien... Pourtant, cela lui faisait mal de voir ces adolescents au regard sombre souffrir comme cela... Et pourtant, aucun ne riait. Au contraire, tous restaient distants les uns des autres.

Lewis regarda ses élèves de première. Un sourire s'esquissa sur son visage. Il avait compris que son destin n'était pas de mourir ou même de fuir...

Son destin était d'éduquer ces adolescents au péril de sa vie.

Il leva les yeux vers le ciel, souriant.

- On verra bien...quel enseignement marchera le mieux, pensa-t-il.

La veille, la discussion entre lui et Mélodie fut bien intense en propos. Mais, il savait que s'il ne faisait rien, sa promesse serait rompue et il s'en voudra toute sa vie.

- La Ligue a été clémente envers vous. Tâchez de bien refaire votre image, avait dit la jeune femme.

Mais elle fut surprise de la réponse du « traître » :

- En effet, elle a été très gentille avec moi. Grâce à sa dite "punition", je pourrais accomplir ma promesse.

- Quelle promesse ?! s'exclama Mélodie, en fronçant les sourcils.

Oliver ne répondit pas tout de suite. Le visage baissé, on ne pouvait voir que son sourire s'élargir sous l'éclat de la lune dans le ciel étoilé.

- Il y a beaucoup de choses que vous ne connaissez pas sur moi, dit-il enfin. Je parie que vous ne comprenez pas pourquoi j'ai quitté l'organisation à cause d'une femme.

- En effet, confirma la femme qui avait serré son poing.

Elle respira longuement puis ajouta :

- Je vous admirais, monsieur. Je vous aurais même choisi comme mentor si j'avais pu. Cependant, cette fille a tout gâché. Elle vous a complètement ensorcelé.

Elle fit un pas en avant, tout en continuant de parler, déterminée :

- Oubliez cette femme ! Oubliez-la ! Le monde est si obscur... Elle n'a fait que vous manipuler pour que vous soyez comme les imbéciles qui croient que la vie est belle ! Cette femme... C'est le démon en personne ! Elle...

Mais la jeune femme ne put dire plus. Lewis s'était rapproché d'elle comme un loup en quête de sa proie. Elle plongea son regard dans le sien : ses yeux étaient en colère. En voyant qu'il était furieux, elle sourit, satisfaite :

- J'ai réussi à vous mettre en colère... dit-elle. Vous allez donc...me tuer ?

- Non.

Elle le regarda, surprise. Pourquoi ne voulait-il pas la tuer alors qu'elle avait craché sur cette femme ? L'homme lui sourit tendrement, en se reculant.

- Vous savez... commença-t-il. La vie n'est peut-être pas un long fleuve tranquille, elle est semée d'embûches, mais c'est ce qui fait d'elle une grande beauté naturelle.

Mélodie haussa un sourcil, ne comprenant pas ce qu'il disait.

- On dit souvent qu'il faut souffrir pour être beau ou belle. Eh bien, c'est pareil pour notre esprit et nos sentiments. Il faut combattre nos obstacles, serrer les dents mais toujours aller de l'avant.

- C'est... C'est vraiment niais ce que vous dîtes là ! explosa la femme, en colère mais qui essayait d'en rire.

- Est-ce niais de vivre ?

À ces mots, elle ne sut pas quoi répondre. Celui qu'elle admirait auparavant avait peut-être changé, mais l'assassin qui était en lui y est toujours. C'est pourquoi, il aura encore l'occasion de tuer quelqu'un car ses compétences sont restées. Mais faut-il qu'il ait la volonté d'assassiner quelqu'un...
Lewis sourit en se remémorant cette soirée. Il se douta bien que la jeune femme n'allait pas se laisser abattre comme cela, aussi facilement. Il tourna la tête et regarda Alex s'entraîner.

- C'est bien, lui dit-il simplement.

Mais avant de se retourner, il aperçut Mia. La jeune fille s'entraînait également, mais il sentait qu'elle dégageait une colère intense. Il ressentait de la peur en la voyant. Le professeur se dit alors qu'il fallait qu'il garde un œil sur cette élève.
John, lui, regardait aussi la jeune fille. Il savait bien qu'elle était capable du pire. Ainsi, il restait avec elle pour la

surveiller. Il ne voulait pas qu'elle blesse quelqu'un. C'était étrange pour un futur assassin. Lui aussi, il serait capable de tuer n'importe qui s'il le voulait. Mais... Il ferait n'importe quoi pour cette fille.

Iris Tanuvie l'avait bien compris. Mais elle le rappelait toujours à l'ordre. Car même le délégué de classe s'éloignait de l'assassinat pur.

Si elle n'était pas là, je ne pense pas que John serait resté tel quel. Il aurait déjà assassiné une ou plusieurs personnes. Tandis que pour Mia, c'est la même chose. Iris est ainsi donc l'équilibre des deux. Elle savait tout sur les élèves. Même la plus discrète de tous, Zélie, n'avait aucun secret pour elle.

D'ailleurs, parlons un peu de Zélie. Celle-ci s'entraînait rudement, mais à l'écart des autres. Elle ne supportait pas la compagnie car elle-même ne se supportait pas. Elle avait été abandonnée par ses propres parents parce qu'elle était une enfant non-désirée. La directrice aussi ne l'aimait pas. Elle lui jetait des regards de mépris, mais elle fut bien obligée de la recruter dans son école d'assassinat à cause du proviseur, monsieur Naima. Celui-ci avait remarqué la discrétion de la jeune fille et cela lui avait beaucoup plu.

Alors elle donnait tout ce qu'elle avait dans ses coups, afin de faire impression chez celui qui lui avait tendue la main.

Lewis regardait la jeune fille. Il sentait qu'elle aussi ferait tout pour rentrer dans le rang des assassins. Il regarda les autres élèves qui s'entraînaient. L'homme poussa un léger soupir, puis sourit un peu et s'approcha de Zélie. Voyant qu'on lui faisait de l'ombre littéralement, elle leva la tête et aperçut son professeur qui la regardait étrangement.

- Euh... oui, monsieur ? demanda-t-elle de sa voix timide.

Les autres s'arrêtèrent, se tournant vers les deux personnes concernées. Olivier les observait. Il serra les dents, pensant que le professeur allait punir la jeune fille comme celui des terminales. Il baissa les yeux vers son poignet où il y avait son bracelet brésilien, tout orange et bleu. Le souvenir de l'orphelinat avec la jeune fille remonta dans sa mémoire dont ses paroles :

« Ce bracelet sera le symbole de notre rencontre. » avait-elle dit.

Il releva la tête, déterminé pour intervenir, et s'avança d'un pas, prêt à parler mais il fut interrompu par Ryan qui avait posté son bras devant lui. Olivier l'interrogea du regard mais son ami lui montra la scène, afin qu'il regarde plus attentivement.
Zélie restait devant le professeur, la tête levée vers lui. L'homme aux cheveux bruns lui sourit et posa sa main sur sa tête. La jeune fille fut surprise et sursauta légèrement.

- Viens me voir après le cours, dit-il finalement.

Puis, il reprit ses inspections. Les élèves, étonnés, reprirent leur entraînement avec plusieurs questions en tête, tandis que Zélie suivait du regard l'homme mystérieux. Quel était ce sourire ?

Chapitre 11 : « Je suis Lewis Bamer »

Zélie se tenait assise devant son professeur principal qui triait des papiers derrière son bureau. Elle était un peu anxieuse. Ce n'était pas dans les habitudes des professeurs de convoquer des élèves comme cela... Enfin, dans son lycée en tout cas. La jeune fille avait les poings serrés sur ses genoux. Elle n'avait jamais connu un stress aussi torride que celui-là. Et l'homme qui se tenait devant elle ne l'aidait pas non plus. Au contraire, le voir aussi déterminé mais aussi simple d'esprit, calme, posé, ne lui inspirait pas confiance.

- Euh... Monsieur... hésita-t-elle.

- Hm ? fit-il, ne levant pas les yeux vers elle, occupé à regarder ses papiers.

- Pourquoi m'avez-vous convoquée ?

Cette fois, Lewis la regarda, l'air surpris.

- Comment ça ? Tu ne le sais pas ?

- Euh... Eh bien, je suis venue sur votre demande... Mais je n'ai aucune idée de pourquoi... répondit timidement la jeune élève, embarrassée.

- Incroyable...

Elle ne comprenait pas pourquoi, en effet, son professeur l'avait demandée. Néanmoins, elle n'aimait pas vraiment le petit jeu de l'homme car cela la stressait encore plus, et le fait qu'il fallait qu'elle sache pourquoi l'avait-il convoquée l'embarrassait. Fallait-il lui demander pourquoi avant ? Olivier lui avait signalé que ce professeur était assez bizarre... Et Iris l'avait confirmé en disant qu'il venait d'obtenir le boulot. Avait-il seulement un diplôme ?

Cependant, lorsqu'elle regarda encore une fois Lewis, celui-ci lui souriait. Encore ce sourire ? Il est étrange... Cela intriguait beaucoup Zélie.

- Je te fais marcher, dit finalement le professeur.

- Oh ! fit simplement l'élève.

En elle-même, elle fut rassurée. Mais physiquement, elle restait blasée. Sa blague n'était pas très drôle (on se comprend). Lewis se leva et contourna la table de bois pour s'approcher de la jeune fille qui le suivait du regard. L'homme posa sa main sur la tête de la fille.

- Dis-moi, te sens-tu à l'aise dans cette école ? demanda-t-il soudainement.

- Que...

Mais elle fut coupée par un cri dehors. Lewis tourna rapidement la tête vers la fenêtre et s'y précipita pour l'ouvrir et regarder ce qui se passait. Zélie comprit que la discussion s'arrêtait   là.

Dans la cour, un professeur, celui des secondes, avait pris par le bras Alex Erase et l'insultait de tous les noms. Le jeune homme ne disait rien, le regard baissé, vide et noir. Le professeur s'impatientait et le poussa par terre.

Les autres élèves de première L assistaient sans rien dire à la scène. Personne ne bougeait devant ce spectacle. Serait-ce par effroi ? Ou par indifférence ? Lewis pensa bien que c'était la deuxième proposition. Tout le monde dans cette école se fichait des élèves. Ceux-ci avaient peut-être des avantages, mais ils étaient tout de même maltraités.

Lewis se tourna vers Zélie qui était toujours assise et qui le regardait. Il lui demanda :

- C'est toujours comme ça ? Tous les jours ?

La jeune fille fut un peu plus surprise. Les yeux de son professeur reflétaient l'étonnement, la peur mais aussi...de la colère. Elle sentait qu'il allait réagir. Elle hocha donc la tête positivement, quelque peu étonnée. En deux secondes, il était sorti de la pièce. La jeune fille n'eût même pas le temps de dire quoique ce soit et elle sursauta en sentant juste le vent passer à travers la fenêtre. Elle se retourna vers la porte ouverte. Allait-il intervenir ? C'était très probable. Elle se leva et se dirigea vers la fenêtre ouverte pour voir la scène. Et ce qu'elle vit la terrifia. Elle ne pouvait s'empêcher de porter sa main à sa bouche. Elle n'avait jamais pleuré, mais cette scène d'horreur lui arracha quelques larmes pour la première fois, et sûrement pas la dernière. Alex, étalé par terre, se recevait des coups de pieds de la part du professeur. Le nez en sang, les vêtements déchirés, le pauvre garçon n'arrivait pas à se relever.

- Bon à rien ! criait le professeur.

Et ce dernier continuait. Toujours plus fort, toujours plus intense. Cette violence était digne des plus grands assassins.

Non seulement ce professeur manifestait sa cruauté, mais il montrait à quel point il pouvait aller loin si l'on ne le respectait pas. En effet, Alex n'avait pas répondu aux questions de l'homme et cela l'avait tellement irrité qu'il avait dégainé son poignard afin de égratigner la joue.

Ce rouge que l'on apercevait sur les vêtements souillés du garçon tâchait la terre également. Le professeur éclata d'un rire cynique et continua ses multiples coups de véhémence. Dans une école ordinaire, le règlement intérieur interdirait cette violence sans aucun doute. Mais tout homme sait que psychologiquement, lorsque l'on vous ordonne de tuer dans cet endoctrinement, vous exécuterez l'ordre immédiatement.

Des règles sont certes écrites contre ça. Il y a des sanctions. Mais cela ne sert strictement à rien car elles ne peuvent rien contre la liberté.

Alors que le professeur des secondes allait donner son coup fatal, qui aurait sûrement pu tuer le pauvre jeune homme, une silhouette très rapide, sortant du bâtiment, se jeta sur lui, le poussant de sorte qu'il soit projeté au sol. Le mauvais professeur, déboussolé, passa sa main dans ses cheveux et regarda celui qui l'avait bousculé. Zélie remarqua tout de suite Lewis Bamer.

En effet, c'était lui.

L'agresseur d'Alex sourit sardoniquement et se releva en regardant d'un œil noirci par la haine le jeune homme. Il ricana :

- Ahah, je savais bien que vous interviendrez très vite, dit-il.

- Vous savez donc qui je suis, répondit Lewis.

Les élèves de première littéraire observaient leur professeur. Son attaque les avait époustouflés. Comment un homme aussi paresseux que lui pouvait-il être compétent ? Cette surprise leur apprit donc à bien se méfier de lui. L'homme aux cheveux bruns regardait de haut celui qui avait violenté son élève. Ses yeux remplis de fureur reflétait l'assassin qu'il avait été auparavant. Cet assassin, cette double personnalité, était si intense, si cruelle, si obscure que nul ne pouvait y rester insensible. Dès que l'on plongeait dans son regard, on ne pouvait oublier le ressenti de l'ex-assassin le plus célèbre de France.

Il n'y avait donc rien d'étonnant à que sa tête eut été mise à prix. Mais les recherches des policiers avaient été classées sans suite après sa dite disparition. La Ligue, elle, pourtant, n'a jamais abandonné un déserteur. Car elle est très rancunière, et se venge des traîtres.

- Évidemment, reprit le professeur. Tout le monde à la Ligue Carpe Noctem vous connaît et vous admirait avant l'Apocalypse[1].

Lewis comprit alors que les assassins l'admiraient tellement que lorsqu'il avait rencontré Marie et qu'il changea de nature, ils étaient très déçus et appelèrent ce jour, « l'Apocalypse ». Pour eux, Oliver était mort et il n'y avait pas de place pour Lewis. Or, celui-ci n'en dit pas autant.

- Vous êtes Oliver Stone, continua le maître assassin.

Sur ces mots, les élèves retinrent leur respiration. Tout le monde connaissait ce personnage sadique qu'était Stone. Plus

---

[1] Attention ! L'apocalypse ne veut pas dire « la fin » mais « la révélation », « le retour ». C'est du grec. Et ici, c'était la révélation pour notre cher Oliver Stone :)

de cent cinquante quêtes les plus dangereuses qui soient réalisés sur son dos, et il en était fier. On lui avait proposé de siéger au Conseil mais il avait refusé car il préférait rester en tant qu'assassin solo, prétextant qu'il s'ennuierait derrière un bureau.

Et cet homme était là, face à eux, dans cette école. Alex, qui s'était à moitié assis, le fixait, bouche ouverte, n'en revenant pas. L'assassin le plus couvert de sang l'avait sauvé.

- Erreur, dit soudain Lewis.

Tout le monde, surpris, écarquilla les yeux. Zélie, elle-même, tendit l'oreille. Le professeur des secondes le regardait, ne comprenant pas. Il voulut dire quelque chose, mais Lewis ne lui laissa pas le temps de le faire :

- Je suis Lewis Bamer. Je ne suis plus Oliver Stone. Il est mort. Certes, des souvenirs de lui sont restés, et je n'oublierai jamais ce que j'ai vécu il y a cinq ans. Le temps que j'ai passé avec " elle " est marqué par ce nom. Je vous demande donc de ne pas l'oublier. Mais aujourd'hui, celui qui se tient devant vous se nomme Lewis Bamer, professeur des premières L.

Ensuite, Lewis se tourna vers ses élèves en souriant :

- Et je compte le rester, ajouta-t-il.

Il se tourna vers Alex, qui était complètement abasourdi. Il lui tendit sa main et le jeune garçon la prit, en hésitant tout d'abord, pour se lever tout en le regardant. Son professeur posa sa main sur son épaule gauche.

- Je crois que tu me dois une fière chandelle, non ? dit-il en riant doucement.

Alex hocha doucement la tête, trop surpris pour répondre. Cependant, ce n'était pas fini. Le garçon se reçut un coup de pied sur la côte et il cracha un peu de sang par terre. Lewis tourna rapidement la tête. C'était le professeur qu'il avait poussé. Cet homme souriait et regardait son adversaire de manière provocatrice. Cette fois-ci, notre cher Lewis sentait la colère monter en lui. Il avait lutté contre elle jusque-là, mais c'en était trop. Il fallait mettre un point dessus. Il savait néanmoins que ce professeur faisait tout ceci exprès pour que l'assassin violent se réveille, mais il ne pouvait plus supporter cela.

Il se garda bien tout de même de sortir son poignard.

Sous les yeux de tous les élèves qui se trouvaient dehors, Lewis porta un coup de poing en plein visage de sa cible. Celle-ci ne laissa pas faire et voulut cogner dans les côtes du professeur mais celui-ci se décala sans effort et d'un seul coup dans le dos, il l'assomma.

Le professeur des secondes arrivait à peine à se lever. Il tourna sa tête vers Lewis et découvrit avec stupeur que l'homme avait un regard noir de haine. Oliver avait-il ressuscité ?

- Sachez, monsieur, déclara Lewis, que si vous frappez de nouveau mes élèves, la mort vous sourira.

Un peu plus loin, dans un coin de la cour, sous le préau, Mélodie regardait la scène, les bras croisés. Elle semblait impassible physiquement, mais elle comprit que Lewis n'autoriserait aucune violence envers les enfants. « Pauvre type » pensa-t-elle. Effectivement, la société est dure. Effectivement, le monde est noir. Alors, pourquoi tient-il toujours à ne pas se plier devant ça ? Elle serra les dents. Toujours cette femme. Quelle

orgueilleuse ! Pourquoi s'était-elle mêlée à ça ? Comment ?
Quand était-ce arrivé ?

Le professeur se releva avec peine et sourit de ses dents rougis
par le sang qui coulait le long de sa bouche.

- Vous n'oserez même pas me tuer avec un couteau, cracha-t-
il entre ses dents.

- Je le pourrais si vous ne disparaissez pas de ma vue,
marmonna Lewis avec sévérité.

A ces mots, le professeur n'eût d'autre solution que de fuir à
toute vitesse à l'intérieur. Tandis que pour Alex, Mia et John
l'accompagnèrent à l'infirmerie, vu son état déplorable.

Chapitre 12 : Oliver Stone

Oliver Stone. L'assassin non seulement le plus célèbre de Paris mais aussi de France. C'est ce tueur sadique qui a connu un grand bouleversement dans son histoire, que tous à la Ligue Carpe Noctem appellent « l'Apocalypse ».
Il ne connaissait ni le confort ni la joie. Tout ce qu'il savait, c'était le malheur et la pourriture du monde qui l'entourait.

Il était né dans un petit village sali par les déchets que rejetaient les grandes cités, en Angleterre, dans les années 2000. Son père essayait tant bien que mal de chercher un travail et sa mère, toute petite qu'elle était, les joues creuses, ne s'occupait que de son fils et le nourrissait, du moins quand elle avait de quoi manger. Le père, Jake Stone, avait un corps frêle et fragile. Il avait les cheveux bruns tout comme son fils mais ils se grisaient à vue d'œil, tellement le souci de demain leur faisait peur. Quant à la mère, Lana, elle avait les cheveux d'un châtain foncé, toujours gras, car elle ne pouvait se permettre de se laver.
Oliver avait à peine quatre ans lorsque ses parents décidèrent de migrer en France, dans l'espoir de trouver un véritable travail et de vivre beaucoup mieux. N'ayant pas l'argent pour se payer un transport, ils fraudèrent contre leur gré, car même étant pauvres, ils souhaitaient rester bons et souriaient quoiqu'il arrive.

Ce qu'Oliver avait trouvé ça très niais et naïf de leur part.

Arrivant en France, comme ils n'avaient pas de papiers d'identité, la famille Stone se trouvait à la rue. Ils faisaient l'aumône, qui restait la seule chose à faire. C'était à Paris, ils habitaient dans un immeuble déplorable, à côté des dealers. Compte tenu de la situation, le père commença à boire et à se mettre à la drogue. Sa femme cherchait désespérément un travail, mais chaque soir, elle se faisait battre par son mari qui demandait de l'argent, afin de s'acheter de l'alcool. La bonté n'avait plus sa place. À quoi servirait-elle ? Tout le monde se fichait d'eux. Chaque jour, Oliver s'enfuyait de chez lui pour aller dans la rue, quittant le quartier instable et regardait les gens passer.

Il se demandait pourquoi et comment eux ne vivaient pas dans la misère. Il se demandait comme une politique qui privilégiait la liberté ainsi que l'égalité les tenait à l'écart.

Évidemment, il n'était qu'un migrant. Il ne pouvait pas être français.

C'était son ressenti et lorsqu'il rentrait dans ce petit appartement qui menaçait de s'effondrer, il baissait la tête et se bouchait les oreilles pour ne pas entendre les disputes de ses parents.

Oliver n'avait jamais pleuré. Il trouvait ça inutile de lâcher des larmes. Il vivait dans un sale quartier, alors il se devait de garder la tête haute. Sa famille se déchirait, il en avait conscience. Mais il ne reconnaissait même plus ses parents qui s'étaient occupés du mieux qu'ils pouvaient de lui. Il sut alors que rester optimiste avait toujours un grand impact négatif dans la vie. Car la vie était une salope.

Il n'y avait rien à faire pour résoudre cela. Aucune solution n'était possible, excepté celle d'accepter son destin. Parce qu'on ne choisissait pas notre vie. Il fallait faire avec, c'est tout.

Ainsi était la réalité.

L'année 2014 débutait lorsqu'Oliver eut douze ans. Comme d'habitude, son père buvait, en revenant d'une bagarre. Sa femme essayait encore et encore de le raisonner, mais cela ne servait à rien. Elle recevait en simple retour et réponse de sa part que des gifles. Oliver assistait à cela tous les jours. Cette violence inconsidérable dégoutait l'enfant. Il souhaitait mettre fin à tout ça. Supporter ces moments aurait été un geste lâche, et ne rien dire face à ces attaques l'était encore plus. Il fallait donc agir, pour le bien de sa mère qui était terrifiée, fatiguée de ses journées de recherche de travail.
Et une seule solution pouvait y remédier.

Le sang que vit Oliver couler était le premier sur sa conscience. Tenant fermement entre ses mains un couteau de cuisine, il restait debout, pétrifié, immobile, la voix hoquetante. Ce jeune garçon de douze ans portait depuis ce jour sur ses petites épaules fragiles, rabougries par le froid, son premier crime. Oliver leva les yeux vers sa mère. Il ne l'avait jamais vue aussi pâle, les joues creuses ainsi. Cette dernière s'était reculée, la main portée à sa bouche. On pouvait lire dans son regard la peur en voyant son propre fils tuer son père. Oliver baissa la tête vers l'arme qui lui a servi et la lâcha instinctivement. Le couteau tomba lourdement sur le sol. Mais ce fut la voix frêle de sa mère qui bouleversa Oliver :

- Dehors...

Ce fut le seul mot et le dernier qu'Oliver put avaler de la part de sa maman. Il sortit dans l'instant, ne se retournant pas. Il ne pouvait plus se permettre de vivre plus longtemps dans cet appartement macabre qui lui donnait envie de vomir chaque jour.

Ainsi il vécut seul dans la rue. La seule chose qu'il pouvait faire pour survivre était de voler, et pour échapper aux policiers il se cachait dans les quartiers mal fréquentés. Cependant le risque qu'il devait prendre était de se battre contre d'autres gamins de rue un peu plus grands que lui. Mais il n'avait pas peur, étrangement. Certes, il devait dormir dans les égouts avec un œil au beurre noir et quelques blessures mais il revenait toujours vainqueur. Et à chaque victoire, une fleur de sadisme naissait et grandissait en lui. Son cœur devenait noir comme l'ébène.

Trois ans passèrent sans qu'Oliver ne fasse un pas en arrière. Il était persuadé que son destin était d'être à jamais seul contre cette société, ainsi que de se battre pour se nourrir. Paris montrait de multiples facettes chaque jour dans chaque département et cela nourrissait de plus en plus son enthousiasme   sadique.

Un jour de pluie, après s'être battu contre trois gars plus costauds que lui, le jeune Oliver s'était assis contre la façade d'un immeuble. Il pleuvait à grosses gouttes et l'eau ruisselait sur ses cheveux bouclés aux mèches brunes. Son visage était assombri. Il avait perdu cette fois, ce qui était très humiliant. Il renifla et s'essuya la bouche où coulait un fin filet de sang. Soudain, il sentit une silhouette flotter au-dessus de lui. Le jeune homme de quinze ans leva doucement la tête vers l'inconnu qui lui faisait de l'ombre. Il distingua un visage sculpté, métissé, au regard à la fois dur et apaisé. Le corps de l'homme inconnu était robuste, enveloppé dans un long manteau noir à capuche grise replié sur la tête de l'homme pour le protéger de la pluie. Il avait le menton mal rasé, et avait ses mains dans ses poches. Oliver arqua un léger sourcil.

- Monsieur ?

Au début, l'homme ne souriait pas. Mais à l'interrogation du garçon, un simple rictus apparut sur ses lèvres.

- Dis-moi, mon garçon, dit-il. As-tu entendu parler d'une certaine organisation dont tout le monde parle ?

Les yeux bleus d'Oliver brillèrent. Bien évidemment, il s'agissait de cette Ligue dont tout le monde parle. Cet homme en faisait-il parti ?

- Pourquoi me demandez-vous cela ? demanda le jeune garçon.

Un rire rauque sortit de la bouche de l'inconnu. Puis, il s'accroupit pour se mettre au niveau du garçon et le regarda dans les yeux avant de répondre :

- Cela fait deux ans que je te suis. Tu es plutôt intéressant et ferais un excellent assassin.

- Vraiment, monsieur ? souffla Oliver, étonné.

Il était étonné, oui, mais aussi très content. Ainsi, il allait pouvoir continuer à suivre son destin.
- Bien sûr, jeune homme, reprit l'assassin en se relevant. Tu es promis à un grand avenir. Les égouts ne sont pas un lieu pour toi. À la Ligue, tu seras bien mieux choyé. Tu auras de la nourriture à volonté à condition que tu obéisses au chef.

Oliver était déjà prêt à le suivre. Qu'importent les règles, il allait le suivre. Il se leva, avec enthousiasme.

- Et qui êtes-vous ? demanda Oliver avec empressement et hâte.

- Victor Tanama.

Et ce fut depuis ce jour que notre cher Oliver devint le meilleur assassin de cette fameuse Ligue, grâce aux conseils de Victor.

Mais ce fut bien dix ans plus tard que, à Noël, Oliver Stone comprit que son destin n'était pas simplement d'assassiner des gens. Mais celui de rencontrer une jeune fille au sourire étincelant.

La solitude ne mène donc à rien.

Chapitre 13 : Minuit des révélations

Dans sa chambre, alors que les élèves étaient couchés, téléphone à la main, Lewis parlait avec son vieil ami Marc. Ce dernier l'appelait toujours pour prendre de ses nouvelles, en tant qu'ami. Bien qu'il soit assassin, Marc était le seul homme de la Ligue en qui Oliver, maintenant Lewis, pouvait donner sa confiance rare.

- T'as vraiment frappé monsieur Tellier ? disait dans un fou rire son ami.

- Oui, sourit Lewis. Et j'en suis satisfait.

- Oh ! Pour ça, je te crois... Quel dommage que je n'ai pas été là pour savourer ce moment ! Et les enfants ? Leurs têtes devant ça ? Dis-moi tout !

L'ex-assassin ricanait. Ce cher Marc adorait l'entendre raconter des anecdotes. Il l'admirait, lui aussi... Lorsque le mot « admiration » vint dans son esprit, il crut apercevoir dans sa mémoire le visage d'une femme qui avait dit ces mots : « Je vous admirais, monsieur. » Il fallait qu'il la revoie, cette jeune femme. Il la croisait dans les couloirs quelques fois, mais il n'osait pas lui adresser la parole. C'était la première fois que cela lui arrivait de ne pas saluer avec son air charmeur habituel une demoiselle. Mais cette femme... Il y avait quelque chose de pas net chez elle. Lewis ne savait pas trop quoi dire ce que cela pouvait être. Il n'en parla pas à son ami car Marc allait sûrement répondre : « Elle a dû te taper dans l'œil, voilà tout ! » L'amour ? L'amour... Ce sentiment, Lewis ne l'avait ressenti qu'à la veille d'un Noël, il y avait cinq ans...

Il ne pouvait pas se permettre de le ressentir à nouveau.

Sinon... il allait l'oublier. Oublier elle... Marie...

Ah ! Marie... Marie... Marie...

- Marie ! Marie Schneider !

La jeune élève se réveilla en sursaut. Il était pourtant minuit passée, pourquoi l'appelait-on ? La blonde s'assit sur son lit, baillant un peu et se frottant les yeux avant de répondre :

- Qu'y a-t-il ?

- Tu ne te souviens pas ?! reprit la voix dans le noir. Réunion des élèves de première L dans la salle de classe à minuit trente !

Marie grommela et descendit de son lit, pour mettre ses chaussons blancs. Elle détestait se faire réveiller en plein sommeil, surtout la nuit. Cela lui donnait un mal de tête épouvantable. Sa compagne de chambre, Lucie Ovile, la regardait, les sourcils froncés, autoritaire. À cet air-là, Marie comprit qu'elle devait tout de suite sortir de la chambre, sinon elle risquerait sa vie. Lucie avait tendance à être violente lorsque l'on ne respectait les décisions des délégués, surtout celles de John.
Elle prit donc sa robe de chambre blanche, l'enfila avec un regard rapide vers Lucie qui ne la quittait pas des yeux. La

blonde quitta le lieu, suivie de Lucie qui finalement lui parla :

- Dépêche-toi.

Marie soupira. Elle pensait dormir, pas avoir des "réunions" tout le temps ! Les deux élèves marchèrent dans le couloir à pas de loups afin de ne pas réveiller les autres classes qui dormaient. Il faut dire que seuls les L complotaient la nuit. Marie tout en marchant vers la salle de classe réfléchissait. Elle repensait à hier. Leur professeur principal avait bien frappé celui des secondes, tout pour protéger Alex ! Elle n'aurait jamais pensé non plus que ce prof n'était autre qu'Oliver Stone, le célèbre assassin de France ! Qui l'aurait cru ?

- Tu le savais, Lucie ? demanda-t-elle dans le doute.

Un silence resta entre les deux jeunes filles. Marie sentit un soupir de la part de sa camarade. Puis, un simple murmure :

- Oui.

Marie s'arrêta. Une bouffée de colère avait remplacé son air las. Elle se tourna vers Lucie, les sourcils froncés et dit d'une voix autoritaire mais d'un murmure aussi, gardant une voix basse pour respecter le silence :

- Depuis quand ?!

- Depuis qu'il a eu une conversation avec Mlle Rio, déclara Lucie comme si c'était évident.

Marie écarquilla ses yeux bleus. Comment ? Lucie avait espionné leur professeur ? Néanmoins, c'était normal, étant donné que John lui avait demandé de le garder à l'œil. Et Lucie ferait tout pour satisfaire le délégué. C'était une jeune fille déterminée, peut-être distante, mais qui gardait son sang-froid. On l'appelait « l'empoisonneuse » car sa particularité était le poison, ce qui était normalement la particularité des S. Pourquoi était-elle en L ? Mystère. Lucie Ovile était une élève calme, sérieuse même un peu trop, mais terriblement passionnée par deux choses : satisfaire John et le poison.

L'intellectuelle gardait donc ses distances avec elle pour ne pas avoir de problèmes. Le proviseur avait même fait installer un laboratoire uniquement pour Lucie. Elle y concoctait ses poisons et sa marque de fabrique était " Méduse ". Méduse, car Lucie avait toujours ce regard froid qui vous pétrifiait, comme si elle vous changeait en pierre. Elle portait aussi un insigne sur sa chemise blanche dotée d'un serpent en spirale. Rien qu'à voir cet insigne, on savait que c'était elle, la maîtresse des poisons dans la Confrérie. Effectivement, les assassins expérimentés dans l'association s'adressaient à elle pour un poison.

Marie regardait l'empoisonneuse avec un air ahuri puis elle soupira, serrant son poing.

- Soit, siffla-t-elle, avant d'entrer dans la salle de classe.

Lucie la suivit en haussant des épaules et les deux arrivèrent devant les élèves de L réunis autour des tables placées en rectangle. John était au bout et se leva en voyant arriver les deux dernières. Il dit en souriant :

- Prenez place.

Lucie baissa les yeux, ainsi que Marie et elles s'assirent en silence. Derrière le sourire de John, il y avait une nuance de colère en lui qui émanait. Elles étaient en retard, ce qui était inadmissible. John posa ses mains sur le bureau en bois verni blanc en face de lui et déclara :

- Bien. Hier, un de nos camarades, Alex, s'est retrouvé à l'infirmerie.

Les élèves se tournèrent leur regard et constatèrent la place vide à côté de Mia. Celle-ci s'en moquait. Elle préférait écouter John. Ce dernier continua en serrant les dents :

- Et nous avons appris en même temps que... notre professeur n'était autre que... le célèbre Oliver Stone.

Tous les élèves baissèrent les yeux, à part Lucie et Marie qui jeta un regard sur sa voisine.

- Je ne sais pas ce qu'il fait ici, mais...
- Moi, je sais pourquoi.

John leva la tête vers la personne qui avait élevé la voix. La porte de la salle était ouverte, et une femme aux cheveux longs blonds, avec une mèche verte, au grand sourire éclatant, rouge écarlate à cause du rouge à lèvres, se tenait adossée au mur, les bras croisés. Sa présence ici signifiait que les élèves devaient s'attendre à tout. Allait-elle révéler quelque secret à propos du nouveau professeur ? Iris Tanuvie, qui semblait très heureuse de la voir, se leva avec le même sourire de la femme blonde et demanda :

- Pouvez-vous nous dire la raison ? Nous sommes ses élèves après tout.

- Malheureusement, un secret reste un secret, mademoiselle Tanuvie, fit Mlle Oriano. Vous devriez le savoir depuis longtemps, normalement. Et vous tous, s'adressa-t-elle à tous les autres, vous ne devriez pas être trop curieux. Cela pourrait vous jouer un tour un de ces jours.

- Mais la curiosité est un joli défaut, mademoiselle.

La voix qui venait de prononcer ses mots provocateurs venait de derrière la directrice qui, prise au dépourvu, se retourna brusquement en reculant dans la classe. Mélodie Rio se tenait droite devant l'entrée, les sourcils froncés. Un silence pesait dans la salle. Les élèves, surpris par cette intervention, ne disaient rien. Certains étaient même bouche bée.

- Que faites-vous ici ? souffla la directrice enfin.

- Je fais comme vous, mademoiselle, répondit Mélodie. Je viens, je vois, je guette puis j'attrape. N'est-ce pas ce que vous faites généralement ? Je vous ai vue en train de suivre deux élèves, alors je vous ai suivie aussi. Je suis curieuse comme ses enfants.

La directrice serra les dents. Elle n'appréciait pas la jeune femme qui se tenait devant elle. C'était comme une rivale. Mais elle devait admettre qu'elle était bien prise sur le fait. Elle leva le menton fièrement, d'un air hautain et dit :

- Et en quoi puis-je vous aider ?

- Vous, rien, répondit Mélodie. Je viens juste annoncer une chose aux élèves.

- Quoi ?

La langue de Mlle Oriano claqua contre son palais.

- Lewis Bamer est un traître.

Chapitre 14 : Maladresse

Dans un geste brusque, le proviseur, monsieur Naima, fit voler tous ses documents par colère. Son regard devenait aussi perçant qu'un loup face au danger et une aura malsaine se dégageait dans la pièce du bureau. La table en bois de chêne qui servait de bureau fut déjà projetée au mur, ce qui dérangeait beaucoup plus la salle. La moitié des livres de sa bibliothèque étaient éparpillés par terre. Face à ça, la tête basse, Mélodie assistait à cet acte de fureur.

- Vous êtes la honte de l'organisation ! explosa Mr Naima. Comment avez-vous pu dévoiler ce secret aux yeux des élèves ?

- Ils sont les élèves, justement, maître... essaya de s'expliquer Mélodie. Ils doivent savoir que...

- Non ! Non ! Et non ! Ils ne devaient rien savoir ! Maintenant, vont-ils faire confiance à leur professeur ?

La jeune femme voulut argumenter son fait mais le proviseur ne lui en laissa pas le temps. Il était très furieux contre son élève qui, pourtant, ne l'avait jamais déçu. Il ne la reconnaissait plus.

- Où est passée la Mélodie Rio ? La vraie ?! continua avec véhémence Mr Naima.

C'était une question sans réponse. Mélodie détestait se faire gronder comme une débutante. Qu'est-ce qu'il lui avait pris aussi ? Pourquoi avait-elle dit ce qui était censé être un secret ? Tout ça n'était que par pure vengeance. Vengeance dont elle payait les frais.

- Vous n'aimez pas Mr Bamer ? ajouta le proviseur. Eh bien, soit, je ne l'aime pas non plus. Mais nous devons nous plier aux ordres, Mélodie. La vengeance n'existe pour nous que dans le sang. Et en parlant de sang...

L'homme âgé s'approcha de son élève, un sourire sadique aux lèvres, tenant fermement un poignard à la main. Mélodie recula d'un pas, écarquillant les yeux.

- Voici ta punition, fit-il.

Ce fut à ce moment-là que Mélodie sut ce qu'était la peur.

***

Lewis marchait d'un pas pressé dans le couloir. Il avait quelques cernes sous ses yeux, n'ayant pas dormi de la nuit, à force de tout raconter à Marc et à corriger des copies. C'était le début des vacances de Noël, un mois avait passé depuis sa venue à ce lycée. Les élèves lui semblaient de plus en plus distants ; il s'en était rendu compte. Était-ce parce qu'ils savaient dorénavant sa véritable identité ? Non, il y avait autre chose.

Le jeune homme aperçut des toilettes et y entra. Il ne s'était pas regardé dans un miroir depuis deux jours. Il était resté enfermer dans sa chambre pour travailler et la nuit dernière, il avait terminé la correction d'un devoir de philosophie. D'ailleurs, parlons-en de cette philosophie : la Ligue Carpe

Noctem n'en avait pas. Elle considérait qu'il était certes important d'étudier quelques textes philosophiques comme Rousseau (lorsque Lewis prononçait ce nom, il avait envie de vomir), mais seulement le "Contrat Social" et autres révolutionnaires. Les assassins aimaient la République, car ils en profitaient. Était-ce seulement de la philosophie ? De la propagande, oui ; des pensées morales, non. Un peuple a toujours besoin d'un chef pour être dirigé. Si le peuple se gouvernait lui-même, Lewis ne pense pas qu'il serait capable d'être honnête envers lui-même et ce serait la discorde totale. Et le président ne sert strictement à rien, si ce n'est que pour proposer des lois que le Sénat et l'Assemblée nationale n'approuvent même pas.

L'honnêteté n'existe cependant pas en ce monde. Mises à part certaines personnes évidemment.
Lewis regarda son reflet dans le miroir des toilettes et constata ses cernes avec dégoût. Il alluma le robinet et passa un peu d'eau froide sur son visage. Cela le réveillait un peu. Les élèves étant en période de « vacances », si on peut dire que des activités de simulations d'assassinats dans la forêt soient des vacances, Lewis pouvait se reposer mais surtout réfléchir. Depuis qu'il avait mis une torgnolle à un professeur, il avait pris conscience de ce que Marc lui avait déclaré, alors qu'il était dans sa prison, durant son procès.

« Tu pourras tenir ta promesse. »

Quel idiot. Évidemment. En tant que professeur, il se devait de transmettre tout ce qu'il savait à ses élèves. Et c'était de cela qu'il devait s'octroyer comme droit. Le droit d'enseigner les choses que l'on a apprise au fil du temps. Alors qu'il sortait de la salle d'eau, le professeur entendit un léger gémissement étouffé. Cela venait des toilettes pour femmes. En temps normal, Lewis ne se serait jamais permis d'y entrer. Mais, le gémissement continuait, et cela l'inquiéta. Il se mit devant la porte, hésitant un instant, puis se décida enfin à l'ouvrir. Quelle fut sa surprise en découvrant Mélodie Rio éponger le sang qui coulait d'une égratignure sur son avant-bras. C'était plutôt une longue égratignure, pas très enfoncée cependant, ce qui rassura légèrement Lewis. Mélodie leva la tête, aperçut l'intrus qui était entré, et recula en voyant que c'était le traître. Elle fronça les sourcils et allait lui crier de sortir mais Lewis la coupa dans son élan :

- Que vous est-il arrivé ?

À ces mots, la jeune femme resta sans voix. Elle aurait cru n'importe quoi comme « Bonjour, mademoiselle ! Je suis triste que vous m'ayez évité ces derniers temps... » ou ricaner à son nez. Mais, ça... Non. Le ton que l'homme avait pris était sincèrement inquiet. Comme elle ne répondait pas, Lewis s'approcha d'elle pour prendre délicatement son bras et regarder la plaie.

- Qui vous a fait ça ? insista-t-il.

Mélodie, ne sachant pas comment réagir, balbutia :

- J'ai... J'ai fait une erreur et... mon maître m'a punie...

Elle sentit les mains du professeur se figer puis continuer à essuyer le sang. Elle ne l'avait jamais vu comme cela. Et c'était même la première fois que l'on prenait soin d'elle. Cela lui fit étrangement du bien. Alors, elle se laissa faire.

- Pourquoi... Pourquoi faites-vous ça ? se surprit-elle à demander timidement.

- Pour vous prouver que la gentillesse existe aussi pour les assassins, répondit-il sans lâcher des yeux ce qu'il était en train de faire.

- Est-ce la véritable raison ?

- Pas vraiment.

Mélodie allait décidément de surprise en surprise. Quelle était la véritable raison dans ce cas ? Une fois fini, Lewis releva enfin les yeux vers la jeune femme. Il lui adressa un sourire avant de dire :

- Les gens ont le droit de changer, mademoiselle. Tout comme les assassins. Parfois, positivement ; parfois, négativement. Ne l'oubliez jamais. Ah, au fait.

La femme assassine observa incrédule le "traître". Il se mordit légèrement la lèvre, s'apprêtant à déclarer quelque chose. Plusieurs secondes s'écoulèrent et enfin, il se décida :

- Vous êtes plutôt maladroite, niveau discrétion, tout compte fait, dit-il en riant.

Mélodie devint rouge écarlate. Comment osait-il ?! Comment osait-il lui faire espérer... quelque chose comme... Elle n'en savait rien. Ou plutôt, elle ne voulait pas y penser. C'était impossible. Elle-même avait résisté à tant d'hommes charmants... Mais, lui... Personne ne pouvait lui tenir tête. Lewis lui sourit doucement, puis passa sa main dans les cheveux blonds de la jeune femme, qui, étonnée, se laissa faire.

- Mais c'est ce qui fait votre charme.

Et après avoir dit cela, sous les yeux ébahis de Mélodie, il quitta la pièce. La jeune femme n'en croyait pas ses yeux, ni ces paroles. Que voulait-il dire par ceci ?
Mélodie n'en savait rien. Elle baissa juste les yeux sur son bras. Il y avait un bandage qui enroulait sa plaie. Comment l'avait-il fait sans qu'elle le sente ?
Alors qu'il lui parlait, elle sentait son cœur battre. Il y avait juste ses paroles, juste ses yeux, juste sa bouche, son visage qui existaient pour elle. Il n'y avait que lui. Elle porta une main sur sa poitrine pour ressentir les battements de son cœur. Il battait tellement fort que l'on pourrait l'entendre à deux kilomètres.

Une chaleur envahit son corps. Quel sentiment la traversait-elle ?

Mélodie n'en savait rien.

« C'est ce qui fait votre charme. »

Comment une telle phrase pouvait-elle déclencher une telle guerre entre sentiments contraires ?

Chapitre 15 : Le bracelet

« Cours, Forest, cours ! » dirait la fille blonde dans le film culte.

Zélie le savait. Elle faisait de son mieux. Mais elle n'arrivait pas à garder le rythme. La forêt était immense, les arbres trop grands, et les feuilles trop grosses. Zélie savait qu'elle était petite, mais pas à ce point-là. On aurait dit la forêt amazonienne ! Les sapins étaient recouverts de neige, mais par terre ce n'était que de la boue qui recouvrait les bottes noires de la jeune fille. Elle savait qu'elle aurait dû prendre les chaussures les mieux adaptées pour ça. Un assassin devait s'adapter à n'importe quelle épreuve. Elle courait à perdre haleine mais c'était inutile. Elle avait perdu les autres. La jeune fille s'arrêta pour reprendre son souffle. Elle s'assit sur une souche d'arbre et vérifia si ses chaussures n'étaient pas trop boueuses. Cela allait, mais c'était limite. Elle soupira puis regarda les alentours.

Zélie n'avait jamais pris le temps de regarder la nature autour d'elle. Elle était toujours trop occupée à regarder droit devant elle pour suivre les autres. Maintenant, elle se tenait assise comme prisonnière de cette forêt. Ne sachant pas quoi faire pour attendre qu'on la trouve - elle détestait l'idée de devoir crier à l'aide -, elle décida de réfléchir aux jours qui ont précédé cette course.

D'abord, Alex qui se faisait battre par monsieur Tellier. Puis monsieur Bamer qui venait le tirer de là. Révélation du professeur qui n'était autre qu'Oliver Stone. Et avant-hier soir, la révélation de mademoiselle Rio.

Les élèves allaient de révélation en révélation. Secret après secret était dévoilé. Lequel viendra alors ?

Zélie soupira encore une fois. Elle ne savait pas quoi penser de toute cette histoire. Pourquoi Oliver Stone aurait-il trahi la Ligue ? Comment cela a-t-il pu arriver ? Que s'était-il passé ? La jeune fille voyait bien que quelque chose de louche flottait dans l'air... Elle releva la tête et cette fois, elle vit qu'elle n'était pas seule. Un jeune homme était adossé à un arbre, la regardant de ses yeux bruns. Un jeune homme aux épaules larges, un corps rempli de carrure mais qui montrait aussi le flegme de la personne. Olivier Étécie.

Pourquoi lui ? Pourquoi maintenant ?

Zélie croyait avoir été claire. Elle ne voulait pas qu'il la protège tout le temps. Elle ne voulait pas de son aide. Et elle ne voulait pas de ses sentiments.

« Je sais me débrouiller toute seule. »

C'était ce qu'elle disait maintes et maintes fois quand elle s'adressait à lui alors qu'il la "protégeait". Les jours étaient peut-être longs et douloureux à force de se faire agresser par les autres comme Natalie Rosamus, etc, mais elle allait devenir assassin, et un assassin qui se faisait protéger n'était pas crédible.

« Chacun pour soi. » C'était la première règle d'or chez les assassins Solos. Zélie voulait en faire partie. Alors, hors de question qu'Olivier se mette à la contrer !

Ce dernier se décolla de l'arbre et s'avança vers elle. Elle détourna le regard.

- Va-t'en, dit-elle simplement.

- Non, répondit-il.

Cette réponse ne plut pas à Zélie. Elle se leva brusquement, prenant un air menaçant pour planter son regard acéré dans celui de son camarade.

- Va-t-en, te dis-je. Je me dé...

- Tu n'y arrives pas, Zélie, la coupa Olivier qui croisa les bras. Et je n'y arrive pas. Je ne peux pas te laisser toute seule sans que tu te fasses harceler. Et je ne veux pas de ça.

Interloquée, dégoûtée et choquée, Zélie recula d'un pas.
- Je n'en veux pas de tes bons sentiments ! Depuis la primaire, tu n'arrêtes pas de me coller ! s'écria-t-elle, furieuse. Je n'en veux pas... Je ne te veux pas...

Elle sentit quelque chose perler au coin de ses yeux. Toute sa rancœur éclatait dans la forêt. Sa petite voix, autrefois si discrète, résonnait dans la clairière, mais Olivier y demeurait insensible. Il la regardait encore et encore, si bien que Zélie se demanda s'il l'écoutait au moins. Quand elle eût fini ses jérémiades, Olivier s'approcha d'elle et posa sa main dans ses cheveux bruns. Elle fut complètement prise au dépourvu, à ce geste.

- Il me semble que le professeur ait de la sympathie pour toi, déclara-t-il à la surprise de Zélie.

- Pourquoi ? Tu es jaloux ? répondit la jeune fille, agacée.

Elle fut encore plus étonnée en l'entendant dire ceci :

- Moui. Enfin, je n'appellerai pas cela de la jalousie. Je dirais plutôt de la protection.

Zélie ouvrit la bouche pour lui signifier combien elle en avait assez de sa « protection » mais celui-ci la coupa dans son élan :

- Je sais que tu n'es plus une petite fille. Je sais que nous sommes dans une école d'assassins. Mais depuis que monsieur Bamer... monsieur Stone est arrivé ici, j'ai de plus en plus l'impression que notre vie n'est pas destinée à être baignée dans le sang.

Zélie eût du mal à avaler toutes ses paroles. Si quelqu'un l'entendait, il serait mis en quarantaine ! En effet, si l'on mettait les pieds dans ce lycée, notre destin était scellé ! Cependant, elle dut bien admettre que depuis que Lewis Bamer - ou Oliver Stone - était là, l'ambiance elle-même avait en quelque sorte changé... Et les délégués ne voyaient pas ça d'un très bon œil. Clara, elle, s'en moquait un peu, tandis que Ryan, lui, n'avait plus l'inspiration à faire des farces d'assassinats à son professeur. Ce dernier avait appris à le connaître en peu de temps...

- Zélie... Et si... on s'enfuyait ensemble ? Tous les deux ? proposa soudainement Olivier.

La jeune élève brune fut choquée par ce que venait de dire son camarade.

- Tu veux fuguer ?!

- Oui.

- Je ne peux pas !

- Pourquoi ?

- Et puis, si tu veux fuguer, vas-y, je ne te retiens pas !

- Je ne peux pas non plus. Pourquoi tu ne peux pas ?

Abasourdie, Zélie observa le jeune homme qui se tenait devant elle. Son regard avait changé : on aurait dit de la tristesse, avec un mélange de nostalgie et de mélancolie... Olivier nostalgique ? C'était une grande première. Le jeune homme la regardait dans les yeux. Une brise légère et glacée souffla sur les deux élèves, faisant frissonner Zélie. Elle soupira, baissant les yeux vers le sol boueux.

- Je ne peux pas, répéta-t-elle. Parce que monsieur Naima compte sur moi. C'est lui qui m'a tout donnée. Je ne peux pas lui faire ça. J'ai une dette envers lui.
- Et j'ai une dette envers toi, dit Olivier le plus naturellement au monde.

La jeune fille releva la tête, surprise.

- Comment ça ? demanda-t-elle.

Le garçon leva son poignet, baissa un peu sa manche sur son bras pour laisser apparaître son bracelet brésilien. Zélie écarquilla des yeux puis haussa un sourcil, incrédule. Ce bracelet ne la laissait pas indifférente. Elle semblait le reconnaître... Mais quand ? Où ?

- Qu'est-ce que c'est ? l'interrogea-t-elle.

Olivier soupira et lui dit, avec un air triste :

- Je vois que tu as oublié. Tu me l'as offert, quand on était en primaire, en disant...

- ...qu'on serait liés grâce à ses bracelets, continua Zélie qui commençait à comprendre petit à petit.

Elle secoua la tête. Ce n'était que lorsqu'ils étaient enfants... Olivier croyait vraiment à ce lien ? Cela voulait-il dire que... Non.
Non, il ne pouvait pas lui faire ça.
Zélie posa sa paume délicatement sur son front, en souriant avec cynisme comme si elle se rassurait.

- Non... Ça ne peut pas être ça... dit-elle, en riant cyniquement.

- Et pourtant, si, Zélie, la rappela Olivier.

- Tu sais que je peux te dénoncer !

- Tu ne le feras pas. Car toi-même, tu...

Olivier ne put terminer sa phrase. Zélie s'était enfuie en courant. La jeune fille courait à perdre haleine. Elle ne voulait pas se retourner. Les arbres, les grandes feuilles, les buissons, tout filait devant ses yeux mouillés de larmes. Voulant laisser sa frustration, elle hurla sous la forêt. Elle ne voulait pas accepter la réalité.
Ses sentiments étaient pourtant, eux, toujours là. Pourquoi ne partaient-ils pas ?! Elle ne l'était plus ! Pourquoi fallait-il qu'Olivier vienne lui en parler maintenant ? Tout se passait si bien ! À présent, allait-elle pouvoir devenir ce qu'elle

souhaitait depuis son entrée ici ? ...Non. Ce que souhaitait monsieur Naima, plutôt.

Que voulait-elle vraiment, elle ? Elle seule ?

Zélie ne s'arrêta de courir que lorsqu'elle revint dans sa chambre ; tant pis pour l'exercice. Après s'être assurée que la porte était bien fermée, de peur qu'Olivier l'ait suivie, elle s'assit sur son lit, repassant sa main dans ses cheveux bruns, comme pour effacer toute trace de celle d'Olivier qui l'avait posée sur sa tête.

Puis, se surprenant elle-même à le faire, elle se mit à chercher quelque chose, sans savoir quoi.

Elle dut bien mettre sens dessus dessous la chambre quand enfin elle le retrouva.

Le bracelet.

Chapitre 16 : Perdus dans la forêt

Les délégués étaient en train de regarder une carte que monsieur Naima leur avait passés pour leur "expédition" dans la forêt. En effet, la classe s'était perdue et se trouvait maintenant dans une petite clairière, près d'un petit ruisseau. Mais la carte semblait obsolète car le chemin n'y figurait pas... Iris assura pourtant que monsieur Naima ne pouvait pas se tromper et donc que c'était une épreuve qu'il leur avait donnée.

- Pff, arrête de le défendre, Iris, râla Alix qui s'était assise sur un rocher près du ruisseau. Un assassin n'a même pas de carte dans ce genre de situation. Il sait déjà où il doit aller lorsqu'une personne a un désir de tuer.

- C'est pour cela que nous devons nous initier à l'orientation, Alix, si tu ne l'avais pas compris, répliqua sèchement Iris.

- Oui, bah moi, j'en ai assez. Je rentre. Tu viens, Léo ?

- Ouais ! Ça sent le chien mouillé, ici, rit ce dernier qui était près de sa camarade.

Alors qu'ils s'en allaient, Clara qui était adossée à un arbre soupira et regarda John et Iris qui discutaient sur le chemin à prendre. Olivier était parti chercher Zélie qui s'était éloignée du groupe. Parfois, elle aimerait bien être à la place de la jeune fille. Elle aurait toujours quelqu'un auprès d'elle, la protéger, lui parler convenablement... Mais étrangement, elle n'avait pas cette chance. Soudain, la jeune sportive sentit une présence familière près d'elle. Ryan.

- Pensive ? demanda-t-il avec son sourire en coin.

Il s'était adossé au même arbre, jouant avec son couteau.

- Mêle-toi de ce qui te regarde, dit simplement Clara.

- Tout ce qui se passe dans cette classe me regarde, dit Ryan toujours aussi souriant sardoniquement.

- Ah oui ? En quel honneur ?

- L'honneur ? Depuis quand le monde a de l'honneur ?

Clara pesta. Ryan avait toujours raison. L'honneur, il n'y en avait tout simplement pas.

- Je vais reformuler, souffla la jeune fille agacée. En quoi ça te regarde ?

- Tu m'intéresses, c'est tout.

A ces mots, elle se retourna subitement vers le jeune homme blond. Celui-ci avait les yeux fixés sur la boue qui recouvrait ses chaussures déjà noircies par la terre. Il souriait toujours mais...pas dans la même nuance. Clara fut encore plus surprise lorsqu'il ajouta :

- Le moment est bientôt venu où l'on saura si nous serons tout de même des assassins ou non.

La jeune fille aurait bien voulu lui demander pourquoi il disait cela, même si ça paraissait un peu évident mais elle n'eut pas le temps. Iris avait annoncé qu'ils prenaient à droite. La classe râla puis suivit les délégués, en espérant qu'ils ne s'étaient pas trompés encore une fois. Clara lâcha un soupir et décolla son dos de l'arbre quand elle entendit un craquement derrière elle. Elle se retourna et vit Olivier qui revenait. Seul. Elle haussa les sourcils, inquiète et s'approcha de lui pour lui demander :
- Alors ?

Le jeune homme au regard d'habitude blasé baissa les yeux, serra la mâchoire et ne répondit rien. Il mit ses mains dans ses poches et partit rejoindre les autres. Clara le suivit du regard, comprenant parfaitement ce qu'il avait. Elle resta immobile un instant, puis courut pour marcher à côté de lui.
Il ne restait que Ryan. Celui-ci les regardait partir. Il avait perdu son sourire très agaçant. Il fixait Clara. Il savait très bien qu'elle était amoureuse d'Olivier mais qu'elle n'avait aucune chance. Il soupira et baissa les yeux vers sa main. Il l'examina un instant : elle était blanche, un peu tachée par la boue et égratignée car ils avaient rencontré des ronces assez féroces. Cette blancheur étonna étrangement le jeune homme. Il se demanda alors si cette blancheur resterait telle qu'elle était. À moins que ce ne soit plus de la boue qui la tâche, mais simplement du sang.
Ryan connaissait très bien ce rouge vif couler sur n'importe quel visage, que ce soit le sien ou celui des autres. Il se demanda alors si un jour, il verrait du sang sur ses mains.

Il rit nerveusement à cette pensée. Cela paraissait évident. Mais... plus il y pensait, plus il en avait peur.
Et ça, la peur, il ne la connaissait pas. Ce frisson dans le dos, il ne l'avait jamais ressenti auparavant. Ou, si, une fois. Une

seule fois. Le jour où il a fugué. Le jour où il s'est enfui de chez lui.

Ryan avait peur de sa mère.

Sur sa main, il revoyait cette grande femme hideuse qui le rejetait. Il n'avait jamais connu son père mais d'après sa mère, ce dernier les avait abandonnés. Sa mère détestait les hommes depuis ce jour. Elle ne s'était jamais remariée. Et comme Ryan ressemblait trait pour trait à son père, elle s'en prenait à lui, à quel point qu'il fugua. Il fut recueilli par Mlle Oriano qui le recueillit à son orphelinat.

Et ce fut là que Ryan développa son caractère sadique.

Mais ce fut là aussi où il rencontra cette jeune fille aux cheveux blond vénitien.

Il referma son poing, fermant les yeux. Il la revoyait jouer avec des garçons au basket. Elle les battait à plate couture. Pour lui, c'était la plus forte. Il l'admirait. C'est pourquoi, il voulut se rapprocher d'elle. Il adorait la taquiner jusqu'à même l'énerver avec son sourire arrogant. Elle était si mignonne en colère...

Ryan esquissa son sourire arrogant. Quelle bande d'imbéciles. Ils ont pris le mauvais chemin. Le jeune homme se décida alors de prendre le bon sentier, comme l'ont fait au début Alix et Léo (c'étaient peut-être des pitres, mais ils étaient moins idiots en tout cas).

Cependant, il n'eut pas pu faire deux pas quand quelqu'un se présenta sur son chemin. Le jeune homme leva la tête et aperçut son professeur qui était adossé à un arbre. Lewis ricanait en le voyant.

Ryan fut terriblement agacé par ce ricanement. Il ne supportait que les rôles s'échangent comme ça : lui riait, pas les autres ! Lui pouvait prendre du plaisir ! Pas lui ! Cet

infâme professeur qui n'était même pas capable d'expliciter ce qu'il voulait depuis le début clairement !
Ryan l'avait senti. Jamais il ne deviendrait assassin.

- Pourquoi riez-vous, monsieur ? demanda-t-il néanmoins avec le sourire arrogant. Nous avons tous parfaitement compris que vous ne voulez pas que nous soyons des assassins. Mais nous avons une dette envers cet orphelinat.

- Demain, c'est Noël.

Le professeur, calme, avait juste déposé cette phrase aussi claire soit nette. Telle était sa réponse. Mais Ryan n'en fut pas convaincu.

- Noël ? s'écria le jeune homme blond. Cette fête commerciale ? Vous riez pour ça ?

- Jeune homme, as-tu connu d'autres Noël plus joyeux ? demanda simplement Lewis qui s'approchait de lui doucement.

- D'autres Noël...plus joyeux ? répéta abasourdi Ryan.
À cet instant, il se souvint de ses Noël en famille. Dans sa véritable famille. Car, Ryan n'était pas un orphelin. Au contraire, sa famille vivait dans le petit village qui se situait à côté du lycée ! Mais, là-bas, l'ambiance était rude. Son père les avait quittés, lui et sa mère. Depuis, cette dernière avait affiché un regard plein d'amertume envers son fils et lui crachait des horreurs au visage, le rejetant et le rabaissant, parce que son visage, ses cheveux blond vénitien, lui rappelait cet homme qu'elle avait tant aimé et qui l'a abandonnée.

C'est pourquoi, Ryan avait construit un caractère si sadique, si psychopathe, qu'il pouvait arriver à la cheville d'Oliver Stone.

Ryan baissa la tête, soudain triste. Il n'avait jamais ressenti une nuance de tristesse chez lui. Jamais auparavant. Mais aujourd'hui, ce n'était plus le cas. Lewis posa sa main sur sa tête en souriant tendrement, en le regardant.

- On a tous connu des passés sombres, n'est-ce pas ? Moi-même, j'ai connu la pauvreté, la violence, le rejet, et j'ai même connu le fait de perdre quelqu'un de précieux, dit-il attendri. Mais il faut se battre contre la mélancolie. Toi-même, tu le fais en te cachant derrière ce sourire arrogant. Tu as besoin d'attention.

Ryan leva les yeux vers son professeur, étonné. Cet homme-là lui déclarait tout cela comme s'il lisait à voix haute un bouquin.

- Demain, je t'offrirai quelque chose qui guérira ton cœur triste, ajouta Lewis avant de s'en aller.

Alors, la neige se mit à tomber et Ryan se mit en route.

Chapitre 17 : Noël, première partie

Noël était enfin là. Qui aurait cru que l'on pouvait fêter cet événement dans un lycée d'assassins ? Eh bien, chers lecteurs, vous vous trompez lourdement, si vous avez pensé que non. Parce que là-bas, les élèves se mettaient à cœur joie de faire les préparatifs du réveillon. Au milieu de la cour, un grand sapin sorti tout droit de la forêt était installé et décoré, par des guirlandes lumineuses et des boules de Noël disposées un peu partout sur les branches de l'arbre sacré. Quelques petites enceintes étaient installées sur des coins des murs de l'établissement pour diffuser des chants de Noël pour l'ambiance, et des élèves avaient été choisis pour préparer la dinde avec le chef, ce qui était un grand honneur.

Cependant, du côté de notre ex-assassin, Lewis, il restait dans son bureau, mélancolique. Affalé sur sa chaise, il tenait entre les mains une photo de lui et de Marie, celle qu'il avait aimée. Elle l'enlaçait par derrière en souriant et ils fêtaient tous les deux cette fête de bonheur. Mais c'était le seul Noël qu'il avait passé avec cette femme si merveilleuse. Lewis soupira. Il n'avait pas le cœur en fête. Il était trop triste. Cinq ans avaient filé sous ses yeux, mais il se souvenait de l'assassinat de sa petite amie comme si c'était hier.

Il n'avait toujours pas fait son deuil. C'était trop difficile. Chaque Noël qui passait, il regardait le ciel étoilé, seul, et se prenait une bouteille de vin pour lui afin de la fêter. C'était une fête joyeuse, alors il essayait de tout garder pour lui et quand il en avait l'occasion, il la fêtait avec Marc. Mais, maintenant ? Il n'y avait plus personne pour lui remonter le moral. Plus rien. Marc était en mission, donc il ne pouvait pas passer le voir.

Lewis leva la tête pour regarder le plafond, et passa ses mains sur sa nuque. Il siffla un petit air qu'il connaissait, tout en se balançant sur sa chaise. Soudain, la porte de son bureau s'ouvrit en grand et Mélodie Rio apparut devant lui, les bras croisés. Lewis ne fit pas attention à elle, continuant à siffler. La jeune femme lui déclara sèchement :

- Tout le monde vous attend pour le discours du directeur.

- Pas envie de bouger, répondit simplement l'homme en souriant.

- C'est obligatoire ! s'énerva-t-elle.

Lewis se remit droit sur sa chaise, posant ses coudes sur la table avec son petit sourire en coin. Ca y est, il avait trouvé quelque chose d'amusant à faire. Mélodie leva les yeux au ciel.

- Ce n'est pas le moment, monsieur Bamer, dit-elle froidement. Nous sommes pressés.

- Pourquoi « ce n'est pas le moment » ? demanda innocemment le professeur. Je n'ai rien dit...

- Non, mais... Enfin...

Mélodie commença à bafouiller et à rougir. C'était très gênant, et elle ne savait pas comment récupérer sa fierté. Elle ne comprenait pas non plus pourquoi elle perdait ses moyens avec lui ! Elle baissa les yeux, cherchant ses mots, et quand elle releva la tête, pour répliquer, Lewis était déjà face à elle, les yeux fixés vers elle. Il s'appuya sur le bord de la porte pour se rapprocher d'elle.

- Mais ? fit-il toujours en souriant.

- ...Vous êtes trop proche, reculez, dit Mélodie, embarrassée.

- Vraiment ? Je vous gêne ?

Il sourit et se rapprocha encore un peu, pour l'embêter. Il adorait la voir rougir. Son côté flirt ressortait toujours lorsqu'il la voyait. De son côté, Mélodie en avait assez de se laisser influencer par ses sentiments ! Elle était un assassin depuis sa naissance, alors ce n'étaient pas des stupides sentiments qui allaient tout gâcher ! Pourtant, elle voulait le repousser, en vain. Ses bras n'étaient pas d'accord avec elle. Alors elle se recula, secouant la tête et reprit son visage fier.

- Dépêchons-nous, dit-elle simplement.

Elle s'en alla donc, ses pas résonnant dans le couloir, la tête haute. Mais quand elle fut hors de la vision de Lewis, elle courut jusqu'à atteindre la cour, les joues enflammées. Pour Lewis, l'homme rit doucement en la voyant partir ainsi, et se résolut donc à assister à ce discours qui l'ennuierait sûrement. Il secoua doucement ses épaules, mit ses mains dans ses poches, et se dirigea tranquillement vers la sortie. Dehors, on sortait déjà les confettis et les serpentins. Les élèves étaient revêtus de vêtements aux couleurs de Noël. Les filles portaient chacune une robe verte et rouge et les garçons une chemise blanche et un pantalon noir mais avec une cravate rouge et finement verte. Les professeurs portaient des costards et les femmes des robes de soirée. Lewis s'était quand même engagé à porter une cravate noire mais il avait son jean bleu et la chemise qu'il portait tous les jours. Tout le monde le regardait bizarrement, à cause de sa tenue pas très conforme, mais il s'en fichait. Il trouvait ça drôle. Il s'avança parmi la foule pour rejoindre le rang des professeurs et s'assit sur un des bancs qui étaient installés spécialement pour les professeurs. Quelle coïncidence ! Il se trouva juste à côté de l'homme à qui il avait réglé son compte, monsieur Tellier. Lewis lui adressa un sourire mais le professeur avait sa fierté, et tourna la tête vers l'estrade où marchait déjà le proviseur pour prononcer son discours.

Monsieur Naima prit donc le micro, toussa un coup pour s'éclaircir la voix et déclara en souriant :

- Chers amis, j'ai l'honneur aujourd'hui d'inaugurer ce cinquantième Noël dans cet établissement ! Malheureusement, votre dévouée directrice, mademoiselle Oriano, ne sera pas des nôtres, ce soir... Des affaires urgentes.

Il y eut quelques désapprobations dans la foule. Les élèves étaient attachés à leur chère directrice. De son côté, Lewis était plutôt heureux de savoir que cette vipère était loin d'eux et surtout de lui. Je pense que ce fut un de ces plus beaux cadeaux de ce Noël-là... Le proviseur continua :

- Mais elle vous fait part de ses meilleurs vœux et vous souhaite un joyeux Noël. À présent, je vous demande de bien profiter de cette soirée et du lendemain, car bien sûr, ne négligeons pas le travail et le programme de l'année. Amusez-vous bien. Pour les premières et terminales, demain sera un grand jour. Vous recevrez vos premières armes, fournies par la Confrérie. Les Terminales, nous vous offrons un revolver chacun, et pour vous, les Premières, ce sera un poignard. C'est la tradition, comme chaque année ! Et vous le savez. Les Secondes, ne vous en faites pas votre heure de gloire sonnera très bientôt !

Son discours était, il est vrai, très touchant si nous étions tous assassins. Mais Lewis avait envie de vomir après ça. De l'embrigadement. De l'endoctrinement. « Pauvres enfants... » pensait-il. Cependant, la réalité était bien cruelle. L'école était servie pour nous former à devenir...les personnes que la société veut. Et c'est sur cette note, que je vous laisse deviner la suite des événements...

A la fin du discours, tous les professeurs, sauf Lewis évidemment, se levèrent, sortirent chacun leur revolver et tirèrent vers le haut. Notre cher assassin n'eut pas le temps de se boucher les oreilles ; maintenant elles sifflaient et c'était insupportable. Monsieur Tellier lui lança un regard fier mais Lewis lui sourit simplement :

- Pourquoi me regardez-vous, monsieur ? dit-il. Vous attendez de moi que je vous salue ? Eh bien soit...

Sur ces mots, il se leva et s'inclina légèrement en souriant. Le professeur des secondes eut une grande envie de le frapper, mais on l'en empêcha. Une main retenait son poignet. C'était Mélodie.

- Pas de dispute aujourd'hui, messieurs. Nous sommes solidaires, entre assassins, rappela-t-elle.

- Non, pas moi, répliqua Lewis.

Et il s'éloigna, quittant la foule. Ce fut alors qu'il vit les portes de la grille ouvertes. Pourquoi l'étaient-elles ? Lewis ne le savait pas. Mais il savait tout de même que personne ne les gardait. Il sourit. C'était son jour de chance, décidément.

Il regarda autour de lui, alors, pour s'assurer que personne ne le regardait, puis, quand il se rassura en voyant la foule encercler le proviseur, il sortit de cet établissement de malheur. Mais quelqu'un l'avait vu. Quelqu'un qui souriait en le voyant partir comme un voleur.

Arthur Canali ne l'avait pas quitté des yeux, lui. Il se décida donc de le suivre.

Chapitre 18 : Noël, deuxième partie

Lewis marchait tranquillement vers le village. Ce dernier était illuminé de lumières jaunes, rouges et bleues, et on pouvait deviner qu'une fête se préparait. Lewis vint au bout du sommet de la colline qui surplombait ce village et s'assit dans l'herbe recouverte de neige. Il était enfin libre ! Libre de tout ! Mais d'abord, il fallait se dépêcher avant que le proviseur ne remarque son absence. En effet, cette liberté risquait d'être courte s'il ne s'éloignait pas maintenant le plus loin possible de ce lycée de malheur. Il descendit alors de la colline et s'avança du village qui était plutôt proche.

C'était un simple village, très petit. Il n'y avait pas beaucoup de personnes : plus de cinquante habitants y vivaient. Lewis s'approcha de la pancarte qui marquait le nom du village : il se nommait Petit-Lande. L'homme y entra alors. Il n'y avait pas énormément de bourgs, mais il y avait tout de même une boulangerie, une épicerie et une boucherie. Cependant, pour les autres emplettes, il fallait aller dans une ville et Lewis savait que la plus proche était à une heure ! Il se demandait comment faisaient les gens pour vivre aussi bien dans ce petit village désolé. Il sursauta quand une voix assez frêle l'interpella :

- Bonjour, jeune homme.

Le jeune homme se retourna et aperçut une vieille femme assise dans un fauteuil, devant son porche, en train de tricoter. Lewis passa sa main sur sa nuque, gêné par sa surprise, et répondit en souriant légèrement :

- Bonjour, madame.

La vieille femme aux cheveux blancs attachés en chignon lui fit signe d'approcher et il s'exécuta. Il s'avança vers la dame âgée et celle-ci mit ses lunettes en tremblotant de ses membres pour pouvoir l'examiner.

- Vous semblez perdu, je me trompe ?

- Perdu ? répéta Lewis qui ne comprenait pas. Oh ! non, ne vous en faites pas, je sais très bien où je vais.

- Non, non, pas perdu comme ça... Perdu là.

Avec sa canne, elle désigna sa poitrine gauchère, là où se trouvait le cœur. Lewis regarda la femme d'un œil triste, et sourit nerveusement.

- Vous devez vous tromper, j'ai toute ma tête... dit-il.

- Oh, vous savez, la tête ne suffit pas pour vivre normalement. Le cœur est important aussi. C'est pour cela que notre vie ne tient qu'à ce bout de chair, répliqua la vieille dame.

L'ex-assassin considéra la dame d'un regard éclairé. Les mots qu'elle avait prononcés étaient vrais. Cependant, comment y faire face ? Il avait sa fierté. Son orgueil ne l'avait pas quitté. Mais il se dit tout de même qu'il fallait écouter cette dame qui en savait sûrement plus que lui sur cette psychologie. La vieille femme lui désigna une chaise où il s'assit et la regarda, tout ouïe. Ce fut alors un récit qu'il entendit, et cela le surprit étonnamment.

- Vous savez, jeune homme, il y a cinq ans, une jeune femme est venue ici. Oh ! Elle était très belle et en plus, très souriante et agréable. C'était ma petite fille. Elle venait souvent me rendre visite, elle s'inquiétait pour moi, car je suis veuve, mon mari est mort il y a huit ans. Elle faisait la cuisine, me chantait joliment des chansons et elle allait pour moi au centre commercial, dans la ville d'à côté. Un jour, donc, il y a cinq ans, elle est venue me voir. Elle m'a annoncée qu'elle avait un petit ami et qu'elle l'adorait. J'étais heureuse pour elle, mais maternelle comme je suis, je lui ai demandée quel travail il faisait... Et elle m'a annoncée qu'il était en droit chemin. Je n'ai pas compris sur le moment, vous savez... Je n'avais pas toute ma tête. Je lui ai demandée pourquoi, et elle m'a sourie simplement. Ma petite fille avait le don d'être mystérieuse. Mais la seule chose qu'elle a dite à propos de cet homme qu'elle aimait était...qu'il était perdu.

Lewis, à la fin, demanda :

- Pourquoi parlez-vous de votre petite fille au passé ?

La vieille femme, cette fois-ci, regarda devant elle, le sourire triste. Lewis craignit le pire :

- Elle est morte, dit-elle simplement.

A ces mots, le jeune homme ne savait plus quoi en penser. Il voulut dire quelque chose, mais soudainement ses souvenirs se refoulèrent dans sa tête. Il avait l'impression de connaître cette fille dont parlait cette femme, étrangement. Il regarda la vieille dame. Cette dernière le regardait également en souriant, comme si elle savait tout.

- Je suis contente de vous rencontrer enfin, monsieur Stone.

Lewis sursauta légèrement. A ses mots, Lewis Bamer laissait place à Oliver Stone et il fondit en larmes devant la femme âgée, qui continuait à sourire sous ses rides. Elle posa sa main dans les cheveux bruns du jeune homme, restant silencieuse, tandis qu'il passait ses mains sur son visage en pleurs. Il ne pouvait pas s'arrêter. Les larmes venaient d'elles-mêmes. Il n'avait pas fait son deuil, il n'y arrivait pas et cette dame avait suscité ses souvenirs douloureux. Il aurait tellement voulu revenir en arrière, et sauver l'amour de sa vie. Mais le temps avait filé...

- Il y a des choses qu'on ne peut changer, dit la dame en caressant ses cheveux. Mais d'autres si.

Lewis leva la tête lentement vers elle, les yeux rougis, puis baissa ceux-ci légèrement, en fronçant les sourcils. Il réfléchissait. Elle avait raison, encore une fois. Il ne pouvait changer le passé, mais l'avenir... C'était autre chose. Cette fois-ci, il sourit à la dame, séchant ses larmes. Celle-ci souriait également.

- Je vengerai votre petite fille, promit Lewis.

La grand-mère secoua lentement la tête.

- Non, jeune homme. Le mal rendu par le mal, ce n'est pas une bonne solution. Ça a toujours des répercussions et des conséquences. Et cela laisse encore plus des séquelles. Apprenez à pardonner, comme elle vous a pardonné par son sourire.

Lewis sourit et hocha la tête. Décidément, les grand-mères avaient toujours la vérité sur la langue. Mais celle-ci était particulière : c'était la grand-mère de Marie. Marie, la jeune fille envahie de lumière que l'on ne rencontre que dans les contes de fée. Et cette vieille femme avait enfanté sa mère qui l'avait enfantée. Était-ce héréditaire ? Sourire est un don précieux.

Il sut qu'il fallait garder ses souvenirs heureux, et, non effacer ceux qui sont malheureux, mais se remémorer du courage de la jeune fille et avancer.

Car la vie est un choix à prendre. C'est une corde qui nous ait lancée au fond d'un gouffre. La mort fait partie de la vie, mais qui pourra nous la prendre sans en tâcher son âme. La vie n'est certes pas une friandise, mais ce n'est pas non plus une prison solitaire. Et le sourire, en ce monde, est plutôt rare. Parce qu'il faut être fou pour sourire. Il faut être fou pour aimer.

Le jeune homme regarda la vieille femme une dernière fois.

- Je reviendrai vous voir, dit-il alors.

- Joyeux Noël, monsieur Stone, sourit la dame.

Lewis se leva, le sourire aux lèvres et, après avoir dit au revoir à la vieille, il reprit son chemin. Mais il ne sentit pas la présence d'un quelconque garçon, qui le suivait discrètement et qui avait tout vu. Arthur Canali était choqué, pour la première fois de sa vie, de ce qu'il avait entendu. Ainsi, son professeur avait connu une jeune femme il y a cinq ans et qui est la cause de son renoncement à l'assassinat ? Qu'avait-elle fait pour en arriver à ce résultat ? Le sourire ?

Le garçon ne comprenait pas. Il trouvait trop bizarre, chamboulé par la vérité, et se dit qu'il y avait autre chose. Alors, il rattrapa son professeur étrange en l'interpellant, passant devant la vieille dame qui tricotait et regardait la scène du coin de l'œil en souriant :

- Monsieur Bamer !

Lewis s'arrêta et se retourna. Il écarquilla ses yeux bleus en voyant un de ses élèves courir après lui qui plus est en dehors de l'établissement.

- Arthur ? Que fais-tu ici ? demanda-t-il, surpris.

- C'est plutôt à moi de vous poser la question, répliqua Arthur en fronçant ses sourcils noirs.

Le professeur le regarda un instant, puis leva la tête. On pouvait voir le lycée tout petit, élevé sur la colline. Et là, il comprit les mots de la grand-mère. Il baissa les yeux vers le garçon et lui sourit. Il répondit alors :

- C'est Noël, non ?

- Oui... Quel est le rapport ?

- Eh bien... Puisque tu es là, tu vas m'aider.

Arthur ne comprit pas ses paroles. Mais il voyait tout de même que Lewis avait une idée derrière la tête... Que mijotait-il ?

Chapitre 19 : Pourquoi ?

« Je t'aime, Oliver. »

Ces mots étaient le plus beau cadeau qu'on ait jamais offert à Lewis. C'était étrange, même triste, que plus jamais, jamais il ne les entendra de nouveau. Qui pourrait aimer dans ce lycée d'assassins où ne vit que haine et violence, ainsi que désir de tuer ? Durant ces deux mois qui se sont presque écoulés, l'ex-assassin a observé sa classe et a pu remarquer les différents groupes influents. Il a bien vu le tempérament de Mia, celui de John, Zélie, Olivier, Lucie... Tous ont un désir de tuer, plus ou moins différent. D'ailleurs, en observant la jeune mademoiselle Nate, Lewis a bien vu qu'elle aimait le délégué talentueux et populaire. Mais cet amour lui faisait peur. C'était un amour malsain. Il avait déjà connu une personne qui détenait un amour comme celui-là. Derrière la fragilité de la jeune fille se cachait une grande pulsion passionnée mais meurtrière. Oui, elle faisait peur, et Lewis voudrait faire tout en son possible pour qu'elle ne révèle pas son côté tueuse. Sinon, il y aura bientôt un meurtre.

De plus, les autres élèves avaient des caractères qui semblaient se ressembler mais qui, en fait, se révélaient être différents. Chacun partageait un sentiment unique sur le propre de l'assassinat. Ils connaissaient l'amour, mais pas celui avec un grand A. Lewis se souvint de sa vie avec Marie. Elle lui avait donné la chose la plus précieuse au monde. Il était temps pour lui de faire de même.

Ces enfants qu'on a abandonné sans larmes, ces enfants qui n'ont pas connu l'amour d'une mère et d'un père, ces enfants qui connaissent mieux que personne la solitude et la noirceur de ce monde ont besoin de lui. Il le sait.

Endosser le rôle de professeur d'assassinat fut une responsabilité lourde et fatigante. Mais ce n'était pas la bonne technique à prendre, pas la bonne éducation. Lewis allait changer de regard, montrer à cette société que l'individualisme ne vaincra personne, qu'il est temps d'apprendre la vérité sur ce bas monde.

Bien sûr, c'était une nouvelle responsabilité bien plus lourde que l'autre, mais Lewis sentait une force en lui l'encourager. Il sourit. Cette femme avait allumé une flamme en lui qui l'embrasait, et ce pour l'éternité. Peut-être que son deuil va enfin pouvoir se mettre en place ?

> – Monsieur...
> – Oui, Arthur ?

En effet, les deux hommes revenaient du village Petit-Lande avec des sacs sous les bras. Ils avaient passé la journée là-bas et bien plus loin encore, et l'élève était intrigué que son professeur avait passé son temps à chercher une petite boutique, à toquer aux portes, etc... « Mais qu'est-ce qu'il fout ? » se demandait-il. De plus, il n'avait pas le droit de regarder dans les sacs. Étant curieux, cela l'agaçait.

> – Pourquoi avez-vous mis autant de temps dans la seule pauvre boutique du village, et passer au centre commercial de l'autre ville ? demanda finalement Arthur.
> – Chut... Il ne faut pas gâcher l'esprit de Noël, dit Lewis en lui faisant un clin d'œil.
> – L'esprit de Noël ?

Le professeur ne répondit pas. Il sourit simplement en

continuant de marcher. La nuit était tombée déjà, depuis un petit moment, et le village était illuminé par la lumière des lampadaires. Le silence sifflait entre les arbres qui entouraient Lewis et Arthur qui marchaient dans la forêt.

- Pourquoi m'as-tu suivi ? demanda l'ex-assassin.

Arthur poussa un soupir comme si la question lui semblait pathétique.

- C'est pourtant évident. Vous êtes chelou, répondit-il sèchement.

Lewis éclata de rire, et Arthur lui jeta un regard noir.

- C'n'est pas drôle.
- Oh ! Pour moi, ça l'est. Ça fait longtemps qu'on ne me l'a pas dit.

Un moment de silence s'installa après cet échange. Puis, le jeune garçon s'arrêta, laissant un écart entre lui et son professeur. Ce dernier arrêta de marcher peu après et se retourna vers lui, en l'interrogeant du regard. Le garçon avait la tête baissée et avait serré son poing.

- Pourquoi ? Lâcha-t-il.
- Hm ? fit Lewis.

Arthur releva la tête brusquement et s'écria, de colère :

- Pourquoi avoir tout abandonné ?! Vous étiez fort, quand vous étiez assassin ! Pourquoi ?! Qu'est-ce qui vous a pris ?!

Il serra les dents et rebaissa les yeux.

– Je vous admirais, m'sieur. On parlait que de vous, à
l'école. J'avais hâte de vous rencontrer enfin, être
votre apprenti... J'aurais aimé vous surpasser même !

Puis, il releva encore une fois la tête, et cette fois-ci, on
pouvait apercevoir des larmes scintiller dans ses yeux.

– Vous avez gâché mon rêve... Vous avez fait tout raté !
Et je suis pas le seul ! Thomas, Iris, Ryan, tous ! Tous
vous admirait, m'sieur. Pourquoi vous vous êtes
enfui ?

Il posa les sacs qu'il tenait et passa son bras sur ses yeux afin
de sécher ses larmes. Quand il avait appris que son professeur
était le célèbre Oliver Stone, il s'était réfugié dans sa chambre,
sans la moindre réaction, mais une fois la porte refermée
derrière lui, il s'était effondré. Il avait frappé le mur plusieurs
fois jusqu'à avoir les mains en sang. Cette nouvelle l'avait
complètement détruit.
Se remémorant ses souvenirs, il frissonna. Arthur ne pouvait
supporter que celui qui le faisait rêver s'était détourné comme
ça de lui.
En restant immobile et perdu dans ses pensées, il sursauta au
petit ricanement de l'homme qui se tenait devant lui. Arthur
haussa un sourcil, ne comprenant pas pourquoi.

– Si tu veux me surpasser... commença Lewis.
– Hm ?
– Alors, bats-toi.

Arthur écarquilla les yeux et avant de demander ce qu'il
voulait dire par là, il vit son professeur s'élancer vers lui et lui

asséner un coup de poing au visage. Le jeune garçon s'effondra sur le sol et passa sa main sur son visage égratigné.

– Que... ?! Pourquoi avez-vous fait ça ?! S'écria-t-il.

Lewis sourit et se mit en position de combat devant lui.

– Tu n'as toujours pas compris ? Si tu veux me surpasser, bats-toi.

L'élève se releva en titubant un peu, son bras sur son nez en sang. Il cracha un peu de salive par terre et se tourna vers l'ex-assassin, en esquissant un sourire aux coins de ses lèvres. Sans dire un mot, il fonça sur lui pour lui donner un coup au visage mais il fut surpris que Lewis l'arrête au dernier moment en attrapant son poing avec sa main avant de projeter le garçon dans un buisson d'un coup de genou sur le côté.

– Je dois dire que je suis un peu déçu, dit Lewis en soupirant, pour le provoquer. Moi qui pensais que j'avais toute une classe de professionnels. Mais, je pense qu'il n'y a que monsieur Vesther qui est expert en la matière.

Arthur se releva, jura et se mit face à son professeur. Le jeune garçon avait un regard furieux et déterminé. Il ne voulait pas qu'on le considère comme une mauviette, et surtout qu'on le compare à Ryan. Lui aussi avait ses faiblesses ! Tout le monde en a ! Alors, pourquoi ? Pourquoi le comparer à lui ? Ne supportant pas du tout cette provocation, il reprit son élan pour donner des coups à Lewis qui les évitait sans peine en reculant, tout en gardant son sourire. Cela agaçait Arthur qui continua, jusqu'à être essoufflé, manquant de force. Il se laissa tomber par terre, s'asseyant en poussant un soupir, frustré. Le professeur regarda l'élève et sourit. Il lui tendit la main.

– Tu t'es bien battu.

Mais le jeune garçon se leva seul, refusant sa main, le regard dégoûté. Il avait sa fierté. Lewis haussa les épaules et lui dit :

– Le plus beau combat n'est jamais vain, Arthur.
– Qu'est-ce que vous voulez dire par là ? demanda le garçon, frustré.

Le professeur lui adressa un simple sourire, reprit les sacs de course et déclara qu'il fallait y aller. Arthur haussa un sourcil puis hocha la tête, l'air blasé, avant de reprendre ses sacs et courir après l'homme étrange pour le rattraper.

Beaucoup de secrets restent enfouis. Mais le jeune lycéen se promit qu'il découvrirait la vérité. En attendant, il était pressé de savoir à quoi serviraient les objets que Lewis Bamer avait acheté dans son dos... Il se rendit compte aussi qu'il avait raté toute la cérémonie et qu'il allait se faire gronder par le proviseur lui-même.

« Et merde. »

Chapitre 20 : Avertissement

Mademoiselle Oriano était revenue de voyage après Noël. Elle devait aller faire son rapport de ses chers orphelins au proviseur mais, en se dirigeant vers son bureau, la femme à la mèche verte aperçut quelques élèves près de la porte, tendant l'oreille. Elle en reconnut quelques-uns : Thomas Candèle, Alix Comia ainsi que Léo Falcon. Elle soupira et s'exclama :

- Que faites-vous ici ? Vous devriez être en cours !
- Oh ! Pardon, mademoiselle. Mais notre professeur a été demandé avec Arthur par monsieur Naima, expliqua Alix avec un sourire. Nous sommes curieux…
- Ce n'est pas une raison. Retournez dans votre classe ! Et que je ne vous y reprenne plus.

Les élèves grognèrent un peu et s'en allèrent. La directrice de l'orphelinat les suivit de ses yeux de serpent puis se précipita vers la porte, collant son oreille pour écouter la conversation. De l'autre côté de la porte, menait une très forte réprimande par le proviseur envers Lewis Bamer et Arthur Canali. Les deux étaient côtes à côtes, les yeux levés vers l'homme âgée, les bras le long du corps, au garde à vue comme des soldats devant leur commandant. Parfois, ils se jetaient quelques petits coups d'œil, sans vraiment dire quoi que ce soit.

- C'est inadmissible ! Vous devriez avoir honte ! cria le proviseur, gonflé de colère. Qu'est-ce qui vous a pris ?! C'était la fête de Noël !
- Vous vous êtes très bien débrouillés sans nous... répliqua Lewis, un sourire au coin des lèvres.
- Cessez ce regard insolent, monsieur Bamer. Ce sera votre premier avertissement.

Les yeux glacials du proviseur se posèrent sur Arthur. Celui-ci frissonna. Il savait très bien ce qui l'attendait. Monsieur Naima était capable du pire. Il sentit la peur envahir son cœur. Le seul homme qui pouvait bien lui faire ressentir ce sentiment, c'était bien lui. On dit que le proviseur était très cruel lorsque l'on se montrait désobéissant : un élève de seconde serait même mort après avoir manqué de respect envers monsieur Naima. Mais n'était-ce qu'une simple rumeur ? Pourtant, elle trottinait dans la tête du jeune garçon de seize ans.

Si la rumeur disait vraie, alors il ne lui restait plus qu'à faire ses prières...

Le proviseur se rapprocha lentement du jeune homme. Lewis le suivait des yeux. Ce dernier s'attendait bien au pire. Un vétéran avait toutes les expériences en assassinat, et tuer un enfant lui était bien égal. Devrait-il intervenir ? S'il le faisait, il ne comptait pas le nombre de conséquences qu'il lui arriverait.

- Je suis très déçu, Canali, déclara le proviseur.

Arthur baissa légèrement la tête, ne trouvant rien à répondre. Il sentit l'homme expérimenté s'approcher de lui et ferma les yeux, sentant sa sentence arriver. Mais rien n'arriva. Surpris,

Arthur rouvrit ses yeux et les leva légèrement. Son étonnement grandit encore en voyant que son professeur s'était mis entre lui et le proviseur.

Lewis, en effet, avait arrêté monsieur Naima avant que ce dernier ne frappe Arthur. Le professeur était intervenu, en sachant les risques qu'il encourait. Lewis s'en fichait car s'il ne le faisait pas, il s'en voudrait. Il n'aurait pas supporté le fait qu'un de ses élèves soient maltraités, comme pour Alex Erase qu'il avait sauvé de monsieur Tellier.

Le proviseur fronça les sourcils, agacé par cette attitude. Il aurait dû s'en douter, Lewis était un homme dont il fallait se méfier. Il ricana et dit :

- Je vois que vous prenez vos marques… Mais ici, le chef, c'est moi. Ce garçon a enfreint les règles, il mérite sa punition.
- De quelles règles enfreintes parlez-vous ? demanda Lewis calmement. Il me semble qu'il a été très courageux et s'est comporté en parfait assassin : il m'a suivi.

Le proviseur haussa un sourcil, intrigué. Déjà, ce tempérament l'énervait, et il avait bien envie d'envoyer valser Lewis.

- Il vous a suivi ? répéta monsieur Naima.
- En effet et la raison est qu'il se méfiait de moi. Le portail était ouvert, j'en ai donc profité pour m'enfuir. Et c'est Arthur qui m'a ramené. Il m'a même menacé ! Pas vrai ?

133

Quand il prononça ses deux derniers mots, Lewis se tourna vers Arthur et lui fit un léger clin d'œil. De plus en plus surpris, Arthur balbutia mais se reprit rapidement pour n'éveiller aucun soupçon.

- Oui, monsieur Bamer a raison. Je l'ai bien menacé. Comme il ne voulait pas revenir au lycée, je l'ai forcé grâce aux prises que nous avons apprises au collège, dit Arthur, innocemment.
- Vraiment ? se méfia monsieur Naima. Pourtant, la carrure de monsieur Bamer est beaucoup plus musclée que la vôtre.
- Les apparences sont trompeuses, monsieur le proviseur.

Monsieur Naima contracta sa mâchoire et serra les poings puis soupira, excédé en murmurant un « très bien » entre ses dents et revint sur son siège derrière son bureau.

- Ne me décevez pas encore une fois, dit-il finalement.
- Oui, monsieur.

L'élève et le professeur sortirent donc de la pièce. Ils remarquèrent rapidement la présence de mademoiselle Oriano et celle-ci avait les bras croisés, le sourire malsain aux lèvres. Lewis fronça les sourcils. Il savait parfaitement qu'elle avait écouté la conversation et elle était prête à enfoncer le clou. Oui, il le confirmait : c'était une vraie vipère. Toujours là pour mordre là où ça faisait mal. Le professeur esquissa un sourire insolent pour ne pas montrer son inquiétude et se tourna vers Arthur.

- Pars devant et rejoins la classe. J'arrive, j'ai une chose à régler.

Arthur regarda l'ex-assassin. Le regard de son ancienne idole était déterminé, fixe. Il haussa les épaules, mit les mains dans ses poches et s'en alla en saluant la directrice. Cette dernière n'avait pas bougé d'un poil et continuait de fixer cet homme au regard de loup. Lewis continuait de sourire et mettant une main dans la poche de sa veste, il demanda :

- Que me vaut ce plaisir ?

Mlle Oriano ricana.

- Voyons, monsieur Stone, je suis là pour vous hanter, vous le savez bien.
- Monsieur Bamer – il insista sur le nom – je préfèrerai que vous m'appeliez comme ça.
- Bien, bien… Si vous le dîtes. J'aimerai revenir à notre dernière conversation…
- Oh, si c'est pour encore m'enfoncer dans votre vase boueuse, vous pouvez toujours essayer.

Lewis lui adressa un sourire narquois. Mlle Oriano n'en prit pas compte. Elle avait envie de cracher son venin et ce traître de la Ligue était parfait comme cible. Elle avait envie de le remettre à sa place. Mais, cette fois, ce fut Lewis qui s'avança. Celui-ci avait toujours sa main dans sa poche, la posture décontractée ce qui reflétait parfaitement son caractère paresseux mais aussi taquin. Il observa la femme blonde devant lui. Cette dernière haussa un sourcil, intriguée. Tout à coup, Lewis siffla.

- Ouuuh… Vous semblez essoufflée…
- Que…

Lewis s'approcha d'elle et lui tourna autour toujours en sifflant.

- A vous voir, vous semblez épuisée, vous n'avez pas dû passer une bonne nuit… Ou peut-être la meilleure de votre vie ? A Noël, tous les coups sont permis à la Ligue… Oh ! Vous devriez vous regarder dans un miroir, votre maquillage est en train de s'effacer et ce n'est pas très beau…

La directrice porta sa main à son visage à ces mots, surprise. Elle remarqua que l'homme avait bien raison : son mascara coulait. Elle pesta.

- Je vois, vous voulez me rabaisser, n'est-ce pas ?
- Vous êtes encore plus mignonne quand vous êtes excédée…

Lewis avait son visage à seulement quelques centimètres de la femme qui, surprise, posa un pied en arrière.

- Pardon ?
- Vous avez saisi. Les femmes ont toujours le cœur qui fond quand je suis devant elles. Vous ne faites pas exception.

Il lui prit la main délicatement.

- Votre pouls s'accélère. Il s'accélère toujours quand je suis près de vous. A notre dernière conversation, quand je me suis approché de vous, je pouvais sentir votre cœur s'accélérer.

La directrice allait répliquer mais Lewis la coupa.

- De la peur ? Non. C'est bien plus que ça. Vous aimez quand je fais ce regard. Ce regard taquin, ce regard de loup qui cherche sa proie. Car vous aimez être désirée. Mais vous savez que je vous déteste, que je vous hais. C'est pour ça que vous n'êtes pas allée à la fête de Noël du lycée. C'était pour aller chercher ailleurs. Mais ça ne vous a pas plu, n'est-ce pas ? – Il rapprocha encore un peu son visage – Vos yeux vous trahissent. Ils vous trahiront toujours, ainsi que n'importe qui.

Mlle Oriano recula de quelques pas. L'homme était trop près. Leurs lèvres se frôlaient presque. Et pourtant, la chaleur était présente ; elle enveloppait le cœur de la directrice. Même une vipère pouvait fondre sous une telle chaleur. Cet ancien assassin n'était pas comme les autres. Il pouvait manipuler n'importe quelle personne grâce à ses yeux. Ce regard fixe, ce regard séducteur, ce regard qui dit tout et pourtant rien.

- Qu'est-ce que vous voulez dire par là ? demanda la blonde.
- Oh, rien de ce que vous attendez de moi, répondit Lewis en souriant. Vous voulez que je vous prenne ici et maintenant, vous ne souhaitez que ça. Que mes

lèvres touchent enfin les vôtres, que la chaleur de mon corps embaume le vôtre.
-   C'est… C'est bon ! N'en dites pas plus !

Les joues enflammées, la directrice secoua vivement la tête et tourna le dos au professeur. Puis, avec colère, elle posa cette question :

-   Qu'est-ce que vous voulez, vous ?!
-   Moi ?

Blanche Oriano sentit la main de l'homme prendre la sienne et la tirer vers lui. Elle se retourna, malgré elle et se retrouva de nouveau face au traître. Ce dernier passa sa main dans ses cheveux blonds et remit une mèche derrière son oreille. Puis, il glissa son index sur son menton pour qu'elle lève la tête vers lui. Lewis esquissa un sourire aguicheur.

-   Si vous ne nous laissez pas tranquilles, moi et mes élèves, je vous tuerai.

Enfin, il se pencha à son oreille droite pour murmurer avec sensualité :

-   C'est mon premier et dernier avertissement.

Il la repoussa doucement, mit ses mains dans ses poches et s'en alla en lui jetant un dernier regard perçant et pourtant si insolent. La directrice resta immobile dans le couloir, les yeux grands ouverts, ne croyant pas un seul instant de ce qu'il venait de se passer. Le regard que tous les assassins avait était bien présent dans les yeux bleus de Lewis Bamer. Alors pourquoi y avait-il une nuance si différente ?

Blanche serra les poings et les dents. Elle devait maintenant faire plus attention.

Chapitre 21 : Tout ce que je veux pour Noël

Tous les élèves de première littéraire entouraient le bureau d'Arthur. Ce dernier avait les bras croisés et poussait plusieurs soupirs. Tout le monde voulait savoir pourquoi il était parti du lycée le jour de Noël avec le professeur. Arthur ne disait rien, il ne répondait pas aux questions. Adossé au dossier de sa chaise, il attendait juste que monsieur Bamer revienne. Au fond de lui, ne comprenant pas pourquoi, il avait bien apprécié cette journée qu'il avait passé avec lui. Quelque chose avait changé dans son cœur. Et, étrangement, ça lui faisait du bien. C'était chaleureux, confortable, il aurait dit.

« Franchement, ce prof est peut-être bizarre, mais il est plutôt sympathique. » se dit-il.

Il esquissa un léger sourire. Soudain, une main frappa contre son bureau, ce qui le fit légèrement sursauter. Arthur leva les yeux et aperçut Ryan qui avait son poing collé à sa table, le fixant de ses yeux bruns perçants et Iris se tenait à côté de lui, les bras croisés.

-   Raconte-nous, Arthur. Qu'est-ce qui s'est passé entre toi et monsieur Bamer ? demanda sèchement Iris.
-   Rien, répondit Arthur.

Ryan fit un sourire malsain.

-   Tu sais ce dont je suis capable pour faire parler quelqu'un, Arthur, dit le blondin. Tu n'aimerais pas vivre ça, non ?

Arthur fronça les sourcils et secoua la tête. Non, il n'aimerait pas vivre ça. Il savait très bien que Ryan était capable du pire.

-   Bien. Alors, dis-nous tout au lieu de faire ta tête de mule.

Le brunet soupira et haussa les épaules.

-   Soit, fit-il entre ses dents. D'accord, je vais tout vous dire…

Il mit un temps de suspense pour les faire attendre et laisser l'impatience les envahir.

-   J'sais pas, dit-il finalement.
-   Hein ?! Tu te moques de nous ?! s'écria Lucie qui était à sa droite.
-   Ta lassitude m'étonnera toujours, dit Alix en souriant d'un air sarcastique.

Tout à coup, les élèves entendirent des pas se rapprocher dans le couloir, près de la porte. Rapidement, ils se remirent à leur place. Ryan reprit son sourire insolent ; Olivier, son air blasé ; Iris, ses soupirs, etc… Ils attendirent tous que leur professeur – ils reconnaitraient ses pas entre mille – ouvre la porte et commence à faire son cours d'histoire. Mais ils ne s'attendaient pas du tout à ce que, soudainement, une musique se fasse entendre. Surpris, les élèves se regardèrent, intrigués.

Puis, la porte de la classe s'ouvrit et Lewis entra, un chapeau noir sur la tête, marchant à reculons à la manière de Michael Jackson. De plus en plus étonnés, les enfants n'osèrent rien dire et le regardèrent faire. Le professeur se mit au milieu de la pièce, fit une pose, et commença à chanter sur la musique. La chanson se prénommait *Light that Fire* de Oh the Larceny, comme l'avait murmuré Mao Dalhmer, l'expert en musique, à son voisin. L'accent anglais de Lewis ressortait très bien à travers les paroles, en tout cas... Mais ce n'était pourtant pas le cours d'anglais à cette heure-ci...

Le professeur dansait tout en chantant sur la musique et en même temps, il reculait vers son bureau pour chercher un gros sac rouge qu'il ouvrit et y plongea sa main pour sortir un paquet emballé dans un beau papier rouge avec un ruban vert. Il fit un signe à un élève de venir et lui donna le cadeau. L'élève, bouche bée, s'empara du cadeau et retourna à sa place. Et ce fut pareil pour tous les autres qui formaient cette classe. Lewis Bamer continuait à chantonner, faisait des petits mouvements de danse tout en distribuant les cadeaux qui se trouvaient dans le sac.

Quand ce fut le tour d'Olivier, ce dernier tenta de demander à son professeur pourquoi tout ce manège mais l'homme lui fit signe de se taire en lui faisant un clin d'œil. Olivier retourna à sa place, le cadeau entre ses mains, surpris. Il s'assit à sa place, continuant de fixer son paquet. Il se demandait pourquoi monsieur Bamer chantait et dansait et même leur offrait des cadeaux. Noël était passé et les élèves avaient déjà reçu leur poignard. Alors que pouvaient bien contenir ces cadeaux ? Il releva la tête. Cette fois-ci, c'était Zélie qui avait été appelée. Le professeur lui tendit un petit paquet et lui fit un clin d'œil comme il l'avait fait au jeune homme. La musique s'était arrêtée et Lewis ne chantait plus, mais il gardait tout de même son sourire à ses lèvres.

La jeune fille hocha la tête comme pour remercier le professeur et se retourna pour se diriger vers sa place. Olivier la suivit des yeux et remarqua qu'elle semblait étonnée ou même…heureuse. C'était bien la première fois qu'il la voyait comme ça.

Quand le dernier élève reçut son cadeau, Lewis s'avança de quelques pas, fit une révérence avec son chapeau puis dit ces paroles :

- J'espère que vous apprécierez chacun votre cadeau. J'aurais voulu me déguiser en père Noël, mais je n'ai pas trouvé de costume… Juste ce chapeau ! Il me va bien, non ? Enfin, bref, joyeux Noël ! En retard, je sais…

Les élèves se regardèrent, troublés. Toute cette mascarade… Toute cette comédie… Avec quoi cela rimait-il ? Leur professeur leur avait semblé si paresseux qu'ils n'avaient pas envisagé un tel comportement. De plus, c'était un traître.

Les délégués, un peu sidérés, se levèrent. Ce fut Iris qui prit la parole :

- Monsieur, nous aimerions savoir pourquoi vous faites tout ça.
- Oui, et nous voudrions savoir aussi pourquoi vous avez quitté la Ligue Carpe Noctem, ajouta John, qui avait son poing serré.

Lewis considéra les deux élèves avec attention et avec douceur. Il sourit et hocha la tête.

- L'heure n'est pas encore venue pour tout vous révéler. Mais je vous donne rendez-vous ce soir, dans cette classe, à vingt heures. Vous n'êtes pas obligés de venir, mais si vous êtes vraiment curieux, alors ne ratez pas ça.
- Oui, mais pourquoi tous ces cadeaux ? Nous avons reçu nos poignards... dit Iris en fronçant légèrement les sourcils.
- Parce que, tout ce que je veux pour Noël, c'est de vous voir sourire.

Les élèves se regardèrent encore une fois. Ça devenait de plus en plus bizarre et malaisant pour eux. Et puis, ces paroles semblaient tellement niaises... Un cadeau, c'est plus qu'un sourire. Ce ne sera pas ça qui comblera la vie.
Lewis les observa et éclata de rire. Pour lui, c'était très drôle comme situation.

- Vous devriez voir vos têtes... murmura-t-il en souriant. Tout ce que je peux vous dire, c'est que mon plus beau cadeau de Noël a été un sourire, alors je veux vous le partager. Bien sûr, vous ne pouvez pas comprendre ce que je dis. Pas tout de suite en tout cas... C'est pourquoi, j'offre à chacun un cadeau qui lui correspond. Ne dîtes pas que j'aie été paresseux ces mois-ci... Au contraire, je vous ai observés. Chacun a ses idées, son caractère, sa guerre. Mais vous n'êtes pas solidaires, contrairement à une classe ordinaire. En fait, je ne veux pas que vous soyez des assassins. Pour moi, vous êtes encore des enfants, et vous devez bien apprendre ce qu'est vraiment le monde… Vous êtes dans une génération qui doit le faire évoluer.

Le professeur perdit peu à peu son sourire, et la tristesse et la colère se firent ressentir à travers ses mots.

- J'ai perdu la plus belle chose au monde. Je n'ai pas été capable de la sauver. Donc, aujourd'hui, je ne veux pas rater la possibilité de vous sauver. Vous m'êtes trop précieux. Oui – il sourit un peu gêné – je me suis attaché à vous. Ce que j'ai découvert, je veux vous le faire découvrir. La Ligue m'a condamné à vous faire cours, eh bien, je prends cette punition à mon avantage. Je sais bien qu'avec ces paroles, vous n'allez peut-être pas changer, mais je vous pose au moins cette question avant ce soir : Voulez-vous vraiment devenir assassins ?

Le silence s'installa après ces mots dans la pièce. Lewis regarda les élèves, le regard sérieux. Quelques élèves chuchotèrent, d'autres baissaient les yeux, fuyant le regard du professeur. Puis, un éclat de rire cassa ce silence gênant. C'était Natalie. La jeune fille rousse riait à gorge déployée et appuyait ses bras sur son ventre, son rire provoquant des crampes à l'estomac.

- Vous croyez vraiment qu'on va vous suivre ? s'écria-t-elle en riant sarcastiquement. C'est du charabia ce que vous nous avez raconté. Pour moi, vous n'êtes qu'une mauviette qui s'est dégonflée, c'est tout. Un fuyard, c'est un looser.

- Je suis bien d'accord avec Natalie, dit Alix en souriant d'un air malsain et sortant son nouveau poignard. Le sourire, ça n'existe pas. Y a que des salauds qui existent dans ce monde. Et nous, on est là pour les chasser. Quoi de mieux que de les tuer avec passion. Pas vrai, Léo ?
- Ouais, totalement. Tout ce que vous avez dit, c'est niais. Le monde est noir, c'est tout. Personne ne peut rien y changer.

D'autres camarades rirent avec eux. Lewis restait de marbre : il continuait de sourire. Puis, le professeur s'avança vers Natalie qui s'arrêta peu à peu à rire et leva les yeux vers l'homme qui était maintenant face à elle. La rouquine haussa un sourcil en souriant, toujours de son air sadique.

- Quoi ? cracha-t-elle.
- Comme mademoiselle Comia l'a si bien dit, les assassins sont là pour se débarrasser des salauds qui gênent. C'est ce que je pensais avant de quitter la Ligue. Mais tu ne crois pas que tu es mal placée pour être d'accord avec elle ? dit Lewis qui se pencha vers elle. Je t'ai bien vue harceler des élèves… Notamment Zélie.

Natalie fronça les sourcils.

- Et alors ?
- Et alors…

Tout à coup, Natalie frissonna. Elle sentit quelque chose de froid sur son cou. Elle baissa légèrement les yeux et vit à sa grande stupeur que c'était un couteau. Elle releva les yeux vers son professeur. Ce dernier continuait de sourire. Mais elle pouvait sentir son regard de loup lui glacer le sang.

- Je pourrais te tuer là maintenant, parce que tu fais partie de cette bande de monstres... continua calmement l'ex-assassin.
- Ah... Ah...

Natalie frissonnait de peur. Elle ne répondit rien. Lewis se releva, mit ses mains dans ses poches puis jeta un regard sur Alix qui détourna le sien subitement. Il sourit et retourna à son bureau pour se remettre face à ses élèves.

- Je ne vous oblige pas, dit-il finalement. Mais je vous demande juste de réfléchir. Sinon, vous pouvez ouvrir vos cadeaux, hein. C'est vrai qu'il n'y a pas le feu mais voilà quoi.

Il esquissa un sourire amusé devant ses élèves silencieux. Personne n'osait dire quoi que ce soit. Tout le monde pensait la même chose que Natalie. Enfin, presque tous... Arthur était le seul à avoir souri tout au long de cette scène. Car, lui, il avait compris. Cette journée qu'il avait passée avec Lewis lui avait permis de réfléchir. Bien sûr, certaines choses restaient floues, mais beaucoup de secrets seront bientôt refoulés...
Cependant, derrière la porte de la pièce, une femme avait tout entendu.

Mélodie Rio avait, discrètement, assisté à la scène sans être vraiment là, dans la classe. Les mots que le professeur avait prononcés l'avaient fait réfléchir. La jeune femme se mordit la lèvre. Fallait-il prévenir le proviseur ? Un danger s'annonçait pour l'école.

Oliver Stone était entré en action et rien ne pourra l'arrêter.

Chapitre 22 : Un cadeau qui me correspond

Dans sa chambre, Zélie regardait son cadeau qu'elle n'avait toujours pas ouvert. Elle le fixait, semblant réfléchir. Elle était assise sur son lit et à côté d'elle se trouvait son poignard. Soudain, la porte de la chambre s'ouvrit et Clara entra dans la pièce, son paquet emballé sous le bras. Elle ne l'avait pas ouvert non plus. Les deux jeunes filles se regardèrent, silencieuses.

- Toi non plus ? demanda juste la blonde.
- Non… dit Zélie en secouant la tête.

Clara baissa légèrement les yeux, puis le releva en souriant.

- Ça te dit qu'on les ouvre ensemble ? proposa-t-elle, gentiment, mais un peu gênée aussi.

Zélie la regarda, un peu surprise. C'était bien la première fois qu'elle voyait Clara aussi attentionnée. Evidemment, la jeune sportive essayait de devenir son amie mais pas dans ces manières-là. Sa voix était plus douce, plus chaleureuse. Zélie, sans dire un mot et au plus grand étonnement de Clara, hocha la tête et se décala un peu pour lui laisser de la place.
Clara sourit finalement et s'installa près de sa camarade. Elle la regarda, fit un hochement de tête puis baissa les yeux vers son paquet. Les deux commencèrent donc à déchirer le papier cadeau afin d'ouvrir leurs cadeaux, le tout dans un silence

pesant. Clara découvrit une boite en carton blanche rosie. Fronçant légèrement les sourcils, elle l'ouvrit et trouva à l'intérieur des chaussons de danse. Les yeux de la jeune fille s'écarquillèrent. Elle avait toujours voulu en avoir, car elle aimait la danse classique. Mais ce n'était pas un sport approuvé par monsieur Naima ni par Mlle Oriano. Légèrement, un sourire se dessina sur les lèvres de la blonde. Son professeur l'avait sûrement deviné, ce qui prouvait son expérience en matière d'assassinat. Un assassin se devait de tout savoir sur sa proie. Sur les chaussons était déposé un petit mot que Clara lut : « Tu pourras jouer Casse-Noisette ! Fais-moi signe quand tu feras ton premier ballet 😊 ». Clara sourit un peu plus.

La jeune fille jeta un coup d'œil sur sa voisine afin de voir ce qu'elle avait reçue. Zélie était immobile, les yeux remplis de larmes. Sur ses genoux, il y avait une boule à neige, et accroché, il y avait un petit mot qui disait : « Aie confiance en toi 😊 ».

Clara était surprise de voir pleurer sa camarade. Elle ne l'avait jamais vue pleurer. Et, dans un geste qu'elle n'arriva pas à comprendre sur le moment, elle la prit dans ses bras. Zélie se laissa faire et même, enroula ses bras autour de la blonde. Elle sanglota un instant puis, enfin, elle s'expliqua :

- Désolée… Mais, cette boule à neige… Elle me rappelle quelqu'un…
- Qui ça ? demanda doucement Clara en caressant le dos de sa voisine.
- …Olivier.

Clara ne dit rien. Elle ferma juste les yeux, continuant de la serrer contre elle. Son cœur se brisait en mille morceaux. Les choses se confirmaient peu à peu : Zélie et Olivier s'aimaient. Et Clara n'y avait pas sa place. Tout à coup, elle sentit son ventre se nouer, sa gorge se serrer. La blonde serra les dents et elle poussa un léger soupir. Elle se recula, posa ses mains sur les épaules de Zélie et la regarda dans les yeux.

- Tu sais bien que c'est interdit.
- Je le sais, dit la brune. Mais, aujourd'hui, je suis plus à penser que mon destin n'est pas de devenir assassin.

Clara lâcha un rire dégouté et se leva pour bien se mettre face à elle.

- Zézé, en fait, tu es lâche. Tu as peur du sang, du meurtre, de la violence. Si tu es ici, c'est parce que monsieur Naima a eu pitié de toi, c'est tout.
- Tu as sûrement raison.

Zélie la regardait de ses yeux bruns humidifiés par les larmes qu'elle avait versées. Une once de révolte se reflétait dans son regard. Et ça énervait Clara qui la gifla. Zélie se laissa faire et esquissa un léger sourire ce qui perturba la jeune fille aux cheveux blond vénitien. La brune se leva finalement, après quelques secondes de silence et sortit de la chambre, laissant seule Clara qui l'avait suivie du regard, surprise.

Cette dernière regarda ses mains. Elle tremblait. Sa jalousie avait gagné sur sa sérénité. En effet, elle n'avait jamais giflé quelqu'un, à part Thomas. Jamais. Elle serra les poings et contracta sa mâchoire, puis elle ouvrit la bouche, n'y pouvant plus. Mais son cri ne vint pas. Il restait silencieux. Clara tomba sur ses genoux, les larmes aux yeux.

Du côté de Zélie, la jeune fille commençait déjà à courir en direction de la chambre d'Olivier qui se trouvait à l'autre bout du couloir. En chemin, elle croisa Ryan qui l'arrêta en la prenant par le bras fermement.

- Oh là, oh là… Où comptes-tu aller, jeune fille ? dit-il, son sourire agaçant toujours aux coins de ses lèvres.
- Je veux voir Olivier, répondit Zélie en dégageant son bras brusquement. Je dois lui parler.
- Qu'est-ce qu'il t'a fait cette fois ? Te protéger ?

Zélie serra les dents, baissa les yeux puis les releva en fronçant les sourcils.

- Laisse-moi passer.
- Oh, mais je ne te retiens pas.

Ryan mit ses mains dans ses poches et la toisa du regard.

- Mais, dis-moi… Pourquoi venir le voir maintenant ?
- Ça ne te regarde pas, dit la jeune fille.
- Evidemment.

Le jeune homme aux cheveux blonds soupira puis fixa Zélie avec intérêt.

- Où est Clara ?

Zélie haussa un sourcil. Elle était un peu surprise de cette question, mais en voyant le regard si inquiet de Ryan, malgré son sourire insolent, elle comprit qu'il souhaitait parler à sa camarade de chambre.

- Elle est dans la chambre, répondit-elle.
- Merci.

Et il s'en alla, d'un pas pressé. Zélie le suivit du regard puis reprit sa course tout en se demandant ce qu'il pouvait bien avoir de si important à dire à Clara. Elle arriva devant la porte de la chambre d'Olivier et hésita un moment pour toquer. Elle regarda ses mains, puis les referma sur ses paumes pour serrer les poings. Elle reprit son souffle et se décida à toquer. Mais personne ne répondit. Zélie haussa un léger sourcil et ouvrit la porte doucement pour voir s'il y avait bien quelqu'un. Olivier n'était pas dans la pièce. La jeune fille fit donc le tour du lycée en cherchant partout, se faisant même arrêter par Natalie pour se faire plaquer au sol et recevoir des coups. Mais ça ne l'arrêtait pas : Zélie était déterminée à retrouver son ami d'enfance. Quand ses harceleurs la lâchèrent, elle reprit ses recherches, couverte de bleues. Son front saignait aussi, cependant elle refoulait sa douleur en elle et continuait à marcher, même si elle boitait. Des souvenirs remontèrent dans sa mémoire, alors qu'elle s'aidait de la rampe d'escalier pour descendre doucement.

Ce jour où elle avait offert au jeune homme un bracelet brésilien qui les lierait revenait constamment dans sa tête. Elle ne pouvait pas se défaire de ce lien, c'était impossible.

Enfin, elle trouva Olivier. Ce dernier était dehors, face à elle, la tête levée vers le ciel nuageux. Zélie s'approcha de lui, timidement, jouant avec ses mains. Elle n'avait pas pris son manteau, elle avait froid, mais tout ce qu'elle voulait était de le voir. Peu importe si elle tombait malade, elle ne pouvait plus attendre. Olivier baissa légèrement les yeux et aperçut la jeune fille. Il fronça les sourcils et dit sévèrement :

- Tu vas attraper fr…

Il écarquilla les yeux en voyant l'état malheureux de son amie.

- Qui t'a fait ça ?! s'écria-t-il.

Mais il ne reçut pas de réponse. Zélie courut vers lui et le prit dans ses bras, enfouissant sa tête dans son épaule. La neige commençait à tomber autour d'eux. Surpris, Olivier ne comprit pas tout de suite et restait là, les bras ballants.

- Je te demande pardon, finit par dire la jeune fille. Je me croyais seule, rejetée par tous, mais tu as été là pour moi. Je croyais que tu voulais profiter de moi puis m'abandonner comme beaucoup l'ont fait.

En l'écoutant, Olivier sentit que la voix de son amie tremblait. Touché par ses paroles, il plaça ses bras autour d'elle et la serra contre lui. Il glissa sa main dans les cheveux bruns de la jeune fille et répondit :

- Je ne t'abandonnerai jamais.
- Je viens de le comprendre enfin, dit Zélie, les larmes aux yeux. Merci pour tout ce que tu as fait pour moi.

Les deux restèrent longuement l'un contre l'autre, enlacés. Les deux voulaient que ce moment ne s'arrête jamais.

- Je ne veux pas être assassin, déclara la jeune fille d'une voix décidée.

Olivier fut étonné par cette déclaration mais il hocha légèrement la tête.

- Moi non plus. Et je pense que monsieur Bamer non plus.
- Que t'a-t-il offert ?
- Un couteau suisse.
- Ah oui ?
- Oui, mais je pense que ce n'est pas le pire cadeau qu'il a offert.
- Ah bon ? C'est quoi alors ?
- Thomas a reçu un casse-tête et le prof lui a dit – Olivier prit une voix grave pour imiter Lewis - « Travaille tes méninges ! ».

Les deux amis rirent de bon cœur. Toutes ses révélations les avaient changés. Et leur professeur avait complètement bouleversé leur vie. En effet, ça allait être difficile de cacher leurs ambitions mais ils étaient maintenant sûrs d'une chose : l'assassinat n'était pas leur avenir.
Zélie éternua. Olivier s'écarta légèrement et sourit un peu, amusé :

- Et voilà ! Tu as attrapé froid !
- Tsss… J'ai juste oublié mon manteau… Ce n'est pas si grave…
- Tu es couverte de bleus. Il faut tout de même t'emmener à l'infirmerie.

La jeune fille fit la moue puis sourit. Cette chaleur qui embaumait son cœur lui faisait du bien. Mais alors qu'ils se dirigeaient tous les deux vers l'infirmerie, ils entendirent des pas derrière eux. Ils se retournèrent et écarquillèrent des yeux. Olivier fronça ensuite les sourcils et se mit devant Zélie comme pour la protéger.

- Ce lycée est plutôt vide… Et pourtant, si croustillant.

C'était un homme habillé d'un long manteau noir qui parlait ainsi. Son regard était noirci par le désir de tuer et montrait sa trahison envers la Ligue. Oui, c'était un rebelle.
Le danger était présent et menaçait les élèves.

Chapitre 23 : Révélations

Le soir des révélations de Lewis approchait. L'église du village Petit-Lande sonnait les vingt heures annoncées. Iris et John étaient déjà dans leur classe respective et attendaient impatiemment que cela commence. Mia arriva peu après, suivie d'Alex et d'Arthur. Leur professeur n'était pas encore présent. Au fur et à mesure, la classe se remplissait. Mais il manquait quelques élèves : Ryan, Thomas, Léo, Natalie, ainsi qu'Alix, et bien d'autres. Finalement, il n'était qu'une dizaine dans la classe. Clara était à sa place et semblait surveiller celle d'Olivier, les sourcils légèrement froncés. Ça ne l'étonnait pas du jeune homme mais son instinct lui disait que quelque chose n'allait pas.

La blonde baissa les yeux vers ses mains. Ryan était venu la voir et lui avait demandée si elle viendrait à la soirée de leur professeur. La jeune fille avait répondu simplement, avec froideur : « Je ne sais pas. Je sais juste que Zélie, elle, y sera. » Les poings serrés, elle crachait toute sa haine sur sa camarade brune. Le jeune homme au sourire taquin s'était assis à côté d'elle et avait posé sa main sur son poing.

- Notre destin est tracé. Ce prof ne pourra jamais le nier. On ne peut pas changer les choses, c'est comme ça. Zélie est faible ; toi, tu es forte. Tu as tout fait pour te montrer en exemple envers ta camarade, elle n'a pas compris, tant pis. Elle subira le sort de toute

personne qui s'oppose aux projets du proviseur et de la directrice.
- Et Olivier ?! On ne peut pas le laisser comme ça ! Tu as bien vu comment il est têtu ?

Ryan avait serré les dents et détourné le regard.

- Lui, oui. On doit le ramener à la raison. Ce qu'il faut, c'est lui enlever de vue…
- …Zélie.

Les deux s'étaient compris. Clara en souriait d'avance. Plus jamais elle ne pourra revoir ce visage si neutre de Zélie. Plus jamais elle ne devra se montrer hypocrite. Et plus jamais elle ne laissera tomber sa chance. Ils étaient destinés à être assassin depuis leur naissance. On ne peut contredire le destin. Mais qu'une fille si faible contredise leur cher proviseur, Clara ne pouvait l'accepter.

« Mon destin n'est pas de devenir assassin. »

Telle est la phrase qui avait agacé la jeune fille. Zélie avait toujours été un oiseau aux ailes blessées. Monsieur Naima avait été clément avec elle ; Clara se demandait pourquoi il l'avait laissée entrer dans cette école.
En attendant, Lewis Bamer allait leur expliquer ce qu'il souhaitait pour sa classe, même si ça ne plaisait à personne. Et d'ailleurs, le voici qui arrive. Lewis entra dans la classe et referma la porte derrière lui. Il haussa un sourcil étonné en voyant le nombre d'élèves assis derrière leur bureau attribué. Il éclata soudain de rire puis haussa les épaules. Iris et John se regardèrent et soupirèrent en même temps. Mia, de son

côté, suivait de son regard perçant le professeur qui s'installait à son bureau.

- Allez-vous enfin tout nous raconter ? demanda Iris.
- Evidemment. Je suis un peu déçu que vous soyez peu, au moins vous êtes curieux.
- La plupart sont allés manger, monsieur. D'autres s'en fichent de vos révélations. Ils savent qu'ils vont tout de même devenir assassins.

Lewis regarda la jeune fille aux cheveux ébènes. Un sourire s'esquissa sur son visage et il hocha la tête lentement.

- Alors, je compte sur vous pour leur annoncer que leur professeur va les libérer de cette cage.
- Hein ?

Le professeur croisa les bras, baissa les yeux légèrement, se remémorant les souvenirs qu'il avait passés avec Marie, la jeune fille au sourire étincelant. Il ferma les yeux et ne put s'empêcher de laisser couler quelques larmes qu'il essuya tout de suite après. Il prit une grande respiration et leva les yeux vers ses élèves qui le fixaient intrigués.

- Excusez-moi, dit-il en souriant.
- Vous pleurez ? demanda étonnée Clara qui se redressa.
- Ça vous étonne ? Il est temps que je vous raconte pourquoi j'ai quitté la Ligue.

Et ce fut un récit long qui débuta. Les élèves avaient leurs sourcils froncés mais petit à petit, au fur et à mesure de l'histoire du professeur, leurs yeux s'écarquillèrent.

Du côté d'Arthur, ce dernier écoutait patiemment le récit de Lewis, et même des larmes embuèrent ses yeux. C'était bien la première fois qu'une telle histoire le faisait pleurer. Il regarda à côté de lui, Alex Erase, son voisin, et celui-ci avait les joues mouillées par ces gouttelettes salées que les assassins ne connaissaient guère. Mais à côté du garçon, Mia, elle, ne pleurait pas. Elle affichait un visage neutre et tout le monde savait que la jeune fille n'avait pas forcément de sentiments, à part une obsession par rapport au jeune délégué, John. Pour les délégués, l'histoire les choquait ou même les bouleversait. A cause d'une simple jeune femme, cet homme avait tout abandonné. Pour un simple sourire, il avait quitté la Ligue. A cause d'une simple rencontre, il ne voulait plus assassiner.

Et pour le professeur, Lewis serra le poing et dit :

- Cette Ligue m'a pris celle que j'aimais. Il est hors de question vous devenez comme ceux qui prennent des vies comme la sienne. Quitte à mourir pour vous.

Les élèves se regardèrent et baissèrent les yeux sauf Mia. Celle-ci se leva et s'exclama à la plus grande surprise de tous, surtout d'Iris :

- Monsieur… C'est ça, l'amour ? Tout abandonner pour la personne qui nous est chère ?
- Oui, Mia, dit Lewis en souriant. Mais aussi changer. Pour vous montrer le véritable chemin, je serai capable de mourir. Pour vous.
- Mais… Ma mère m'avait dit de tuer pour notre amour.

Le professeur la regarda, fronçant légèrement les sourcils. Mia Nate était la fille d'une femme assassine, membre de la Ligue. Chaque enfant d'un couple d'assassins devait être abandonné à l'orphelinat pour apprendre l'assassinat comme leurs parents. Mais cette fille était particulière. Elle avait connu sa mère, contrairement aux autres.

- Ta mère… T'avait-elle gardée jusqu'à tes douze ans ? demanda-t-il.
- Oui, monsieur.

Il allait être compliqué de la convaincre. Mia faisait partie des exceptions des enfants que les assassins gardaient auprès d'eux jusqu'à leurs douze ans. La Ligue permettait cette exception si et seulement si le couple avait effectué un certain nombre de missions. Mais la plupart devait abandonner leurs enfants. La mère de Mia avait donc pu demander cette permission. Ce qui compliquait la tâche de Lewis, c'était que la jeune fille avait bénéficié d'une certaine éducation bien plus forte qu'à l'école d'assassinat. Il se doutait bien que la mère avait dû l'endoctriner jusqu'à ses douze ans, lui répétant plusieurs fois les règles d'or de la Ligue. Mia avait dû sûrement assisté à pas mal d'assassinats que sa mère avait faits. Lewis avait connu un couple d'assassins qui avait obtenu cette même permission, dans son passé. Et ça le répugnait maintenant. Le professeur s'approcha de la jeune fille et posa une main sur son épaule.

- Ecoute… ça va être dur ce que je vais te dire. Mais il va falloir oublier ce que t'a dit ta mère, dit-il.
- Quoi ?!

Mia dégagea brutalement la main de Lewis et s'éloigna de lui, les sourcils froncés.

- Je ne vous fais pas confiance ! Vous ne pouvez pas dire ça ! Tout ce que vous avez dit sur la Ligue… C'est du complot ! Comme la Ligue Carpe Diem !

A ces mots, les élèves écarquillèrent des yeux. Personne n'avait prononcé le nom de cette ligue rebelle depuis longtemps. Ils en avaient entendu parler évidement, car il fallait se méfier de cette organisation créée par les rebelles de la Ligue Carpe Noctem. Mia jeta un coup d'œil vers les deux délégués : John la regardait, effaré ; quant à Iris, elle avait le dos tourné vers sa table et avait la tête baissée sans rien dire. Mia serra le poing et fixa son professeur d'un œil perçant. Elle sortit dans l'instant son poignard que le proviseur avait offert à Noël à chaque élève de première. Elle le pointa ainsi vers l'homme.

- Retirez ce que vous avez dit sur ma mère. Elle est haut placée dans le Conseil, elle en sait plus que vous. Si les assassins nous manipulaient, elle ne m'aurait jamais…
- …abandonnée ? compléta Lewis, d'un œil grave.

Mia ouvrit la bouche, mais finalement elle la referma et baissa les yeux. Et doucement, elle se mit à pleurer, sous les regards surpris de ses camarades.
Le professeur Bamer l'observait. Il sourit tristement et vint lui prendre délicatement son arme avant de la prendre dans ses bras. Mia était étonnée, mais ses pleurs redoublèrent une

fois qu'il lui fit cette étreinte. Et pendant qu'elle pleurait, Lewis déclara aux autres :

- Il n'y a pas que la Ligue qui est pourrie. Mais ça, c'est une autre histoire. Ne laissez personne vous faire croire quelque chose sans vérifier. Dans ce monde, il faut toujours se méfier. Mais, dans nos cœurs, il faut toujours espérer. C'est la clé pour que ce monde change.

Il caressait ses cheveux bruns de la jeune fille qu'il serrait contre lui, en disant ces mots. Les élèves regardaient l'homme qui allait changer leur vie à jamais et étaient choqués d'apprendre cette vérité qui avait mis du temps à remonter.
Soudain, un craquement dans le couloir se fit entendre. Lewis lâcha Mia et fronça les sourcils. Il dit à ses élèves de se taire puis se dirigea lentement vers la porte de la classe. A peine arrivé devant qu'il l'ouvrit brusquement découvrant Mélodie qui avait écouté la conversation. La jeune femme recula d'un pas de stupeur en voyant qu'elle était prise en flagrant délit et voulut s'en aller quand Lewis la retint par le poignet. Il ferma la porte derrière lui, laissant les élèves dans la salle, et sourit face à la blonde. Cette dernière essayait de s'échapper mais l'homme la tenait fermement. Elle resta donc immobile. Il la lâcha finalement avec douceur et regarda avec tendresse Mélodie.

- Vous avez tout entendu ?

Elle baissa légèrement la tête en la hochant, un peu honteuse. Mais Lewis lui prit délicatement son menton pour relever son visage vers lui. Il lui sourit et la regarda dans les yeux.

-   Maladroite, mais aussi curieuse. J'aime bien, dit-il.

Mélodie commença à rougir et se recula en secouant la tête.

-   Arrêtez, s'il vous plaît. J'ai entendu, oui, et maintenant je me dois de tout révéler à mon maître.
-   Vous n'allez pas le faire.
-   Quoi ?

La jeune femme aux cheveux blond vénitien regarda interloquée l'ex-assassin. Celui-ci mit ses mains dans ses poches et la regarda d'un air doux.

-   Parce que vous aussi vous avez été touchée par mes révélations, expliqua-t-il. Et…

Il se rapprocha d'elle, lui prenant la main.

-   Vous m'aimez.

Il la regardait dans les yeux tout en disant cela. Les yeux de Mélodie s'écarquillèrent et elle les ferma, sentant que quelque chose dont elle allait avoir honte et pourtant qu'elle allait apprécier allait arriver. Mais rien ne vint. Elle rouvrit peu à peu ses yeux. Lewis ne la regardait plus. Il avait la tête tournée vers un espace sombre du couloir.

-   Quelqu'un est là.

Chapitre 24 : L'horreur d'une nuit

Âmes sensibles s'abstenir. /!

-   Quelqu'un est là.

Mélodie fronça les sourcils, ne comprenant ce qu'il voulait dire et suivit son regard. Et, tout de suite, elle comprit. Elle sentait que quelqu'un les observait, là, dans un coin sombre. Elle sentit aussi le bras de Lewis l'écarter doucement pour la mettre derrière lui. Le regard du professeur avait changé : il était sur ses gardes.

-   Qui êtes-vous ? demanda Lewis.
-   On dirait bien que j'ai été pris sur le fait… dit soudain une voix assez grave.

Un homme sortit de l'ombre, enveloppé d'une cape brune, au sourire glaçant et aux yeux brillants. Il avait un œil caché par un bandeau noir et ses cheveux noirs bouclés tombaient sur ses épaules. Le reste de son corps était caché par sa cape refermée à l'avant qui s'arrêtait au niveau des genoux, montrant des bottes en cuir noir, tenue typique des rebelles de la Ligue. L'homme à l'œil caché avait l'air âgé et expérimenté, avec une barbe noire courte recouvrant tout son menton et montant jusqu'aux oreilles.

-   Le Borgne… lâcha Lewis.

- J't'ai manqué ? ricana le rebelle.
- Pas le moins du monde.

Mélodie, ne comprenant rien, se tourna vers le professeur pour lui demander qui c'était, mais elle eut la réponse tout de suite :

- Un de mes anciens coéquipiers, avant que je quitte la Ligue, expliqua Lewis. Il a perdu un œil lors d'une mission périlleuse et depuis, on l'appelle le Borgne pour se moquer. Mais on dirait qu'on l'a sous-estimé.
- Eh ouais… Attends quoi ?! s'écria le Borgne en fronçant les sourcils.
- Un imbécile reste un imbécile.

Lewis esquissa un sourire insolent, remettant ses mains dans ses poches.

- Traite-moi de ce que tu veux, de toute façon, tu vas mourir ce soir, répliqua le rebelle, les dents serrés.
- En fait, tu m'as dérangé, tu vois ? J'étais en pleine conversation avec cette magnifique jeune femme. Donc, dégage, dit Lewis tout en gardant ce sourire sur le visage.
- Tu m'énerves déjà…

Le Borgne s'élança sur l'ex-assassin, poignard à la main, mais il fut trop lent. Lewis s'était déjà écarté, prenant par la taille Mélodie qui s'empourpra afin de l'écarter du danger. Le rebelle, agacé, sortit son revolver et le pointa sur le professeur qui leva les bras dans l'instant.

- Wowowow… Tu vas vraiment tirer, là ? Ce n'est pas très équitable… dit-il, continuant de sourire.
- Ouais, j'vais tirer ! Si j'ai rejoint la Ligue Carpe Diem, c'est pour te tuer ! Je t'ai enfin !
- Tu parles trop.

Et après avoir prononcé ces mots, le Borgne qui ne comprit pas tout de suite se prit un coup de batte de baseball à la tête qui le sonna. Derrière lui, se tenait John qui s'essuya le front, entouré de Mia, Iris, Alex, Arthur et Clara, ainsi que les autres élèves qui avaient assisté aux révélations de leur professeur. Lewis sourit et avant que son ancien coéquipier ne se relève, il lui donna le coup fatal d'un coup de pied dans le crâne, pour l'assommer. Mélodie était surprise par toute cette coordination entre les élèves et Lewis. Lui qui leur avait paru si paresseux, il en devenait un héros.

- Si un rebelle de la Ligue est ici, il n'est forcément pas tout seul… dit-elle.
- Oui, affirma Lewis, mais ils ne sont pas aussi idiots que cet homme.
- Je devrais prévenir monsieur Naima.

Lewis réfléchit alors. Il n'aimait pas le proviseur mais ce genre de situation allait empirer s'ils ne faisaient rien. Mélodie avait raison. L'homme s'approcha donc de la jeune femme et lui prit la main avec douceur, la regardant dans les yeux, un sourire charmeur aux coins de ses lèvres.

- Pas un mot de ce que vous avez entendu. On va juste le prévenir de ce qui se passe. D'accord ?
- D'accord… répondit la jeune femme, sous le charme.

-   Bien… Les enfants – il se tourna vers eux – prévenez les professeurs. Faites vite !

Les élèves hochèrent la tête et s'en allèrent. Mélodie les suivit du regard et regarda l'ex-assassin, pour lui demander :

-   Comment John a eu cette batte ?
-   Oh, je lui ai offert ce matin pour Noël, dit simplement Lewis qui examinait le corps du rebelle.
-   Euh… Ok, mais il l'a gardé avec lui tout ce temps ?!
-   Je suppose que c'était pour me tuer ce soir…

Le professeur ricana et traîna le Borgne jusqu'à la salle de classe pour l'enfermer à l'intérieur. Il se frotta les mains puis se tourna vers la jeune femme qui le toisait du regard. Il haussa les épaules.

-   Quoi ? Vous avez bien entendu ce que je leur ai dit ? Plus jamais je ne veux assassiner une personne.
-   Ce n'est pas ça… dit-elle en détournant le regard et croisant les bras.

Lewis haussa un sourcil, puis il comprit. Il esquissa un sourire taquin et s'approcha d'elle.

-   Je vois, je vois… C'est à cause de ce que je vous ai dit ? demanda-t-il, sachant très bien la réponse.
-   Ce n'est pas… Enfin, oui… répondit Mélodie en baissant les yeux. Je n'ai jamais ressenti…ce sentiment. Je vous aime. Mais, vous… Vous vous en fichez, n'est-ce pas ?

Elle releva les yeux vers lui. L'homme eut un regard triste, mais il sourit tout de même. Il attrapa le menton de la jeune femme et rapprocha son visage du sien. Ses lèvres furent de nouveau proches de celles de la blonde et cette dernière, sentant que ça allait de nouveau arriver, ferma les yeux encore. Leurs bouches se frôlèrent, mais Lewis recula son visage au dernier moment.

- Je ne peux pas, fit-il.
- Pourquoi ? lâcha sèchement Mélodie.
- Parce qu'elle est toujours là.
- Qui ?!
- Marie.

Mélodie écarquilla les yeux, n'arrivant pas à y croire. Il ne l'avait pas oubliée. Il ne l'avait pas chassée de son esprit. Elle serra les dents et claqua du talon pour s'en aller, se dirigeant vers le bureau de son maître. Elle allait non seulement rapporter à Daniel Naima – oui il s'appelle Daniel – mais elle allait raconter aussi ce qu'elle avait entendu. Le cœur brisé, la jeune femme sentit les larmes monter. Jamais elle n'avait connu un pareil sentiment. Et elle en souffrait.

Tout à coup, elle entendit des pas se rapprocher d'elle et sentit une main prendre son poignet doucement pour l'arrêter. Elle se retourna et vit que c'était Lewis qui avait un regard inquiet.

- Ecoutez.
- Quoi ? Que j'écoute quoi ? dit froidement Mélodie.

Lewis lui montra d'un signe de tête la fenêtre. La jeune femme s'approcha donc de la vitre et regarda à travers. Elle écarquilla des yeux. Sous ses yeux, dans la neige qui tombait dans la cour, des élèves étaient empalés sur des poteaux. Le sang tâchait le sol blanc et égouttait des vêtements des victimes. A côté, se tenaient d'autres élèves pris en otage, attachés les uns à côté des autres. Devant eux, se dressaient d'autres rebelles habillés de la même tenue que le Borgne et ils ricanaient en silence. Un des leurs tenait en joue le proviseur qui se tenait là avec la directrice qui restait étrangement calme. Mélodie, horrifiée par cette scène d'horreur, aperçut les professeurs courir dans la cour et s'arrêter subitement devant les élèves assassinés. Ils ne firent rien. Ils ne sortaient pas leurs armes. Et pourtant, ils étaient plus nombreux que les membres de la Ligue Carpe Diem. La jeune femme se retourna vers Lewis, pour lui dire qu'il fallait agir, mais ce dernier avait déjà disparu.

Mélodie regarda autour d'elle, comprit qu'il était déjà parti pour sauver les élèves et d'un pas décidé, elle sortit dans la cour également. Elle regarda devant elle. Les élèves qu'avait envoyés Lewis prévenir les professeurs étaient à leurs côtés ce qui rassura plus ou moins la jeune femme. Cette dernière tourna son regard vers la droite et elle vit donc de plus près les poteaux où étaient empalés les élèves. Elle en reconnut certains : il y avait une fille de terminale qui s'appelait Rosalie, un garçon nommé Paul et une autre fille dont la chevelure rousse fit tilter le cerveau de Mélodie : c'était Natalie Rosamus.

Face à l'horreur de ce spectacle, Mélodie détourna le regard, dégoûtée et apeurée. Elle le releva néanmoins face aux rebelles qui riaient à gorge déployée. Pas de signe de Lewis : où avait-il bien pu passer ? Elle s'approcha de monsieur Naima.

- Comment ont-ils fait ça dans le silence le plus complet ?! demanda-t-elle.
- Ma chère, cela fait un certain temps que les élèves apprennent à souffrir en silence. Ne l'avez-vous jamais remarqué ?
- Mais, qu'est-ce que vous attendez pour les sauver, au lieu de rester planter là ?!

Daniel regarda la jeune femme, d'un air colérique.

- Taisez-vous, cracha-t-il. Et respectez mes ordres. Vous n'êtes bonne qu'à ça.
- Il est hors de question que je laisse les élèves mour-
  …

Elle ne put terminer sa phrase. Son maître l'avait giflée à l'instant même. Quand elle se prit le coup, son esprit se réveilla enfin. Elle avait compris que les enfants n'étaient que de la marchandise. Ce n'était pas si grave s'ils mouraient. Il y avait d'autres enfants qui attendent pour devenir des assassins. Et ce, la Ligue Carpe Noctem signait déjà son innocence en se lavant les mains. Mélodie serra les dents : Lewis Bamer avait raison. Les assassins n'avaient aucun scrupule. Ecœurée, elle décida tout de même de passer à l'action. Elle sortit sa dague et s'élança vers un rebelle qu'elle tua en moins de deux. Mais elle fut maintenant encerclée par quatre autres. Cernée, elle lâcha son arme, non sans jurer quelques insultes à l'égard de ces hommes malsains. Ceux-ci ricanèrent et un rebelle à la tête chauve lança, avec un sourire rempli du Mal lui-même au proviseur :

- Ça ne vous dérange pas si on vous l'emprunte ?

- Faîtes. Mais laissez-nous tranquille après, dit Daniel Naima, blasé.
- De… De quoi ? lâcha d'une petite voix Mélodie avant de finalement comprendre en voyant que le rebelle s'avançait vers elle et déchirait son haut devant tout le monde.

La jeune femme écarquilla les yeux, sous la stupeur. Elle commença à se débattre, mais les autres hommes lui prirent les mains et les bras pour qu'elle se tienne immobile plus ou moins. Elle poussa un cri, quand le chauve baissa son bas afin de faire son affaire.

Mais soudain, on entendit un « pan ! ». Et le rebelle chauve tomba à la renverse. Derrière, se tenait Lewis qui pointait son arme à feu sur les autres hommes, tous surpris, les tuant les uns après les autres au front. Mélodie observait Lewis, stupéfaite, mais ravie qu'il soit arrivé à temps. Celui-ci après avoir tué tous ceux qui enchaînaient la jeune femme se précipita vers elle et la prit dans ses bras. Mélodie, ne comprenant pas, resta là, les bras ballants.

Lewis ne disait absolument rien. Son regard paraissait vengeur et assassin, ce n'était plus celui de l'insolent et de l'arrogant. Il avait complètement changé de comportement, comme si Oliver Stone était revenu à la vie.

C'était la rédemption de l'assassin que l'on croyait perdu.

Mais les rebelles n'étaient pas dupes. D'autres restaient encore. Certains prirent en otage un élève chacun, et Lewis reconnut rapidement une de ses élèves : Zélie. Elle avait le front ensanglanté et ses vêtements étaient déchirés, notamment le bas. Le professeur devina ainsi quelle torture elle avait endurée.

- Ça ne fait même pas une journée qu'on est ici et on s'amuse déjà… dit un rebelle en riant.

Ils étaient pris au piège.

Chapitre 25 : Tuer, c'est perdre

« Si tu devais mourir pour quelqu'un, pour qui le ferais-tu ? »
« Je le ferais pour toi. »
« Mais, moi, je ne veux pas que tu meures… »
« Personne ne le veut… »

Et pourtant, tout le monde le souhaitait.
Lewis avait dans ses bras Mélodie qui grelottait de froid. Il la gardait auprès de lui pour la tenir au chaud. A sa droite, il y avait les autres professeurs, le reste des élèves et monsieur Naima. En face, les rebelles et les élèves pris en otage, dont certains qui étaient les siens, dont Zélie. Il avait aussi reconnu Olivier, Mao, Lucie, Thomas, Léo, Alix et bien d'autres, tous dans un piteux état. Cependant, pas de traces de Ryan.
« Reprenons la situation… » pensa-t-il. « Si Ryan n'est pas ici, c'est qu'il doit être en train de dormir. Mais il a forcément été réveillé par John et les autres. Pourvu qu'il se soit caché. Ces abrutis ont forcément fait le tour du lycée dans la discrétion la plus totale. Je reconnais bien là les anciens assassins de la Ligue Carpe Noctem. »

- Oliver Stone… ça fait un bail qu'on ne t'avait pas vu… dit un des rebelles en souriant, d'un air sadique. T'as pu voir ce qu'on a fait à tes chers élèves ?

Il lui pointa du doigt les élèves empalés sur les poteaux.

- Je suis sûr que t'aurais pu apprécier ce moment, quand tu étais assassin de Carpe Noctem…
- Ta gueule, le morbide, le coupa un autre. On est ici pour l'unique but de massacrer l'école.
- Remarque, j'étais en train de me dire qu'on pourrait tuer au passage, Oliv…
- C'est une excellente occasion, mais ce type me fait flipper. Il a tué cinq de nos meilleurs atouts.
- Vous parlez trop, dit Lewis.

Et pointant son revolver vers un des rebelles, il tira, visant son front, le tuant sur le coup et libérant ainsi un des élèves qui courut rejoindre les autres, sous l'air ébahi de l'ennemi. L'ex-assassin fixait les autres rebelles d'un regard sadique.

- Je peux continuer à vous tuer les uns après les autres…

Mais alors qu'il allait faire feu, un rebelle s'approcha rapidement et présenta comme bouclier Marie Schneider, évanouie.

- Si tu continues tes conneries, je la tue sous tes yeux, prévint l'homme au regard assombri.

Lewis observa l'homme, puis porta un regard attristé sur Marie. Cette jeune fille lui rappelait sans cesse à cause de son prénom celle qu'il aimait. Il baissa son arme et la lâcha. Mélodie, qui regardait toute la scène, s'écria :

- Lâchez-la !

-   J'ai dit que s'il continuait ses conneries, dit le rebelle avec un sourire glaçant, je la tuerai.

Et sans un mot, il enfonça son poignard dans le dos de la jeune fille, qui, réveillée par ce coup fatal, ouvrit la bouche en grand pour cracher du sang. Mélodie poussa un cri et Lewis, le visage apeuré, tomba à genoux. Il revivait ce moment, sa plus grande peur. Voir mourir de nouveau sans pouvoir faire quoique ce soit un être cher. Les yeux grands ouverts, il sentit ses larmes monter. C'était une enfant calme et intelligente, et elle ne méritait sûrement pas de mourir. Les professeurs qui avaient assisté à la scène ne disaient rien ; quant au proviseur, il avait les bras croisés, spectateur de ce crime abominable. Il semblait légèrement amusé par la situation.

Mélodie, de plus en plus dégoûtée, comprit que ces enfants n'étaient que de la marchandise. Si les assassins en perdaient, ils avaient d'autres recrues. Les otages, réveillés par les cris, écarquillèrent leurs yeux en voyant le corps de Marie effondrée sur le sol, le sang tâchant la blancheur de la neige. Quelques-uns portèrent un regard effrayé sur les poteaux où les victimes étaient accrochées et l'un d'eux, Olivier, reconnut Natalie. Il serra les dents et dans sa fureur, il donna un coup de coude dans le visage de son agresseur et courut vers le rebelle qui avait tué Marie sous les yeux de Lewis et de Mélodie.

-   Attrapez-le ! cria un des rebelles.

Alors qu'Olivier allait porter un coup sur l'assassin de sa camarade, il fut pris par les autres et on le tint immobile.

- Vous n'êtes que des lâches ! s'écria le jeune homme. Vous avez le payer !
- Hahaha, et qu'est-ce que tu vas faire ? Tu es bien mal en point… ricana un des traîtres de la Ligue.

De son côté, Lewis avait le regard vide. Olivier se débattait et regarda son professeur. Il serra les dents et cria à l'ex-assassin :

- Monsieur ! Aidez-nous…
- Monsieur Bamer ! cria une autre voix.

Lewis tourna la tête vers les professeurs. Clara était devant eux et ses sourcils froncés montraient sa détermination. Elle haussa la voix pour se faire entendre de tout le monde.

- Vous avez dit que vous ne vouliez plus jamais assassiner. Mais vous venez d'en tuer cinq sous nos yeux et voilà que vous voyez mourir sous vos yeux – elle essuya sa joue, ayant pleuré – Marie ! Si vous continuez à tuer, vous perdrez encore plus !

Lewis regarda son élève, le visage sombre. Soudain, il crut voir une lumière dégager autour de la jeune fille. Il eut la vision de la jeune femme qui avait bouleversé sa vie et qui tendait sa main vers lui. Illuminé par cette lumière et comprenant les paroles de son élève, il serra les dents et se releva, face à l'ennemi. Il s'approcha de Marie Schneider, la prit dans ses bras et regarda les rebelles. Tout le monde le suivait du regard. Les rebelles, eux, froncèrent les sourcils.

-   Foutez le camp, lâcha Lewis, d'une voix aigre et hostile.
-   Tu crois que c'est avec la parole que tu vas nous faire partir ?

Les hommes ricanèrent, mais bientôt, ils ne rirent plus du tout. Ils entendirent un coup de feu, puis un bruit comme si un corps tombait sur le sol. Les professeurs ainsi que le proviseur et les élèves se retournèrent vers la grille du lycée et aperçurent un homme aux cheveux bruns, raides, habillé du costume des assassins de la Ligue Carpe Noctem, tenant dans sa main un revolver. Il souriait et rangea son arme, mettant ses mains dans ses poches.

-   Je t'ai manqué, Oliv ?
-   Marc Guy… souffla Daniel Naima, surpris de le voir ici.

Lewis sourit, sous l'incompréhension de tous. Mélodie regardait la scène, clignant des yeux. Lewis s'approcha d'elle et lui tendit Marie.

-   Prends-la, s'il te plaît.

Mélodie hocha la tête et prit le corps refroidi de la jeune fille. Elle sentait le liquide rouge couler dans ses mains. Les larmes coulèrent sur ses joues.

-   Je te couvre, ajouta Lewis. Emmène-la tout de suite à l'infirmerie.
-   D'accord.

Se levant, elle courut à l'intérieur du lycée. Mais évidemment, trois rebelles, ceux qui tenaient Olivier et qui l'avaient lâché, arrivèrent devant elle, lui bloquant le passage. Lewis rejoignit son ami Marc et lui murmura quelques mots qui fit sourire l'assassin.

- T'en fais pas.

Et alors que Mélodie se croyait perdue, elle vit sous ses yeux, les rebelles mourir d'un coup de sabre. Une jeune femme aux cheveux bruns et aux mèches violettes, à la peau blanche dans la même tenue que Marc s'était interposée pour la sauver. Elle se tourna vers Mélodie et lui fit un signe de tête, lui disant muettement qu'elle pouvait y aller. L'ancienne apprentie du proviseur la regarda, étonnée, puis se reprit en main et hocha la tête, reprenant sa course folle vers l'infirmerie. La femme aux mèches violettes rangea son sabre dans son fourreau qui se trouvait derrière elle et elle s'avança dans la cour vers les autres rebelles qui la reconnurent tout de suite.

- C'est Ruby…
- Merde.

Lewis et Marc rejoignirent la jeune femme et tous les trois se mirent en position de combat.

- Je vous préviens, dit Lewis à ses coéquipiers, je ne tuerai sous aucun prétexte.
- Ça m'aurait étonné, ricana Marc.
- Toujours aussi têtu, lâcha Ruby, assez sec.
- Roh, tu vas encore me faire la tête ? demanda Lewis. Je te rappelle que je t'ai sauvée une fois…

- Mouais, c'était il y a un bail. Et puis, je te rends la pareille là.
- T'as une nouvelle petite amie, Oliv ? dit Marc en souriant.
- Hum… C'est plus compliqué que ça. Concentrons-nous.

Les rebelles serrèrent les dents et leurs poings. Ils constatèrent qu'ils n'étaient plus que sept et même s'ils avaient l'avantage du nombre, ils n'avaient pas l'avantage de l'expérience, contrairement aux trois qui avaient passé beaucoup de temps dans la Ligue Carpe Noctem. Un homme cria donc de prendre les otages avec eux, mais ils n'eurent le temps de le faire, car Ruby et Marc passèrent déjà à l'attaque tuant deux rebelles. Un autre traître prit donc son fusil et visa Marc pour le tuer, mais Lewis arriva à son tour et lui prit son arme, pour lui donna un coup sur le visage avec.
Et tout ça, sous les yeux des élèves, des professeurs et du proviseur. Ceux-ci ne disaient toujours rien, mis à part les élèves de Lewis qui encourageaient les trois combattants. Ces derniers continuaient à se battre, jusqu'à qu'il n'en reste plus qu'un à abattre. Le rebelle, voyant qu'il allait mourir, esquissa un sourire malsain et pointa son arme à feu sur le professeur, lui tirant dans l'épaule. Touché, Lewis posa sa main sur sa blessure en gémissant. Alors que le rebelle triomphait, il fut lui-même touché par balles, par deux fois, par Marc qui avait perdu son sourire. Pour lui, personne ne devait blesser son ami sinon, il méritait de mourir. Après ça, il se précipita vers Lewis, mettant son bras autour de ses épaules.

- Je t'emmène à l'infirmerie.
- Attends… J'ai encore une chose à faire…

Lewis se retourna et s'avança, grimaçant sous la douleur, vers ses élèves.

- Occupez-vous de vos camarades, leur dit-il.

Les élèves hochèrent la tête en silence et coururent aider les anciens otages à se relever et à les mener à l'infirmerie. Clara s'approcha d'Olivier qui était tombé à genoux, et regardé toute la scène de combat, et posa sa main sur son épaule.

- Olivier…
- Marie… Elle est…
- Je ne sais pas, Olivier…
- …Et Zélie ?
- Elle va bien… Mia l'emmène à l'infirmerie.
- Pourquoi Clara ? Pourquoi… ?

Olivier se mit à pleurer. Clara, le voyant dans cet état, ne put s'empêcher de le suivre dans ses pleurs. Elle le releva cependant, et l'incita à la suivre jusqu'à l'infirmerie.
Lewis regardait ses élèves emmener leurs camarades, puis il se tourna vers ses collègues de travail ainsi que le proviseur.

- Je crois qu'au lieu de rester planter là, vous devriez aller enterrer vos pauvres élèves dont la mienne. Ils ont assez souffert, comme ça, dit sèchement Lewis.

Il jeta un regard noir sur ces hommes qui n'avaient strictement rien fait pour eux. Il était dégouté. Marc s'approcha de son ami et s'adressa à Daniel :

- Daniel, le chef du Conseil m'a autorisé à rester ici. Je veillerai donc sur Lewis Bamer.
- Oh, ce n'est donc pas pour me surveiller ? demanda le proviseur en souriant.
- Sûrement pas. Mais vous savez très bien que je vous hais.

Daniel sourit et ordonna aux professeurs de se rassembler et d'enlever les victimes des poteaux. Lewis fut emmené à l'infirmerie par Ruby et Marc resta dans la cour pour aider à enlever les corps des rebelles.

Le silence de la nuit régnait maintenant sur le lycée. Le drame qui s'était produit était réduit à néant. Personne n'en saurait rien à par tous les témoins. Mais si un témoin ne parle pas, comment la vérité peut-elle être dévoilée ?

Lewis comprenait donc qu'il avait fait une erreur.

Chapitre 26 : Après l'événement

Quelques jours passèrent après le drame. Personne n'avait remis en question l'attitude des professeurs et du proviseur. Tout le monde avait gardé le silence, même les élèves qui avaient été pris en otage. Habitués à rester indifférents, ils ne se posaient pas de questions. Plusieurs étaient à l'infirmerie et attendaient d'être de nouveau sur pied pour reprendre les cours. Lewis avait fait soigner ses blessures, faisant la connaissance du médecin et des infirmières. Il constata qu'ils menaient à bien leur travail et négligeaient en rien les élèves blessés.

L'ex-assassin rendait souvent visite à ses élèves et en particulier, Marie qui était entre la vie et la mort mais que l'équipe de soignants avait opéré dans l'instant où ils sont reçus le corps. Lewis ne put que remercier que le corps médical, même si eux-mêmes étaient des assassins. Le médecin était un homme jeune, il avait une trentaine d'année mais il était très expérimenté et savait à quelles blessures il avait affaire. Il était très sérieux dans son travail et ne parlait pas beaucoup. S'il parlait, c'était pour donner les résultats des opérations.

Depuis l'attaque des rebelles, le lycée était encore plus sombre qu'avant. La méfiance se voyait dans les yeux de chacun des élèves. De plus, on avait perdu de vue Ryan Vesther. Ce dernier avait complètement disparu et ça inquiétait non seulement Lewis mais aussi toute la classe des premières littéraires. Pourtant, le proviseur avait l'air de ne pas s'en préoccuper pour autant. Il avait donné des jours de congés à tous les professeurs – sauf, évidemment, Lewis Bamer – et avait congédié Mélodie pour une période indéterminée, sous prétexte de rébellion. Le Conseil allait voir ce qu'ils pouvaient bien faire d'elle.

Quant à Marc Guy, il recevait chaque élève pour leur parler et les rassurer. Il avait réussi à négocier cela avec le proviseur et étant qu'il avait fait des études de psychologie, Marc pouvait sans problème discuter avec les élèves de Lewis. Ce dernier lui avait demandé de leur transmettre un message de sa part. Marc était son ami en qui il pouvait faire confiance. Cet ami avec qui il avait gardé contact même après cinq ans de fuite était resté à la Ligue, mais savait très bien qu'elle était corrompue. Il n'avait pas rencontré Marie, la jeune femme qu'a aimé Oliver avant de devenir Lewis, mais en voyant le changement du célèbre assassin, il comprit que son destin allait être bouleversé. Mais on ne savait pas vraiment son passé, Marc restait très mystérieux à ce sujet. Ses changements d'idée, sa personnalité faisaient bon nombre de défaut chez lui. On savait qu'il avait été à l'armée avant d'entrer à la Ligue à l'âge de vingt ans, mais on ne savait pratiquement rien de lui.
Marc reçut donc les élèves de Lewis, ceux qui n'avaient pas été blessés. La plupart restait de marbre et répondait dans l'instantané, cependant le reste présentait quelques difficultés à reparler de la scène d'horreur qu'ils ont vu.

« C'est ce genre d'épreuves que nous allons voir bientôt, donc rien de mal à ce que nous soyons aussi insensibles. » disait Alix qui faisait partie de ceux qui ne présentaient aucun signe d'empathie.

Marc notait tout cela dans un carnet à part. Il n'oubliait rien des paroles dites de ces enfants. Il leur transmettait le message de Lewis qui était :

« Si vous avez besoin d'aide, il n'y a qu'à venir me voir. Je sais que vous avez vécu une horreur et vous n'étiez pas préparés à ça. »

Ce à quoi plusieurs avaient répondu :

« N'importe quoi ! Tous les assassins sont préparés au sang et à la douleur. »

A chaque fois, c'était la même phrase. Marc n'était pas surpris par cette réaction. Il était évident que Lewis ne pouvait pas les sauver, comme il n'a pas pu sauver Natalie et les autres élèves qui ont connu la torture. Quand un élève sortit après avoir prononcé ses paroles, Marc posa son crayon et passa une main sur son visage, en soupirant. Il pensa alors que c'était perdu pour eux. Il désirait aider son ami à sauver ces enfants.

Mais ça n'allait pas être aussi simple et Lewis le savait.

Marc se mit donc à réfléchir. Il fallait trouver une idée pour sortir ces élèves de ce brouillard. On ne pouvait sauver tout le monde, mais on pouvait en sauver une partie. Et cette partie, c'était la classe de Lewis.

Marc Guy, là-dessus, se mit à repenser à un léger souvenir. Il pensait à une femme aux cheveux châtains, mi-longs, et qui jouait merveilleusement bien du violon. C'était un assassin, elle aussi, et elle était très proche d'Oliver Stone. C'était une femme dont Marc était follement amoureux. Cependant, cette

femme avait maintenant disparu. Il désirait la revoir. Oh ! Cette femme était si belle… et pourtant, si perdue. Elle essayait, tout comme Marc, de comprendre. Mais, elle, elle restait forte et se battait tous les jours. Maintenant qu'elle n'est plus là, où pouvait-elle bien être ? Tout ce que savait Marc, c'était qu'elle était partie après le procès d'Oliver…
Le dernier regard qu'il avait vu de sa part était un regard déterminé avec un sourire sur ses lèvres. Depuis, la Ligue la recherche. C'était pour cela qu'ils étaient assez nonchalants envers eux ces derniers temps.

« Où es-tu allée ? » se demandait l'homme. « Pourquoi es-tu partie sans rien me dire ? Tu ne me fais pas confiance ? »

Soudain, une voix le réveilla de ses pensées :

- Monsieur ?
- Oh ! C'est donc toi, Iris ? s'exclama Marc avec un sourire.
- Oui.

La jeune fille aux cheveux ébènes baissa légèrement les yeux. En voyant ce regard tombé vers le sol, Marc lui demanda :

- Lewis Bamer m'a dit qu'il avait parlé à une infime partie de la classe et avait révélé bien des choses… Tu en as fait partie ?

A ces mots, Iris leva brusquement la tête en hâtant sa réponse :

- Si j'y suis allée, c'est pour Mia !
- Mia ? Tu parles de mademoiselle Nate ?
- Oui… souffla Iris.
- Mais qu'as-tu compris de la part de monsieur Bamer ?

Iris détourna le regard un instant, puis se tourna vers Marc, assez gênée et ayant un peu honte.

- Il ne veut pas qu'on soit assassins… On lui a demandé pourquoi et il nous a racontés comment une fille avait changé son point de vue…
- Et tu en as pensé quoi ?
- Eh bien… J'ai honte de dire ça, mais…
- N'aie jamais honte de dire quoique ce soit.
- J'ai été bouleversée. J'ai cru voir de la tristesse dans ses yeux, on aurait dit qu'il avait souffert… et il nous l'a dit…

A cette réponse, Marc sourit. Iris reprit, de manière défensive :

- Mais je ne savais pas ! Je… Tout ce que je voulais, c'était rester avec Mia… Elle me fait peur, parfois.
- Et elle ? Qu'est-ce qu'elle en pense ? demanda l'homme.
- Elle est bouleversée, même si elle n'en fait pas paraître. Elle reste avec John.

La jeune fille baissa la tête, jouant avec ses mains. La Iris froide et distante n'était plus. C'était une toute autre fille qui semblait perdue.

- Dis-moi… Tu sembles très proche de cette Mia… dit Marc en souriant.
- …j'ai l'air ? lâcha Iris, en détournant le regard. De toute façon, ce n'est pas réciproque. Je le sais. Elle aime John, et si cet amour devient vrai, je lui souhaite tout le bonheur du monde. Je veux qu'elle soit heureuse.
- C'est étrange, venu d'un futur assassin…

Iris regarda Marc Guy et hocha lentement la tête.

- Vous savez… dit-elle. J'ai beaucoup réfléchi. Depuis l'événement des rebelles, je me suis mise à penser… Qu'un monde tel que monsieur Bamer nous a raconté peut exister. Quand j'ai vu cet assassin enfoncer son poignard dans le dos de Marie… J'étais…horrifiée. Est-ce qu'on doit vraiment devenir comme ça ?

Elle posait sa question, tout en fixant le psychologue qui lui souriait. Ce dernier haussa les épaules et tourna la tête vers la fenêtre. La jeune déléguée avait bien raison de penser ça. Après tant d'année à apprendre l'assassinat, la pratique semblait vraiment différente. Mais tous les élèves ne pensaient pas vraiment comme elle. Quand Marc avait parlé à Mia, celle-ci s'est montrée indifférente, mais il savait bien qu'elle avait été choquée de toute la scène.

- C'est à Lewis d'y répondre, dit-il finalement. Est-ce que tu pourrais m'appeler Ryan Vesther, s'il te plaît ?
- Euh, justement, à propos de lui…

Marc haussa un sourcil, en regardant la jeune fille aux cheveux noirs.

-    Ryan a disparu. On le cherche partout.

Chapitre 27 : La fuite

Sous la neige qui tombait en rafales, sous ces arbres aux grosses branches couvertes de cette longue couverture blanche, un jeune homme courait loin du lycée. Avec la blondeur de ses cheveux ébouriffés et sa cravate, on pouvait le connaître en milles : Ryan Vesther. La nuit était tombée, et cette soirée-là, les élèves du lycée vivaient l'horreur avec les rebelles de la Ligue Carpe Noctem.

Depuis son entretien avec Clara, le jeune homme avait déambulé dans le couloir, laissant sa camarade dans sa chambre qui se préparait à voir le professeur. Il réfléchissait à comment exécuter leur plan contre Zélie, quand quelque chose attira son attention. Ryan s'approcha de la fenêtre et vit Zélie et Olivier s'enlacer. Ses yeux s'ouvrirent en grand et ses dents se serrèrent. Cette jeune fille avait réussi à réchauffer le cœur de son ami d'une manière aussi infortune soit-elle. Continuant à regarder, il remarqua un homme avec une tenue qu'il reconnaîtrait entre mille : un rebelle de la Ligue. Ses sourcils blonds se froncèrent : si un traître de la Ligue était ici, il n'était forcément pas seul.

Ryan prit donc son courage à deux mains : il courut prévenir le proviseur pour ce qui se préparait. Mais dans sa course, il s'arrêta. Et si un des rebelles le repérait ? Le prenait en otage ? Comme les autres ? Il sourit cyniquement à cette idée. C'était impossible, le proviseur les protégerait ainsi que les autres professeurs, car de toute façon, ils étaient là pour être assassins, et ils se battraient contre eux. Cependant, en arrivant devant la porte du bureau de monsieur Naima, ce qu'il entendit le bouleversa. Il reconnut la voix de la directrice ainsi que du proviseur, mais il entendit une autre voix assez grave qu'il ne connaissait pas.

- Vous croyez vraiment qu'ils vont se laisser berner par cette attaque ? dit mademoiselle Oriano.
- Peut-être pas, mais ils ne pourront pas se révolter contre nous, dit le proviseur. Vous savez, un beau discours, de belles paroles... Cela suffit pour attiser la confiance des autres. Il en faudra un après votre attaque.
- En effet, dit la voix masculine. Cependant, permettez-moi de régler aussi une affaire avec quelqu'un, aussi. Cela fait longtemps que j'avais envie de le voir.
- Evidemment. Vous parlez de monsieur Bamer ?
- Monsieur Stone, oui.
- Faites, faites. C'est pour ça que vous êtes ici de toute façon.
- Tout ça m'a l'air franchement facile, répliqua la directrice. Je pense qu'on devrait se ménager.
- Vous vous êtes attachée à ces enfants, Blanche ? demanda le proviseur.
- Non, mais...
- Alors, je ne veux rien entendre de votre part, surtout ces bêtises-là.

En entendant ça, Ryan serra sa mâchoire. Tout ce qu'il venait d'entendre prouvait l'irresponsabilité du proviseur qui était en train d'organiser une attaque. La Ligue Carpe Noctem était-elle seulement au courant de ses agissements ? Elle n'aurait pas laissé passer ça !

A ce moment-là, il regretta de n'avoir pas enregistré cette conversation pour qu'on le prenne au sérieux. La colère grimpante, le sang bouillonnant, il ouvrit la porte en grand en s'écriant :

- Vous n'êtes que des monstres !!!

La directrice, le proviseur et le rebelle se tournèrent vers lui. Ryan avait les sourcils froncés et put voir aussi à quoi ressemblait l'homme. Ce dernier avait un œil caché, semblant borgne, les cheveux noirs un peu long. Sa cape brune était détachée et ses vêtements noirs étaient à découvert. Il portait de grosses bottes. Son menton fin était couvert d'une petite barbe sombre. Le rebelle borgne s'approcha du jeune homme blond et sourit cyniquement.

- Qu'as-tu réellement entendu ?
- Que vous organisiez une attaque contre les élèves, répondit sèchement Ryan.
- Et alors, gamin ? Tu vas essayer de nous arrêter ?
- Evidemment ! Toute personne le ferait.
- Toute ?

A cette question, Ryan détourna le regard pour réfléchir. Non. Personne ne le ferait. Personne ne réagirait, même après avoir entendu ça. Le proviseur et la directrice avaient trop de pouvoirs sur eux. C'était impossible de les contrer. Ryan leva la tête et se tourna vers mademoiselle Oriano et monsieur Naima. Il serra les dents.

- Je jure de vous tuer quand il sera encore temps.
- Pas aussi sûr que vous, monsieur Vesther, ricana le proviseur. Vous êtes un jeune homme très doué, mais comment pourrez-vous expliquer aux élèves votre acte après l'avoir commis ?

Ryan ouvrit de grands yeux ébahis. Il n'y avait pas songé. Il était vrai que les autres pouvaient se retourner contre lui. Sachant qu'il y avait les autres professeurs qui pourraient le tuer après… Il n'y avait rien à faire. Sous cette impuissance, Ryan sentit sa frustration monter et il voulut frapper le rebelle devant lui, mais l'homme lui fit une clé de bras, ce qui lui fit extrêmement mal. Ryan cracha un peu de salive sous la douleur et serra sa mâchoire.

- Doucement, gamin… dit le rebelle en éclatant de rire. Tu risques de te faire mal… Va-t'en, maintenant, avant que je te tue.

Sans répliquer, le jeune homme fut relâché et s'enfuit de la pièce en courant, sous les rires du rebelle. En jetant un coup d'œil derrière lui, il put percevoir un sourire mauvais de la part du proviseur. Ce sourire fut gravé à jamais dans la mémoire du garçon.
Il ne pouvait pas s'arrêter de courir. Il voulait crier. Mais étrangement, il n'y arrivait pas. Sortant dans la cour où il avait vu Zélie et Olivier, les deux avaient disparu, remarqua-t-il. Il comprit qu'ils étaient en danger. Mais il ne pouvait rien faire. Au milieu de la cour, il serra les poings, pestant contre tout ceux qui soutenaient le proviseur et ses projets.
Puis, il pensa à son professeur, monsieur Bamer. Non, pas lui. Il était hors de question de lui demander. Ryan n'appréciait

pas Lewis Bamer. La solitude se fit ressentir : il savait que chaque assassin était solitaire, mais vivre une telle injustice en sachant que personne ne pouvait le croire, c'était horrible. C'était un sentiment amer, que tout le monde refoulait sans rien dire. Certains étaient élevés, d'autres étaient abaissés. C'était comme ça la vie en société.

Alors qu'il pensait à tout ça, il entendit un bruit derrière lui. Ryan se retourna et vit que c'était un autre rebelle, le reconnaissant à sa tenue vestimentaire : une cape brune. Le membre de la Ligue Carpe Diem s'approchait dangereusement vers lui, couteau en main. Le jeune blond fronça les sourcils, puis son sourire habituel s'esquissa sur ses lèvres. Pas question d'être lâche. Il est fort, il le sait.

Il sortit son poignard qu'il avait reçu à Noël de la part du proviseur et se battit contre le rebelle. Ce fut facile, ce fut lui qui gagna le combat. Le traînant jusqu'à sa chambre pour faire en quelque sorte sa signature et encore embêter Thomas, il remarqua des traces de sang dans le couloir des dortoirs. Il haussa un sourcil, et comprit que c'était l'œuvre des rebelles. Ryan savait qu'il ne devait pas rester ici. Il fallait fuir avant qu'il soit pris également. Ce fut à cette pensée qu'il croyait bonne, qu'il voulut sortir du lycée. Il laissa le corps inerte du rebelle dans sa chambre, puis revint dans la cour.

Il s'approcha du mur. On lui avait dit que c'était fourré de grosses piques acérées, pouvant transpercer un corps entier. Ryan haussa un sourcil et se dit qu'il valait mieux vérifier cela.

Le mur était couvert d'une épaisse couche de lierre, ainsi que de buissons. On ne pouvait pas voir ce qu'il y avait dessous. Il fallait donc s'enfoncer dedans. Ce que fit doucement Ryan qui fut très surpris que la rumeur fut fausse. Il n'y avait aucune pique. Il sourit car l'occasion de fuir leur était offerte depuis le début. Mais en s'enfonçant dans le lierre, il comprit qu'une partie de cette « légende » était véridique.

Il trouva à ses pieds tout un petit cimetière étroit en longueur, longeant le mur épais. Sûrement des élèves qui avaient voulu fuir avant lui et qui ont été punis pour ça : les victimes du proviseur... Ryan serra les dents et toucha le mur. Sous sa main, il sentit quelque chose qui avait craqué. Intrigué, il poussa de sa main et sentit que quelque chose bloquait. Il posa son autre main à côté de l'autre et continua à pousser jusqu'à qu'un craquement se fit entendre et avant que Ryan ne réagisse et s'en rende compte, une porte dans le mur s'ouvrit brusquement et il tomba à la renverse, à l'extérieur.

Ne comprenant pas ce qu'il venait de lui arriver, il se releva, couvert de poussière et de neige, et frotta sa nuque avec sa main. Le jeune homme se retourna et vit qu'il y avait bien une porte, assez vieille, qui a dû être faite il y a bien longtemps.

Le blondin se tourna vers la forêt. Il n'allait pas fuir, juste s'absenter quelques temps. Alors il se remit à courir.

Au beau milieu de cette forêt enneigée, il courait, encore et encore. Il voulait aller loin, très loin. Mais dans sa course, il finit par s'épuiser petit à petit et s'arrêta. Il leva les yeux et se sentit étrangement petit dans cette forêt immense. L'impuissance se fit de plus en plus ressentir, et Ryan n'aimait pas ça.

Prenant une grande inspiration, il voulut crier, mais il n'en eut pas la force. Il était trop épuisé. Le jeune homme s'avança dans la neige tombante et soudainement se mit à grelotter de froid. Il n'avait pas pris de manteau.

« Quel idiot ! J'aurais dû y penser. » se dit-il en pestant.

Alors il fit demi-tour. Il se dit qu'il valait mieux rentrer. Il n'avait plus la notion du temps mais il se dit que l'attaque était sûrement terminée. Ryan leva les yeux vers le ciel. Il aperçut la Lune brillante au milieu des étoiles. Puis, il éternua. Ça y est, il avait attrapé un rhume. Ce n'était pas vraiment le pire : il sentit le sommeil alourdir ses paupières. Pourtant, il continuait d'avancer, mais plus il avançait, plus il se sentait perdu.

Sous le froid, le sommeil qu'il combattait, il se résolut à ne plus marcher tellement il avait froid. Le jeune homme ferma ses yeux bruns et laissa son corps tomber sur le sol. La neige tombait encore. Ryan s'était endormi au milieu de la forêt, seul.

Seul ? Pas vraiment… Quelqu'un l'avait observé depuis sa course dans la neige…

Chapitre 28 : Ryan a disparu

Les cours avaient repris. Lewis n'avait pas revu tous ses élèves depuis longtemps. Il était à son bureau et se préparait psychologiquement à la réaction de ces enfants qui étaient restés silencieux depuis l'attaque des rebelles. Les minutes passaient, et il ne s'était toujours pas levé pour rejoindre sa classe. En vérité, il sentait son ventre se nouer. Qu'allait-il leur dire ? Après tout ce qu'il venait de se passer ?

« Il faut absolument sortir d'ici. C'est dangereux pour eux. Les rebelles risquent de revenir. » pensa-t-il.

Lewis était tellement plongé dans ses pensées qu'il n'entendit pas son ami Marc rentrer dans son bureau et s'approcher de lui.

- Eh, Oliv, ça fait plusieurs fois que je frappe, dit-il en ricanant. T'es dans tes rêves ?

Mais en voyant le visage de son ami, Marc arrêta de rire et fit un léger sourire. Il s'assit en face de Lewis et posa ses coudes sur la table de bois de chêne.

- Qu'est-ce qu'il t'arrive ?
- Qu'est-ce que je vais leur dire ? demanda simplement Lewis.

-   Hein ? Tu doutes ? Le grand Oliver doute ! C'est impensable, ça...
-   Arrête, s'il te plait...

Lewis se leva et lui tourna le dos pour regarder par sa fenêtre le paysage au loin que formait la forêt autour du lycée. La neige tombait à flot et recouvrait de son épaisse couche blanche les arbres et le haut mur qui entourait le bâtiment. Marc le regardait faire et poussa un léger soupir.

-   Tu repenses à elle, n'est-ce pas ?
-   Qu'est-ce qu'elle aurait fait dans mon cas ? dit le professeur en serrant les dents.

Marc fronça les sourcils et croisa les bras. Puis, tout à coup, il frappa la table de son poing, ce qui fit se retourner Lewis, surpris.

-   Oliver, ça suffit. Arrête de repenser au passé. Il faut en faire table rase. Marie n'est plus là, il faut t'y faire. Maintenant, on est ici, et on va sauver ces enfants. J'ai parlé avec eux, certes la plupart reste insensible, mais le reste est chamboulé par l'attaque et par tes révélations. Tu as réussi une majeure partie de ta mission, maintenant il faut aller de l'avant. Marie est fière de toi, je suis certain, de là où elle est. Mais il faut faire ton deuil. Je ne supporte pas de te voir comme ça, ce n'est pas le Oliver que je connais...

A ces mots, Lewis le prit par le col et le plaqua contre le mur, la mâchoire contractée, en colère.

- Ne m'appelle plus Oliver. Je ne suis plus ce loup enragé, cracha-t-il.

Marc sourit à sa réaction et hocha la tête, d'un air de défi.

- Bien… Prouve-le, dans ce cas.
- C'est ce que je vais faire.

Et le professeur sortit dans l'immédiat, relâchant Marc, de la pièce, d'un pas déterminé. Marc Guy rit un coup puis le suivit en l'interpellant :

- J'ai encore quelque chose à dire.
- Quoi ? dit Lewis en se retournant vers lui.
- Va de l'avant.

Lewis haussa un sourcil à ses paroles, puis sourit et hocha la tête. Il reprit sa marche pour se diriger vers la classe. Quant à son ami, Marc, il sourit simplement et prit l'autre chemin pour retourner à son bureau. Il devait se charger de d'autres affaires. Il y en avait une qui le préoccupait : c'était la disparition de Ryan. Il en avait parlé au proviseur, mais ce dernier ne s'en occupait pas vraiment. C'était honteux de la part du responsable de ce lycée.

Quand il revint à son bureau, Marc s'assit à sa place, mettant ses pieds sur la table, de manière décontractée, tout en réfléchissant. Iris lui avait dit au cours de leur discussion que Ryan était un garçon très intelligent et débrouillard. Il était perspicace et fourrait son nez n'importe où. Il n'y avait aucun secret avec lui, il savait tout. Marc Guy se dit donc que le jeune homme avait appris quelque chose de louche et qu'il était sûrement parti enquêter… Mais s'il était resté dans le lycée, on l'aurait vu. Et pourtant, personne ne savait où il était. Soit Ryan était fort en cache-cache, soit il était carrément sorti du bâtiment, par on ne sait quel prodige. A cette réflexion, Marc se redressa, enlevant ses pieds du bureau et posa un coude sur la table. Il ne fallait absolument pas que le proviseur sache cela. De toute façon, il n'avait pas l'air de s'en préoccuper mais il fallait faire attention tout de même.

La disparition de Ryan pourrait faire du bruit. Ça allait en faire, monsieur Naima le savait. Le psychologue se leva et fit les cent pas. Ce n'était pas en restant ici qu'il allait trouver quelque chose, mais chercher dans le lycée pourrait paraître suspect. L'homme posa son bras contre le mur et serra les dents : ne pas savoir quoi faire l'agaçait. Il préférait mener l'enquête tout seul, bien que Lewis soit son ami, mais il voulait en quelque sorte lui montrer ce qu'il valait. Il voulait montrer aussi à la femme qu'il aimait qu'il pouvait faire mieux que Lewis. Oui, il était un peu jaloux du casanova de la Ligue, mais il s'efforçait à garder ça pour lui. Marc savait qu'il sera toujours pris en dernier, après Lewis. Quand ce dernier avait fui la Ligue, il savait que peu importe le temps, il fallait le retrouver.

Quand la popularité pouvait s'attaquer à une personne, elle ne pouvait pas s'en détacher, voulant le détruire, et le tuerait s'il le faut. Et Marc ne voulait pas de ça. Il ne souhaitait pas être célèbre, il sait que ça ne lui plairait pas. C'était un choix qu'il avait fait malgré lui : rester dans l'ombre et attendre. Peut-être qu'*elle* verrait ce qu'il vaut vraiment. Peut-être qu'un jour, *elle* viendra vers lui.

Marc soupira, sachant que cela paraissait impossible. Il allait sortir pour continuer ses recherches dans la plus grande discrétion, quand il entendit son téléphone sonner sur la table. Il se retourna et se rapprocha pour le prendre et décrocher.

C'était un numéro masqué, il ne pouvait donc pas savoir qui ça pouvait bien être.

- Allô ?
- Marc, c'est Ruby à l'appareil.
- Oh, qu'est-ce que je peux faire pour toi ?

En lui-même, sans qu'il puisse comprendre, il était déçu que ce soit Ruby. Mais il écouta ce qu'elle avait à dire.

- C'est pas vraiment pour moi. En fait, j'ai à côté de moi un petit blondin, attends que je me rappelle son prénom…
- Ryan ?! s'exclama Marc.
- Ouais, c'est ça ! Il ne veut rien me dire, je l'ai trouvé dans la neige et je l'ai emmené dans le village d'à côté.
- Super… Merci, Ruby, j'arrive le récupérer. C'est un élève de l'orphelinat.
- Ah ! Alors, permets-moi de le garder avec moi.

Marc haussa un sourcil, ne comprenant pas.
- Pourquoi tu veux le garder ? demanda-t-il, intrigué.
- Parce qu'il est temps qu'Oliver passe la main. On va reprendre le relais.
- On ?
- Toi, moi… et les filles.

A ces mots, Marc comprit immédiatement. Son destin allait enfin basculer. Et cette fois-ci, dans le bon sens. Il sourit de nouveau et fit un hochement de tête.

- Compte sur moi.
- Bien. Je vais t'expliquer ce que tu vas devoir faire.

***

De son côté, Lewis était revenu dans sa classe et attendait avec impatience ses élèves. Ceux-ci entraient un par un, mais sans dire un seul mot. Le professeur s'en doutait : ça n'allait pas être aussi simple de leur parler sans les froisser. Il les regardait entrer un par un, vérifiant du haut de sa chaise, s'ils allaient bien.

Quand il vit rentrer Marie Schneider qui semblait rétablie, il sourit, soulagé. Il l'interpella et la jeune blonde se tourna, avec un regard neutre, vers lui.

- Content de te revoir, Marie.

La jeune fille fut surprise de l'entendre dire ses mots, et Lewis put entrevoir une larme scintiller dans son œil droit. Il lui sourit avec douceur et la jeune élève reprit sa place habituelle. Le professeur lui suivit du regard et regarda de nouveau vers la porte. Clara et Iris rentraient en même temps à cet instant et les deux filles semblaient assez perdues dans leurs pensées. Lewis haussa un sourcil, intrigué, mais il comprit qu'il ne fallait pas leur demander ce qu'elles avaient pour le moment. Il fallait leur laisser du temps. Pour les autres, pas un seul ne disait un mot. Même Léo et Thomas tenaient leur langue.

« Ce n'est pas comme ça que je pourrais reprendre ce que j'ai commencé… » se dit Lewis en se frottant le menton.

Il soupira et chercha à dire quelque chose. Ses élèves le fixaient, attendant patiemment. Certains savaient qu'il était en phase où la gêne était présente après tout ce qui s'était déroulé. Lewis scruta chaque élève comme s'il attendait que l'un d'entre eux réagisse et se mette à parler, à demander pourquoi il ne commençait pas son cours. Mais personne ne prit la peine de le faire.

En baissant les yeux vers la place vide où se trouvait normalement Natalie, il se souvint de l'horreur où elle s'était retrouvée. A cette pensée, il ferma les yeux et se massa le front, effaçant ce souvenir.

Quand il rouvrit les yeux, il s'aperçut que la place de Ryan Vesther était vide également. Le professeur haussa un sourcil. C'était étrange, il ne l'avait pas vu lors du combat contre les rebelles, ni à l'infirmerie. En fait, il ne l'avait plus du tout vu, depuis ses révélations. Lewis commença à se douter de quelque chose. Il demanda aux autres élèves :

- Où est Ryan ?

Les enfants se regardèrent entre eux et Iris se leva pour répondre.

- On ne l'a pas vu depuis les jours qui ont suivi l'attaque des rebelles, monsieur.

Le professeur fronça les sourcils et se dit qu'il y avait un problème. Il donna donc un devoir à ses élèves et leur dit de rester sages, le temps qu'il aille voir où pouvait bien être Ryan. Il sortit de la classe et tout naturellement, il se dirigeait vers les dortoirs, quand il croisa la route de mademoiselle Oriano. Les deux s'arrêtèrent en même temps et se regardèrent. Lewis plissa quelque peu les yeux, puis reprit un sourire taquin, ce qui fit froncer les sourcils à la directrice. Celle-ci détourna le regard et croisa les bras avant de dire sèchement :

- Vous devriez être en cours.
- Figurez-vous que mes élèves sont en contrôle et comme je fais trop de bruit, ils m'ont viré de la salle, expliqua Lewis tout en souriant.
- Ah oui, vraiment ? Vous croyez que je vais avaler ces salades ? pesta la femme.

A ces mots, elle fut surprise de voir s'approcher aussi rapidement Lewis vers elle et lui attraper le menton pour la regarder dans les yeux avec un sourire charmeur mais au regard de loup sauvage.

- Pourquoi pas ? Ne buvez-vous pas mes paroles avec plaisir ?
- N-Non.
- Oh ? Vraiment ? A vos yeux, je vois que vous mentez. Je vous fais de l'effet et je le sais.

Il prit son poignet avec douceur et rapidité. Il le lui caressa du bout de son pouce, tout en la regardant dans les yeux avec un sourire au coin des lèvres. La directrice lui appartenait maintenant, elle était obnubilée par ses yeux bruns de chasseur infortune, qui cherche sans cesse une proie pour combler le vide de ses pensées.

- Votre pouls s'accélère, c'est bien ce que je me disais… Je sens votre cœur battre… dit-il.

La chaleur de ces mots se faisait ressentir dans le corps de la blonde. Bien qu'il ne disait pas forcément de choses si romantiques, ces simples mots suffisaient à faire frissonner de plaisir la jeune femme. Sous le charme, elle ferma les yeux et rapprocha ses lèvres de l'homme afin de l'embrasser, ne pouvant plus attendre.

- Oh, mon cher, ne me faites plus languir…
- Hm-hm…

Lewis l'arrêta en posant son index sur les lèvres rouges et pulpeuses de la directrice qui rouvrit les yeux, un peu surprise. Le professeur continua à sourire avec un air charmeur et approcha ses lèvres à l'oreille de la femme pour lui susurrer.

- Si tu fais ce que je te dis, tu auras peut-être ce que tu veux…
- Tout, tout ce que vous voulez…
- Absolument tout ?
- Absolument tout.
- Bien…

Oliver sourit donc.

Chapitre 29 : Un homme perdu

Lewis était adossé à un mur dans le bureau de la directrice qui, elle, était en train de chercher dans chaque tiroir des papiers. Le professeur regardait la cour par la fenêtre et attentait patiemment que la jeune femme trouve ce qu'il lui avait demandée. Il jeta un coup d'œil sur sa montre pour voir quelle heure il était : la récréation allait bientôt sonner et ses élèves avaient sûrement fini le devoir qu'il leur avait donné durant son absence.

Puis il leva les yeux vers Blanche qui continuait à chercher. Elle semblait déterminée à recevoir sa « récompense »... Il fit une mine de dégoût. Il avait déjà utilisé ses charmes plusieurs fois, mais jamais il n'avait vu une femme prête à faire l'irréparable pour lui. Il aurait voulu que ce soit une autre femme à la place de la directrice, mais il allait faire avec. L'homme se rapprocha d'elle et fit un sourire en coin.

- Bientôt ? demanda-t-il.
- Oui, je pense avoir trouvé, dit-elle.

Elle tendit une pochette remplie de feuilles classées à Lewis. Ce dernier allait le prendre quand la directrice recula ses mains avec le dossier en disant :

- Comment être sûre que vous tiendrez votre promesse ?

Lewis haussa un sourcil, amusé par cette question. Il s'approcha de Blanche pour lui prendre le menton et lui lever un peu la tête pour qu'elle le regarde dans les yeux.

-   Pourquoi je mentirai ? Je suis un homme de parole.

La directrice, séduite, lui retendit le dossier que Lewis prit doucement dans ses mains. Le professeur se recula et tourna le dos à la jeune femme pour examiner la pochette qu'elle lui avait donné. Il l'ouvrit et feuilleta les quelques pages qu'elle comportait. Mais son attention se porta sur une feuille qui était assimilée aux faits sur un de ses élèves : Ryan Vesther. Le jeune homme sourit et commença à examiner le contenu. Très vite, il fronça les sourcils. Il se tourna rapidement vers la directrice qui l'observait en lui montrait le dossier sur Ryan pour demander :

-   Attendez… Ce n'est pas un orphelin ?
-   Non, sa mère est toujours en vie et elle vit à Petits-Landes.
-   Comment ça se fait qu'il soit ici ?
-   Sa mère le battait. Il a fugué et s'est réfugié dans mon orphelinat.

Lewis haussa un sourcil, intrigué, puis reposa son regard sur la feuille.

-   Savez-vous qu'il a disparu ? finit-il par demander.

Blanche ne répondit pas à la question. Elle se contenta par fermer les yeux et soupirer à cette interrogation. Lewis n'apprécia pas cette action et se rapprocha d'elle, menaçant.

- Où est-il ? dit-il, les dents serrées.
- Je… Je ne sais pas… Il a disparu… Il est peut-être…

Le professeur pesta un coup et sortit directement de la pièce. Il ne pouvait pas croire que Ryan pouvait avoir pris cher durant l'attaque. C'était un débrouillard, le plus fort des élèves en assassinat, il ne pouvait pas être parmi les victimes… Lewis refusait de croire ça. Ça lui était impossible. Il se mit à chercher partout.

Le lendemain de l'attaque, il y avait eu un grand « ménage » pendant que les élèves se remettaient de leurs blessures. On avait retrouvé un corps inanimé d'un rebelle dans la chambre de Ryan et de Thomas. Ce dernier s'était plaint et avait même souhaité retrouver celui qui avait mis ce corps qui commençait à sentir à cause du sang séché. Lewis n'avait pas pu avoir accès à plus d'informations mais d'après Thomas, Ryan n'avait pas pointé le bout de son nez à ce moment-là ce qui l'étonnait. Le blondin n'aurait pas raté cette occasion, surtout pour voir le regard dégoûté du brunet.

Si le garçon le plus fort de sa promo disparaissait, il y aurait eu des rumeurs. Cependant, personne n'en parlait, comme si personne ne l'avait remarqué. Lewis se demanda si ce n'était pas la peur qui s'installait petit à petit dans le lycée, ou même l'était déjà bien avant.

Le professeur alla donc dans la chambre du disparu et la fouilla. Il n'y trouva rien à part que des farces à attrapes et des sarbacanes. Le poignard de Ryan n'était pas dans la pièce et était nulle part. Cela voulait dire que le jeune homme avait dû l'emporter avec lui. Ça n'étonna pas Lewis, et il continua ses recherches.

L'heure tournait et il ne trouva rien. Simplement, en allant dans le gymnase et fouillant dans tous les recoins de la grande salle, il y découvrit une porte dans un placard. Intrigué, il voulut voir ce qu'elle renfermait, mais il ne put l'ouvrir. Elle était fermée à clé. Ryan était-il enfermé dedans ? Savait-il quelque chose qu'il ne devait pas savoir ? Ou autre chose était-il enfermé là-dedans ?

Lewis se recula et remit ses mains dans ses poches en fronçant les sourcils et réfléchissant. Trop de questions embrumaient sa tête et il se décida à rebrousser chemin. Mais lorsqu'il se retourna, il se retrouva nez à nez avec un professeur, accompagné d'une classe de seconde… C'était monsieur Tellier. Ce dernier plissa ses yeux bruns en regardant de haut Lewis puis fit un sourire narquois comme s'il était ravi de sa trouvaille.

- Tiens, tiens… Que voyons-nous là ? Le traître qui fouille dans nos affaires… siffla-t-il entre ses dents.
- Oh ! Mais c'est ce cher monsieur Cellier ! s'exprima Lewis avec un air surpris.
- C'est « Tellier » !
- C'est bien que j'ai dit. Vous allez faire du sport ? Je crois que vous en avez besoin.

Monsieur Tellier fulminait. Encore une fois, ce piètre professeur se moquait de lui. Derrière lui, les élèves de quinze ans regardaient la scène d'un œil avisé et curieux.

- Vous devriez tourner votre langue sept fois dans votre bouche avant de recommencer vos blagues… menaça le professeur de secondes.

- Je ne sais pas si c'est possible, ça... Je suis très bavard, dit Lewis en souriant.

Monsieur Tellier commençait à perdre patience, ce qui faisait défaut aux qualités des assassins.

- Vous rirez moins quand je rapporterai ça au proviseur.
- Oh ! Vous êtes aussi collabo ? C'est marrant, ça, parce que vous en avez l'air. Trapu comme vous êtes, vous auriez fait un malheur dans les années 40. Ou peut-être pas...

Cette fois-ci, le coup partit. Monsieur Tellier voulut donner un coup de poing dans le visage de Lewis mais ce dernier l'évita avec nonchalance. L'ex-assassin rit légèrement et fit quelques pas sur le côté en secouant la tête.

- Non, monsieur le collabo, ce n'est pas comme ça...

Et il donna un coup de genou dans le ventre du professeur. Celui-ci tomba par terre en crachant un peu de la salive. Il passa son bras sur sa bouche pour s'essuyer et grogna un coup. Les élèves restaient immobiles mais en même temps, ils se regardaient et hésitaient à agir. Lewis leva les yeux sur eux et les plissa en les regardant. Puis il esquissa un léger sourire.

- Je pense que vous avez besoin d'un bon professeur. Celui-ci a du mal à se relever, on dirait, je n'ai pas raison ? leur dit-il.
- Euh... firent quelques élèves.

Monsieur Tellier se releva en titubant et se tourna vers ses élèves en les toisant du regard.

- Répondez ! Il vous a posés une question, vous y répondez clairement !

Lewis regarda le professeur et fronça légèrement les sourcils. Il était étonné par cette réplique mais il décida d'attendre la réponse des élèves. Ceux-ci se regardèrent et n'osaient rien dire. Monsieur Tellier s'impatienta et désigna une fille aux longs cheveux bruns et aux yeux bleus. A la vue de la jeune fille, Lewis écarquilla des yeux. C'était le portrait craché de Marie – pas son élève – l'amour de sa vie. Il essaya de chasser ce souvenir de son esprit, mais il ne pouvait s'empêcher d'être soudain mélancolique.

La fille regarda son professeur et s'avança timidement. On voyait clairement dans ses yeux qu'elle avait peur de ce dernier. Cela brisait le cœur de Lewis.

- Toi, quelle est ta réponse ? Et que ça soit rapide et clair, dit monsieur Tellier.
- Eh bien, vous avez réussi à vous relever et puis, ce n'est pas par la force qui définit un assassin…

La réponse de l'élève ne plut pas à l'homme qui la gifla. La jeune fille posa sa main sur sa joue rougie et elle commençait à trembler.

- Oui ou non ?! A-t-il raison ou pas ?! s'écria le professeur.
- N-non…

-   Tu ne le penses pas !

Il s'apprêtait à la frapper de nouveau mais une force le retint. Monsieur Tellier se tourna légèrement et vit Lewis qui le retenait par le poignet. Le regard du traître avait radicalement changé : c'était la colère qui avait pris la place de la nonchalance.

-   Ça suffit, dit simplement Lewis.
-   Hohoho… Le grand Oliver Stone intervient ? dit Tellier.

A ce nom, les élèves furent surpris et regardèrent l'ex-assassin qui fronça les sourcils et serra les dents. Il relâcha le bras du professeur et recula d'un pas. La jeune fille le regardait aussi, étonnée de savoir que cet homme était le fameux Oliver Stone. Monsieur Tellier regarda en souriant sardoniquement son adversaire. Il avait une emprise sur lui. Il s'avança donc et reprit la parole :

-   Oh, mince, je ne devrais pas vous appeler ainsi… Comme vous me l'avez dit la dernière fois, « Oliver » est mort… Mais ce regard, jeune homme, ce n'est pas le regard qu' « elle » vous a enseigné…
-   Elle ne m'a rien enseigné ! s'exclama Lewis.

Lewis frappa en plein visage son adversaire qui commença à ricaner, s'en fichant complètement. Un filet de sang coula de sa narine et il continuait à rire.

-   Alors quoi ? demanda-t-il. Qu'a-t-elle fait pour vous avoir mené vers un autre chemin ?

- Elle me l'a montré. C'est tout.
- Pourtant, vous désirez profondément me tuer…
- C'est exact.

Et Lewis frappa de nouveau. Le regard rempli de haine, il redoubla ses coups sur le professeur, le sang giclant sur ses poings, devant des élèves ébahis. Monsieur Tellier ne se laissait pas pour autant faire. Il sortit un poignard et tenta de poignarder Lewis qui esquiva tant bien que mal. Il se prit quelques coupures mais rien de grave, il put quand même attraper l'arme blanche des mains du mauvais professeur. Ce dernier était à terre après s'être reçu multiples coups de poings et de pieds sur son corps meurtri. Il leva les yeux vers l'ex-assassin qui tenait fermement le poignard.

- Toujours là, alors… dit-il faiblement.
- Il l'est. Mais il suffit de le chasser. Vous n'avez qu'à promettre de ne plus lever la main sur vos élèves.
- Mon cher… On ne contrôle que par la peur.

Lewis serra les dents et dans un excès de colère, il enfonça le poignard de la poitrine de l'homme ce qui l'acheva. La peau du mort devint pâle, laissant une trace de sang encombrant les vêtements de la victime.
Les yeux de Lewis s'apaisèrent et ce dernier soupira. Puis il se tourna vers les élèves qui n'avaient pas manqué une seule seconde du combat.

- Il vous faut un nouveau professeur.

Les secondes se regardèrent puis baissèrent les yeux vers leur professeur décédé violemment. La jeune fille brune s'approcha de l'ex-assassin et lui demanda :

- Qui êtes-vous réellement ?

Lewis la regarda puis lui sourit, posant sa main sur ses cheveux. Ce fut là qu'il fut ramené à la dure réalité. Les cheveux de cette fille n'avaient pas la même douceur que ceux de Marie. Il prit un regard triste et dit simplement :

- Un homme perdu. Que deux personnes aillent chercher le proviseur et la directrice.

Chapitre 30 : Dignité

« La Ligue Carpe Noctem est infaillible.

Elle perdura dans le temps.

On a besoin d'elle que ce soit en temps de guerre ou en temps de paix.

La Ligue éliminera tous ceux et toutes celles qui se mettront sur votre chemin.

Elle vous promettra liberté et soulagement.

La culpabilité n'existe pas.

Vous êtes les meilleurs en tout temps. Vous êtes la perfection incarnée.

Le sang coulé est pour la bonne cause, car la liberté n'ait obtenue que par le combat.

Le combat se fait par le sang et la gloire.

Il n'y a point d'excès, affirmez-vous autant que vous le pouvez.

Car le monde tremble. Le complot est une force, il nourrit la peur.

La peur fait votre force. »

C'était un morceau de l'un des discours aux premières par le proviseur. Les élèves de monsieur Bamer terminaient petit à petit chacun leur devoir donné par leur professeur. Les minutes s'écoulaient peu à peu, mais pas de nouvelles de Lewis.

Quand tout le monde eut fini, les enfants se regardèrent. La sonnerie allait bientôt sonner la récréation, et monsieur

Bamer n'était toujours pas revenu. Iris jeta un regard sur John, l'autre délégué, se demandant ce qu'ils devaient faire. Prévenir le proviseur ? Ou rester là à attendre ?

C'était la première fois que les deux délégués hésitaient. Normalement, ils se seraient tout de suite levés pour annoncer l'absence douteuse de leur professeur. Mais depuis les révélations, ils se posaient des questions. Et puis, c'était pour trouver Ryan. Où était-il ? Personne ne le savait. Iris se décida de se lever et se tourna vers les élèves. Non pas pour dire qu'elle allait parler au proviseur, mais pour demander une chose :

-   Est-ce que vous savez où pourrait se trouver Ryan ?
Les élèves se regardèrent encore une fois, puis certains secouèrent la tête, tandis que d'autres haussaient les épaules. Iris et John soupirèrent. Ça n'allait pas les avancer. Lewis Bamer n'était pas important, c'était leur camarade qui comptait.

-   Thomas, interpella John, tu es sûr de ne pas l'avoir vu ?
-   Non, mais si je le vois, je promets de le tuer, menaça de son poing le jeune garçon aux cheveux noirs bouclés.
-   T'es sûr d'y arriver ? se moqua Arthur Canali.
-   Continue à te moquer de moi et t'auras mon poing sur ta tronche.
-   Essaie un peu pour voir…

Alors que Thomas se levait pour aller frapper Arthur, Olivier se leva également et bloqua son camarade avant qu'il mette en exécution sa menace.

- Pousse-toi, Olivier, cracha Thomas.
- Non.
- Doucement… dit Iris. Pas de bagarre ici. On veut juste savoir où pourrait se trouver Ryan.

Un moment de silence vint alors. Une certaine tension s'installa entre Olivier et Thomas qui esquissa un sourire en coin prévenant et sadique. Les élèves observaient les deux garçons qui se trouvaient debout. Arthur, quant à lui, ricanait dans son coin.

- J'aimerais savoir une chose, d'ailleurs… souffla Thomas, les yeux soudainement intéressés, fixant Olivier Etécie. Tu es si protecteur envers Zélie… Tu serais peut-être à l'origine du meurtre de Natalie… Elle n'aimait pas ta petite protégée…

A ces mots, des murmures s'élevèrent dans la pièce. Zélie, dans son coin, fronça légèrement les sourcils. Olivier sourit un peu et secoua la tête.

- Tu entends ce que tu dis ? demanda le brun. C'est impossible. J'étais pris en otage comme d'autres.
- Et pourtant… Tu as disparu bien avant. Natalie, en même temps que toi.

Olivier fronça les sourcils à ce moment-là. Il jeta un coup d'œil sur Zélie qui plissait les yeux comme si elle essayait de comprendre. Olivier lui fit un signe de tête et regarda Thomas.

- Je n'ai rien à voir avec son meurtre. Tu te fais des idées.
- Ah ouais ? Sauf que je ne suis pas le seul à penser ça.

En effet, en regardant autour de lui, Olivier s'aperçut que beaucoup de ses camarades hochaient la tête, approuvant Thomas. Il serra les dents, se trouvant coincé, même s'il n'avait rien à se reprocher. C'était stupide de penser, mais les élèves désiraient se venger et souhaitaient désigner un coupable dans cette histoire. Et quand bien même ce coupable ne l'était pas vraiment, ces apprentis assassins s'en fichaient. Il fallait qu'il sorte de cette situation sinon il allait sûrement en mourir. Alors qu'il allait répliquer, une voix féminine s'éleva :

- C'est n'importe quoi, Thomas.

C'était Clara qui s'était levée en fronçant les sourcils, furieuse.

- Olivier n'a rien à voir avec cette histoire. Tu veux juste te venger sur lui, continua-t-elle. N'oublie pas qu'il t'a mis K.O une fois.

Olivier souffla et Thomas émit un grognement puis se rassit à sa place, sous les ricanements des autres. Zélie esquissa un léger sourire, soulagée que Clara ait pu intervenir. Elle la remerciait intérieurement. Mais ce n'était pas terminé. La jeune fille brune leva les yeux vers Clara et cette dernière la fixait : son regard fit sursauter de peur Zélie. Les yeux de la blonde dégageaient un air de haine et d'envie de tuer. Zélie ne comprit pas ce regard sur l'instant, mais petit à petit sa mémoire s'éclaira : personne, à part Olivier, ne l'appréciait dans la classe.

En jetant des coups d'œil par-ci, par-là, les regards assassins des autres élèves étaient tournés vers elle. La jeune fille se recula sur sa chaise, la peur grandissante.

- Olivier n'y est pour rien… Mais toi, tu n'as rien à faire ici… commença à dire Clara.
- Débarrassons-nous d'elle, elle nous pourrit la vie, s'exprima Alix qui se leva, le sourire sadique aux lèvres.
- Depuis le temps que j'attends ça… dit Léo.

Plusieurs élèves se levèrent et marchèrent lentement vers Zélie qui se leva de sa chaise et se mit contre le mur, prisonnière. Olivier, en voyant ça, fronça les sourcils et essaya d'arrêter les élèves qui s'approchaient dangereusement de la jeune fille mais il fut surpris de se faire arrêter par Alex Erase au regard fourchu, lui faisant une clé de bras et le faire tomber par terre. Sous la douleur, Olivier poussa un gémissement et lança un regard vers les délégués et ceux qui étaient restés assis, c'est-à-dire Mia, Arthur et Lucie, et d'autres élèves qui avaient assisté aux révélations de leur professeur. Iris et John se regardaient, hésitants, ne sachant pas quoi répondre.

Alors que Clara et un autre s'emparaient de Zélie et que Thomas s'armait de son couteau, Olivier ferma les yeux, priant que monsieur Bamer entre dans la pièce et arrête tout.

- Tu vas payer pour toute la souffrance que j'ai endurée... souffla à l'oreille de Zélie Clara.

Zélie écarquilla des yeux et les larmes commencèrent à monter pour couler le long de ses joues.

- Qu'est-ce que je t'ai fait ? dit-elle.
- Pas besoin de te répondre. Vois plus un plaisir qu'autre chose. Une satisfaction.

Alors que la mort s'approchait de la jeune fille, un poing frappa une table, faisant se retourner tous les élèves. C'était Arthur. Il pesta un coup et dit :

- Je suppose que si monsieur Bamer était ici, il vous aurait arrêtés.

Les délégués se trouvaient près de lui ainsi que Mia et Lucie. Les autres élèves, étant assis, regardaient leurs camarades ainsi que Zélie, qui semblait étonnée des paroles dites par Arthur. Celui-ci était plutôt blasé et se fichait des autres. Qu'il arrête en plein élan ses agresseurs, c'était impensable de sa part. C'était un garçon nonchalant.

- Arthur a raison. Et nous... on est pareils, dit John en se frottant les mains.
- Je ne voulais pas encourir à la violence... mais Zélie est une de nos camarades, dit Iris en prenant son air hautain. Elle a des compétences impressionnantes, je ne peux pas vous laisser faire.
- J'ai toujours suivi John dans ses décisions, dit Mia, je le suivrai encore.

- Pour ma part… s'exclama Lucie, c'est la même chose, mais pour Iris.

Les deux délégués furent, un instant, gênés par les mots de Mia et de Lucie mais ils hochèrent la tête. Les autres élèves qui allaient s'en prendre à Zélie éclatèrent de rire. Léo leur dit en ricanant :

- Qu'est-ce qu'il vous arrive ? Si on n'avait pas ce satané professeur, vous ne seriez pas intervenus.
- Qu'est-ce qui nous empêche de le faire quand même ? demanda Alix en riant.
- Nous, dit Arthur. Et lui.

Arthur montra d'un geste de tête Olivier qui s'était libéré d'Alex en le mettant à terre facilement grâce à la distraction faite par les délégués et leurs amis. Olivier frappa son poing dans la paume de sa main, et sourit, dans un air de combat.

- On dit que Ryan est le meilleur en assassinat… déclara-t-il. Vous ne m'avez pas vu à l'œuvre.

Les élèves froncèrent les sourcils et Thomas s'apprêta alors à régler son compte, quand Alix s'interposa en lui disant : « Laisse, j'ai envie de le tester. » La jeune métisse s'approcha d'Olivier en souriant et se mit en position de combat, se préparant à attaquer. Le jeune brun sourit et secoua la tête.

- Qui a dit que j'allais me battre aujourd'hui ? dit-il.
- Hein ? fit Alix ne comprenant pas.

Soudain, elle se reçut un coup de dictionnaire sur la tête, ce qui l'assomma. Alix Comia tomba par terre, laissant découvrir Zélie, qui s'était libéré dans sa discrétion de l'emprise de Clara et de l'autre camarade. La jeune fille soupira et posa le dictionnaire sur le bureau à côté d'elle. Olivier sourit et hocha la tête.

Les délégués sourirent tous deux et se tournèrent vers les élèves :

- Alors ? N'est-elle pas digne d'être l'une des nôtres ? demanda John.

Pas de réponse. Simplement des soupirs de frustration et chacun regagna sa place, attendant le professeur. Quant à Clara, elle lança un regard noir à Zélie qui n'en prit pas compte. La blonde s'assit à sa place, et allait observer le plafond, quand elle leva les yeux vers Olivier qui s'était approché d'elle. Intimidée, elle baissa les yeux.

- Je t'ai déçue ?
- Oui. Vraiment.

Et le jeune homme s'installa à sa place.

Chapitre 31 : Le retour

On aime ce que l'on connaît. On a peur de ce que l'on ne connaît pas. Et pourtant, plus l'on s'approche de ce qu'on ne sait pas, plus on en tombe amoureux. On est attiré par l'obscurité, mais on s'approche de la lumière si l'on a le courage de s'avancer. Et si on se laisse recouvrir par cette lumière, on ira loin et on vaincra le néant.

Lewis était adossé au mur du gymnase, les bras croisés, fixant le corps sans vie du professeur Tellier. Les élèves de seconde étaient dispersés dans la salle et restaient silencieux. Lewis avait désigné deux élèves pour prévenir le proviseur.

Autant qu'il vienne, plutôt que de ne rien dire. Lewis savait que sa réaction ne serait pas la colère. Il soupira et se passa la main dans ses cheveux ébouriffés. Il ne pouvait pas retourner en arrière. Alors qu'il s'était promis de ne plus tuer, le voilà avec du sang sur les mains. Une partie de lui disait que c'était bien fait pour monsieur Tellier, mais l'autre disait que ce n'était pas la chose à faire.

Oliver Stone était de retour. Lewis ferma les yeux.

Il revoyait dans le noir cette femme qu'il avait tant aimé, et qu'il avait perdu. Marie était devant lui et s'approchait de lui, le prenant dans ses bras.

Les larmes coulant sur ses joues, Lewis la serrait contre lui, lui caressant ses longs et doux cheveux bruns, en lui demandant pardon. Il multipliait ses excuses, lui disant qu'il n'avait pu s'en empêcher. Et la jeune fille restait silencieuse, son doux sourire plaqué sur ses lèvres chaudes. Elle l'enlaçait tendrement et ne disait absolument rien, caressant le dos de l'homme qui avait tout abandonné pour elle.

« Reviens, je t'en supplie… Je ne peux pas vivre sans toi… » lui disait en pleurant Lewis.
« Je serai toujours là, Oliver. Toujours… » lui répondit-elle avec tendresse.

Et elle s'éloigna de lui. Alors qu'elle s'écartait, Lewis tendit sa main vers elle, essayant de la rattraper, lui criant : « Ne me laisse pas ! » et elle de répondre : « Va de l'avant, Oliver. Fais tes choix. La vie ne se résume pas qu'au deuil et à la tristesse… »
Lewis sentit ses larmes s'apaiser. L'épine qui avait blessé son cœur avait été enlevée. Tandis que pour Marie, elle disparaissait. Mais il voulait la garder avec lui, il voulait qu'elle revienne. Il courut vers elle et la prit dans ses bras, essayant de la garder en « vie » comme il se le disait, comme il le croyait. Mais la présence de la jeune fille commençait à faiblir peu à peu et Marie dit à Lewis qui le laissa figer sur place :

-   Je t'aime.

A ces mots, elle disparut. Les bras de l'homme se refermèrent sur lui. Il l'avait perdue pour toujours. Toutes ses nuits hantées par son deuil, Marie l'avait libéré de toute douleur. L'apaisement venait dans son cœur. Mais Lewis ne pouvait s'empêcher de pleurer. Cinq ans à essayer de l'oublier, la voilà partie pour toujours.

« Va de l'avant » : ce n'était que le début de toutes choses. Maintenant, il fallait se relever.

Lewis rouvrit les yeux, cette fois déterminé. Il n'allait pas se laisser faire. Si le proviseur croyait qu'Oliver était revenu, il se trompait lourdement. Il était reparti, et ne reviendra jamais. Lewis Bamer était maintenant là en partie entière dans ce corps et cet esprit nouveau. L'homme aux cheveux bruns décolla son dos du mur et décroisa ses bras pour mettre ses mains dans ses poches. La porte du gymnase s'ouvrit, laissant entrer Daniel Naima et Blanche Oriano. Ces deux-là regardèrent autour d'eux et Blanche fut surprise de voir le corps de monsieur Tellier. Elle regarda d'un air ahuri Lewis qui haussa les épaules :

- Voyons, mademoiselle… Ce sont des choses qui arrivent, lorsque l'on est assassins, dit-il en souriant, le regard insolent.
- C'est vous qui dîtes ça ? demanda étonnée Blanche.

Monsieur Naima haussa un sourcil, puis ricana. La directrice se retourna vers Daniel en le toisant du regard.

- Je ne trouve pas ça drôle ! Ce professeur vient de tuer dans nos locaux monsieur Tellier ! dit-elle.
- Cela prouve qu'il a compris la leçon, dit Daniel en souriant.

Le vieil homme viril s'approcha de Lewis, l'inspectant du regard. Les élèves de seconde continuaient à regarder, ne comprenant pas vraiment la situation. Des rumeurs disaient que Lewis Bamer était en fait Oliver Stone, mais certains n'y croyaient pas. Pourtant, les mots du proviseur les laissaient perplexes. Mais ils ne purent poser les questions qu'ils voulaient car la directrice les fit sortir et les emmena dehors, laissant seuls le proviseur et Lewis.

Daniel, voyant qu'ils étaient maintenant en face-à-face, avança d'un pas et mit ses mains derrière son dos, fronçant légèrement les sourcils puis les haussant, tout en gardant un sourire mystérieux. Il porta un regard sur le corps inanimé de monsieur Tellier.

- Il va falloir l'enterrer… dit-il.
- Ce sera ma punition ? demanda Lewis.
- Une punition ? Oh non ! Depuis le début, je rêvais que vous tuiez quelqu'un. Mes espoirs ne sont donc pas vains. La Ligue a eu raison de croire en vous. Et moi dont ! Mais, dîtes-moi, que faisiez-vous dans le gymnase ?

Lewis se dit qu'il ne fallait pas mentir à ce moment-là. De plus, il n'avait rien à se reprocher et agissait selon ses opportunités. Si Oliver Stone avait pris contrôle de son corps, il aurait fait de même. Il dit alors :

- Je cherchais un de mes élèves. Il a disparu depuis l'attaque des rebelles.
- Oh, vous parlez de Ryan Vesther ?

Le jeune homme brun haussa un sourcil :

- Vous êtes au courant ?
- Evidemment, je suis tout de même le proviseur de ce lycée. Ryan… est mort.

Abasourdi, Lewis laissa échapper un « quoi » surpris et même intrigué. Il n'en revenait pas, c'était impossible pour lui.

- On a retrouvé sa cravate en dehors du lycée, dans la neige, dans la forêt.

Daniel montra la fameuse cravate noire tachée de quelques gouttelettes de sang si on avait l'œil avisé pour les voir. Lewis la prit immédiatement et la regarda attentivement, comme s'il n'y croyait toujours pas. Il ferma les yeux, tout en fronçant les sourcils.

- Les salauds… cracha-t-il.
- La Ligue Carpe Diem ne vivra pas longtemps, ne vous en faîtes pas, le rassura Daniel. Carpe Noctem leur mettra la main dessus.
- Je l'espère bien.

La colère montait en lui et Lewis arrivait à peine à rester calme, serrant dans son poing la cravate de son élève. Ryan était quelqu'un d'insolent et qui refusait de croire aux révélations qu'il avait faites. Mais personne ne devait s'en prendre aux élèves de Lewis Bamer. Il s'était attaché à tout le monde, même s'il avait envie de frapper certains.
La mort s'en prenait encore à quelqu'un trop tôt. Lewis lâcha un simple soupir et quelques jurons sur les rebelles puis il fit un hochement de tête au proviseur avant de repartir. Daniel l'interpella, ce qui l'arrêta quelques instants :

- Au fait, vu qu'Oliver a fait son grand retour… que voulez-vous pour fêter ça ? demanda le vieil homme à la cicatrice.

A ces mots, Lewis sourit et se retourna pour lui répondre. A cet instant, la récréation fit retentir sa sonnerie.

***

Paris était recouverte d'un épais brouillard matinal et d'une onde dépressive sur ses habitants. C'était une habitude pour eux, car ce n'était pas la première fois. Le soleil ne venait pas souvent. Et depuis cinq ans, les parisiens se demandaient même si cette étoile jaune qui éclaire la journée ne venait plus pour les combler de ses beaux rayons.

A l'est de la ville, au QG de la Ligue Carpe Noctem, Mélodie était assise à son bureau, après avoir été interdite pour le moment de revenir au lycée. La jeune femme blonde soupira et triait ses documents par ordre alphabétique dans sa longue bibliothèque. Ce n'était pas une vie pour un assassin, ex-membre du Conseil. Elle avait été renvoyée du celui-ci pour avoir tenu tête à son mentor et avoir refusé ses ordres.

Mélodie ne savait pas si c'était une bonne situation pour elle. Devenue secrétaire du chef de la Ligue, elle avait tout de même gardé une position importante. Mais elle n'aimait pas cette vie. Elle voulait retourner au lycée, et ainsi revoir son mentor Daniel Naima…

Enfin, elle souhaitait surtout revoir Lewis. Elle avait encore des questions à poser sur cette Marie. Il y avait tant de choses qu'elle ne connaissait pas, et cela lui permettait d'en apprendre plus sur l'assassin. Mélodie savait maintenant ce qu'elle ressentait pour lui ; cependant, en tant qu'assassin, c'était une situation dangereuse. Depuis qu'elle était au QG, elle ne recevait qu'une tonne de documents à trier et des avances de plusieurs assassins. Elle en avait repoussé, ça a été dur, car elle ne cessait de penser à l'homme dont elle était amoureuse.

Après avoir déposé le dernier document, la jeune femme blonde passa sa main dans ses cheveux qui avaient poussé un peu. Ils touchaient ses épaules et se bouclaient aux extrémités. Elle soupira et s'apprêtait à sortir lorsqu'elle vit au seuil de la porte la longue et imposante silhouette du chef Victor Tanama. Il avait les bras croisés et avait un sourire en coin. Elle haussa un sourcil et demanda :

-   Vous avez de nouveaux documents ?
-   Non. Cependant, je viens vous délivrer ce message.

Il lui tendit une enveloppe blanche à la fine écriture d'encre noire. Mélodie la prit, intriguée, et l'ouvrit. Elle jeta un coup d'œil sur le chef qui leva les bras en secouant la tête :

-   Je n'y suis pour rien, cette fois.
-   Je n'ai rien dit de tel…
-   Non…

Il se rapprocha d'elle et lui prit le menton en souriant :

-   Mais tu l'as pensé.

Dégoûtée par ce geste, Mélodie se recula et détourna le regard. Victor prit alors un visage sombre et ricana à son geste :

-   Je vous dégoûte ? Vous préférez cet imposteur et traître d'Oliver Stone ?

- Il ne s'appelle plus comme ça. Veuillez dire son nom au complet, lâcha la jeune femme.
- Oh, très bien… Lewis Bamer. Faites attention à lui, il joue un double jeu. Il vous utilise…

Après avoir prononcé ses paroles, il se retira, laissant seule Mélodie qui le suivit du regard, assez méfiante, mais ne comprenant pas vraiment ses mots. Peu à peu, elle comprit, et se dit qu'il avait peut-être raison, en lisant la lettre…

Peu importent les faits. Les agissements resteront toujours les mêmes. La Ligue Carpe Noctem reste imprévisible, mais un seul et même homme se démarque des autres assassins : Lewis Bamer.

Chapitre 32 : Contrôle

Deux semaines passèrent depuis la mort de monsieur Tellier. Lewis Bamer avait décidé d'annoncer à ses élèves que Ryan était mort et avait demandé de faire un hommage à cet élève qui ne méritait pas de mourir. La classe n'avait pas tellement réagi, à part quelques sourires de la part de Thomas et son groupe. Ryan n'était pas une personne qu'ils portaient dans leur cœur. C'était un rival pour tous les camarades. Quant à Clara et Olivier, ils avaient baissé la tête et ravalaient leurs larmes, car c'était leur ami.

Mais concentrons-nous sur une élève qui avait gardé le silence durant tout ce temps : Marie Schneider. La jeune fille blonde n'avait pas participé au regroupement contre Zélie, ni était avec Iris et John. Elle ne savait pas quoi en penser. Depuis l'attaque des rebelles, le regard de Lewis qui l'avait vu presque mourir sous ses yeux l'avait bouleversée. On aurait dit qu'il avait perdu toute sa vie. Marie était une personne très intelligente mais mit de côté par tous les élèves. Elle n'était pas une grande perte, et elle savait qu'elle n'avait pas sa place ici.

Elle avait cru que c'était de même pour Zélie et Alex mais en les voyant assommer Alix et faire tomber Olivier, elle comprit qu'elle était toute seule. Marchant le long du couloir, gardant contre elle un livre qu'elle lisait en ce moment, elle se dirigeait vers le seul endroit qui l'intéressait dans le lieu sombre : la bibliothèque. Elle s'y réfugiait à la récréation, ne préférant pas être avec les autres élèves. Arrivée dans ce lieu rempli d'étagères de livres et de volumes de dictionnaires, la jeune fille s'installa à une table.

Il y avait quelques élèves qui étaient dans la bibliothèque et ils restaient silencieux. Marie regarda autour d'elle, puis elle commença à lire son livre. Plongée dans sa lecture, elle se laissait bercée par les mots, nageant dans une mare de lettres encrées sur du papier blanc.

Elle ne vit pas alors qu'un garçon aux cheveux roux étincelants et aux yeux cendrés était assis devant elle et la regardait. Quand elle s'en aperçut, elle sursauta légèrement et soupira :

- Quoi encore ?
- Chère petite Marie, tu croyais vraiment que je n'allais pas venir ici… dit le garçon en esquissant un sourire.
- Je n'ai rien à te dire.

Elle se leva et s'apprêta à partir mais le jeune homme fut plus rapide et se mit devant elle, lui imposant sa taille musclée et imposante pour un garçon de seize ans, pour lui bloquer le passage. Marie fronça les sourcils.

- Ça fait mal au cœur de te voir partir… dit-il en mimant un pincement au cœur.
- Gabriel, si c'est pour contrôler encore une personne, s'il te plait, épargne-moi, souffla Marie.
- « S'il te plait » ? C'est drôle de te voir dire ça ! La dernière fois, tu m'avais carrément envoyé balader !
- Parce que je n'ai pas le cœur à ça.
- Le « cœur » ?

Gabriel tourna autour d'elle, comme s'il inspectait la moindre parcelle du corps de la jeune fille. Il se mit derrière elle et se pencha à son oreille pour lui murmurer :

- Les assassins n'ont pas de cœur pourtant.
- On en a tous un, répliqua sèchement Marie.
- Mais oui… Je ne crois pas que le proviseur en ait un. L'amitié, l'amour… tout ça, c'est faux. Mis à part… nous deux.

Marie se retourna vers Gabriel et ce dernier lui caressa la joue avec un geste protecteur.

- N'oublie pas que tu m'appartiens… Depuis le jour où je t'ai sauvée.
- Ça remonte à la sixième, Gabriel… Je ne t'appartiens plus, maintenant.

La jeune fille se recula et s'apprêta encore à partir mais le garçon lui retint le bras et la tira vers lui pour la serrer contre lui. Marie eut le visage assombri, quand il fit ce geste brusque. Elle se laissa faire, sentant qu'il allait encore utiliser son pouvoir sur elle et en abuser. Il la contrôlait, elle le savait.

- Tutut… Tu as changé, dis donc… Avant l'attaque des rebelles, tu étais compréhensive… Maintenant, tu résistes, remarqua Gabriel en caressant les cheveux blonds de la jeune fille.
- Tu trouves ?
- Oui. J'espère que ce n'est que passager.
- Ça l'est. Relâche-moi, maintenant.
- Non.

Il la serra un peu plus fort. Marie gémit légèrement, ça lui faisait mal.

- Pas tant que tu ne m'auras pas dit la raison de ta résistance, dit-il dans un sourire.
- La fatigue, sûrement. Lâche-moi.

Mais Gabriel n'était pas vraiment convaincu. Il resserra ses bras musclés autour de Marie qui sentit qu'il allait lui briser les os s'il continuait. Elle ferma les yeux et essaya de se débattre, mais elle était trop faible physiquement. Alors que le garçon continuait à resserrer son emprise, Marie émit un petit son aigue, avec sa voix qui perdait le souffle peu à peu.

- La vérité, Marie, dit Gabriel.
- Qu... Lâche-...moi...Je n'arr...

Elle arrivait à peine à épeler ses mots. Son souffle allait se couper et elle pria intérieurement que quelqu'un lui vienne en aide. Soudain, une voix intervint :

- Hého... C'est ma camarade que tu étouffes, là.

Gabriel relâcha son emprise pour se retourner, car le son de cette voix qui l'avait dérangé venait de derrière lui. Il aperçut Arthur Canali qui avait les mains dans ses poches et qui affichait un visage blasé. Le camarade de Marie bailla un instant puis secoua la tête. Gabriel pesta un coup et s'exclama :

- Tu ne vois pas que tu déranges, là ?

- Ben si, justement. C'est marrant de déranger les gens. Ça les perturbe.
- Mêle-toi de tes affaires !
- Oh, oui… Peut-être… Mais pour le moment, tu as perdu ta cible.

Le rouquin se retourna alors dans l'instant vers sa victime, mais il vit que Marie avait disparu. Elle s'était enfuie. Il tapa du pied et jeta un regard noir vers Arthur qui haussa les épaules. Puis ce dernier commença à partir mais il fut retenu par Gabriel qui lui lança :

- C'est pas la première fois que tu la sauves comme ça. Mais, quand tu ne seras plus là, qui la sauvera ?

Arthur ricana et le regarda :

- Qui te dit que c'est pour elle que je fais ça ? C'est ma camarade, c'est tout. On a déjà perdu deux élèves dans notre classe, j'ai pas envie d'en perdre une troisième, expliqua-t-il. C'est pareil pour toi.
- Solidaire mais solitaire, dit alors Gabriel.
- Telle est la règle de la Ligue Carpe Noctem.

Et il s'en alla, laissant le rouquin dans la bibliothèque. La sonnerie de fin de récréation avait retenti, et tous les élèves regagnèrent leur classe respective.

***

Une semaine après la mort de monsieur Tellier

Mélodie sortait enfin du QG. La lettre l'avait informée de sa réintégration au lycée, en tant qu'assistance au proviseur. Elle était assez surprise du fait que son mentor ait voulu qu'elle revienne, mais elle haussa les épaules et avait pris son billet de train afin de pouvoir rejoindre le lieu rapidement. Alors qu'elle descendait dans les escaliers aérés pour prendre le métro, elle croisa une jeune femme aux cheveux châtains au carré, les yeux bruns et un violon sur son dos. Mélodie haussa un sourcil, cette femme lui faisait penser à quelqu'un. Elle se retourna vers la jeune violoniste pour l'interpeller :

- Excusez-moi !

L'inconnue se retourna vers Mélodie et la jeune blonde écarquilla des yeux, reculant d'un pas :

- Vous êtes… commença à dire Mélodie.
- Veuillez ne pas dire mon nom ici, la coupa l'inconnue. Mais oui, c'est moi. Vous êtes Mélodie Rio, n'est-ce pas ?
- Oui…

L'inconnue s'approcha d'elle et lui sourit. Elle lui tendit une enveloppe fine et brune que Mélodie prit en l'interrogeant du regard.

- Puis-je vous faire confiance ?
- Pourquoi moi ? Vous avez l'air de savoir qui je suis. Je pourrais vous dénoncer.
- Mais vous ne le ferez pas, n'est-ce pas ? A en juger votre regard, ce dernier a changé. Je suppose que vous l'avez rencontré.

Mélodie haussa un sourcil, mais comprit alors de qui elle voulait parler. Elle se mit à rougir légèrement et secoua la tête. Elle baissa les yeux vers l'enveloppe. La violoniste sourit en la voyant si gênée.

-   Très bien… dit-elle. A qui dois-je la transmettre ?
-   A Marc Guy.

Mélodie releva la tête pour pose alors une dernière question mais l'inconnue avait disparu dans la foule de parisiens qui allaient prendre le métro. La jeune femme fronça légèrement les sourcils et reposa son regard sur la lettre adressée à Marc Guy. Elle avait croisé cet homme mais n'était pas sûre qu'il était encore au lycée. Elle soupira et se dépêcha pour ne pas rater son train.

Dans le métro, à l'attente de son arrêt, elle réfléchissait à tout ce qui s'était déroulé dernièrement. Les taquineries de Lewis, sa révélation, l'attaque des rebelles… Tout ça n'était pas le fruit du hasard. Était-ce un coup du destin. Dans son cœur, Mélodie haïssait toujours la jeune fille qui avait fait éloigné Oliver Stone de toute activité dans l'assassinat. Cependant, elle sentait que ce n'était pas pour son sourire qu'elle la détestait… Mais pour autre chose.

Quand elle arriva à son arrêt, elle alla vite à la gare concernée et monta prendre le train qui n'attendait qu'elle. Elle s'installa à sa place initiale, puis posa sa tête contre la vitre et commença à s'endormir. Dans le brouillard de son esprit, le rêve commença à fleurir et montra une faible lumière au loin. Mélodie, intriguée, tendit le bras vers cette lueur comme pour la toucher. Soudain, une voix s'éleva et une silhouette se dessina en même temps : c'était une voix féminine que ne reconnut pas Mélodie.

- Que tes doutes disparaissent de ton cœur, dit la voix.

La silhouette forma une jeune fille aux longs cheveux bruns, avec des yeux bleus étincelants. Sa beauté était sans pareille et reflétait un sourire majestueux. Ce fut alors que Mélodie sembla reconnaître cette fille, du moins ce qu'elle croyait reconnaître.

- Vous êtes... Marie... dit Mélodie, stupéfaite.
- Tu sembles me connaitre, dit la jeune fille, ne cessant pas de sourire.
- A vrai dire... Non. On ne parle pas vraiment de vous.
- Mais Oliver en garde toujours un profond souvenir douloureux...

Mélodie serra les dents et ses poings avant de pester et de lancer ceci :

- Vous êtes égoïste. Vous auriez dû le laisser comme il était. Vous deviez vous mêler de vos affaires.

La jeune fille en face d'elle lui sourit tendrement. La lumière épaisse qui l'entourait révéla une longue robe blanche qu'elle portait.

- Les gens n'interviennent que quand ça les intéresse. Moi, c'était parce qu'il me semblait égaré, dit Marie.

- Oh, comme c'est beau… ironisa Mélodie en levant les yeux au ciel. Vous étiez très naïve pour celle qui a provoqué l'Apocalypse.
- Il est vrai que je n'aimais pas regarder la réalité comme tu la regardes…
- Que voulez-vous dire ?
- La vie n'est pas si compliquée que ça… C'est la société qui la rend compliquée.

Tout à coup, Mélodie se réveilla en sursaut. Le train s'était arrêté à son terminus, l'arrêt de la jeune femme. Celle-ci, encore un peu secouée par ce rêve mystérieux et pourtant révélateur, prit ses affaires et sortit du train. Sa voiture l'attendait. Et monsieur Naima avec.

Chapitre 33 : Obéir ou mourir

Dans la voiture, monsieur Naima et Mélodie restaient silencieux, le long de la route. La jeune femme regardait par la fenêtre le paysage défiler. Les nuages s'étaient réunis pour former une barricade grise cachant le soleil et faire pleuvoir une pluie battante. Les champs étaient tristes à voir, même s'ils donnaient en abondance du blé et de toutes céréales. Le paysage en lui-même donnait une impression de campagne abandonnée.

Mélodie poussa un léger soupir. Elle savait que les choses n'allaient pas être faciles maintenant. Mais revenir là-bas était son souhait, elle ne voulait pas rester au QG de la Ligue. Elle souhaitait revoir les élèves, les locaux et aussi Lewis Bamer étrangement.

L'amour était pour elle un sentiment inconnu et surtout éphémère. Cependant, elle ne comprenait pas mais le fait de penser à cet homme insolent la faisait déjà rougir et son cœur s'emballait. Le rêve qu'elle avait fait n'avait fait que renforcer dans cette ironie cet amour qui n'aurait pas dû naitre. La règle de la Ligue était pourtant claire : « L'amour n'est qu'un sentiment éphémère, il n'est utilisable que par profit de la Ligue. » Mais Lewis pensait tout le contraire, et ça c'était certain à cause de cette jeune fille qui avait tout bouleversé.

La voiture avançait donc sous la pluie et Daniel avait les yeux fixés sur la route, sans rien dire, les mains sur le volant. Le silence pesait dans le véhicule et ça n'annonçait généralement rien de bon. Mélodie se demandait ce qui avait fait changer d'avis son mentor, puisqu'il avait été très en colère – néanmoins, ne le montrait pas – quand elle avait désobéi à ses ordres. N'osant pas lui adresser la parole, elle se contenta de rester silencieuse tout au long du voyage. Mais ce silence ne dura pas longtemps.

- J'espère que ce séjour à la Ligue vous aura fait comprendre certaines choses, déclara soudain Daniel Naima.

Mélodie tourna la tête vers l'homme âgé, puis hocha la tête.

- Oui, monsieur, dit-elle.
- Très bien. Mais sachez que ce n'est pas moi qui ai choisi de vous reprendre.
- Qui donc ?
- Vous êtes intelligente, vous l'avez sûrement deviné.

Il arrêta la voiture, car ils étaient arrivés à destination. Il sortit du véhicule pour ouvrir la grille puis revint dans la voiture grise. Ensuite, ils s'avancèrent dans la cour du lycée pour enfin se garer. Mélodie sortit et referma la portière après avoir pris ses affaires. Elle regarda le bâtiment, comme si c'était la première fois qu'elle venait ici. C'était comme si tout avait changé. L'ambiance n'était pas la même, ce qui surprit la jeune femme.

Le proviseur s'approcha d'elle et lui dit d'aller dans ses appartements. Mélodie s'exécuta, ne voulant pas rester une minute de plus avec son mentor. Elle entra dans l'enceinte du bâtiment et monta par les escaliers pour rejoindre son bureau. En ce moment, il y avait encore des cours, donc Lewis était occupé. Elle aurait aimé lui parler, mais ce n'était pas encore le moment.

Elle rentra dans son bureau et posa son sac par terre. Puis elle passa sa main dans ses cheveux et mit sa main dans sa poche de sa veste. Elle toucha de ses doigts, la lettre que la violoniste lui avait confiée. Les questions tambourinaient son cerveau : fallait-il faire confiance à cette femme ? Fallait-il la donner à Marc Guy, plutôt que la montrer à monsieur Naima ? Plusieurs fois, elle avait l'occasion de révéler plusieurs choses, comme la révélation de Lewis Bamer, mais elle ne l'a pas fait. Pourquoi ? Elle ne le sait pas.

Ses sentiments lui interdisaient de le faire. Son intuition lui disait que ça allait avoir de très mauvaises répercussions. Mais surtout, sa conscience qu'elle croyait détruite depuis ses assassinats l'affublait de pensées, disant que c'était mal.

Mélodie se rendit compte que même un assassin gardait une conscience. Qui sommes-nous pour juger les autres ? Son estime de soi avait été sous-estimée.

Elle sortit l'enveloppe de sa poche. Que cachait-elle ? Cela avait l'air important. Fallait-il céder aux reproches du proviseur ou aux révélations de Lewis Bamer ? De plus en plus dans le doute, Mélodie serra les dents et posa la lettre sur le bureau en bois de chêne. Elle se mit à faire les cent pas, essayant de trouver une solution. Donner sa confiance n'était pas un ordre. On avait le choix de la décliner ou de l'accepter. Mais Mélodie avait tellement vécu sous les ordres de son mentor, qu'elle ne savait pas elle-même ce que signifiait « donner sa confiance ». La réalité était toute autre. Cependant, les mots de Lewis resurgirent dans sa tête et la basculèrent encore plus dans le flou de ses émotions.

« Vous êtes plutôt maladroite… Mais c'est ce qui fait votre charme… »

« Maladroite, mais aussi curieuse. J'aime bien… »

« Vous n'allez pas le faire. »

« Vous m'aimez. »

Le regard taquin de l'ex-assassin qu'il posait très souvent sur la jeune femme revint dans la mémoire de celle-ci. Elle ferma les yeux, reprenant une douce respiration, et se calma. Elle rouvrit les yeux et regarda l'enveloppe posée sur la table.

Tout à coup, on ouvrit la porte. Mélodie se retourna et vit son mentor Daniel qui se tenait là. Il s'approcha de la jeune femme et lui montra un poignard. La blonde fronça les sourcils et leva les yeux vers le proviseur en l'interrogeant de son regard. Daniel ricana légèrement :

- Prenez-le. Quand il sera temps, vous le tuerez, dit-il.
- Tuer qui ? demanda-t-elle en haussant un sourcil.

Monsieur Naima rit légèrement à sa question puis prit un visage sérieux. Mélodie avait l'impression qu'il se moquait d'elle. Mais quand elle sut qui était sa cible, elle serra les dents, ravalant sa salive, prenant le poignard, tout en hochant la tête.

- C'est un ordre, ajouta l'homme. Le plus tôt sera le mieux.
- Bien…

Daniel sortit alors de la pièce, laissant seule la jeune femme. Cette dernière posa son regard sur son poignard, elle commença à trembler. Que le proviseur ordonne ceci, elle n'arrivait pas à le croire.

C'était une tâche incohérente dans un lycée d'assassins. Il valait mieux se faire discrète à ce moment-là. Ce fut la sonnerie de fin de cours qui fit sursauter la jeune femme. Perdue dans ses pensées, elle avait oublié la lettre. La jeune femme regarda l'enveloppe posée sur la table adressée à Marc Guy. Puis elle reposa son regard sur le poignard.

- Tss… fit-elle.

Elle reposa le poignard puis prit l'enveloppe et sortit du bureau en refermant la porte derrière elle. Marchant dans le couloir, en direction du bureau de ce dit Marc qu'elle n'avait croisé qu'une ou deux fois dans sa vie, Mélodie fixait la lettre qu'elle devait lui remettre, les sourcils légèrement froncés. Que pouvait-elle bien contenir ? La curiosité montait en elle, quand les mots de Lewis revinrent dans sa mémoire :

« Maladroite, mais aussi curieuse… » « mais aussi curieuse… » « J'aime bien. »

« J'aime bien » revenait sans cesse dans sa tête. Perdue dans sa réflexion, elle ne remarqua pas qu'elle ne regardait pas devant elle et elle se cogna contre quelqu'un. Mélodie se frotta le front et leva les yeux pour savoir qui était devant elle, et pouvoir s'excuser. Mais, ouvrant la bouche pour le dire, elle resta figée en voyant que la personne qu'elle avait bousculée n'était autre que Lewis Bamer. Ce dernier haussa un sourcil amusé en découvrant Mélodie devant lui.

Le sourire taquin au coin des lèvres, le professeur avait de nouveau la jeune femme en face de lui, ce qui l'avait manqué. Il avait ses mains dans les poches de son jean bleu marine. Il portait une veste noire ouverte, où l'on pouvait voir une chemise blanche dont le premier bouton n'avait pas été mis. C'était toujours sa tenue habituelle.

- Monsieur Bamer, lâcha Mélodie surprise de le voir.
- Mademoiselle Rio, dit Lewis en souriant. Quel plaisir de vous revoir.

La jeune femme ravala sa salive et détourna le regard.

- Je n'ai pas le temps pour vos sottises, dit-elle.
- Oh, vraiment ? Quel dommage. Pourrions-nous nous voir au moins quelques instants ?
- Pardon ?

Mélodie n'en revenait pas. Lewis l'invitait à aller quelque part – du moins dans le lycée – eux deux. Elle secoua la tête, trouvant ça ridicule de sa part.

- Non, lâcha-t-elle encore. Au revoir, monsieur Bamer.

Lewis rit légèrement puis fit une moue triste, qui semblait adorable, ne laissant pas indifférente la jeune femme blonde.

- Très bien… Au revoir, mademoiselle…

Et il commença à s'en aller de son côté. Mélodie le suivit du regard, mais en voyant cette tristesse (qui était néanmoins fausse) sur le visage du jeune homme, elle rassembla son courage et ferma les yeux, tout en disant timidement :

- Enfin… Peut-être… Hum, nous pourrions…
- Oh ?

Lewis revint sur ses pas, avec un air taquin dans ses yeux bleus, se penchant légèrement sur la jeune femme qui recula d'un pas, tout en rougissant. Ce regard taquin lui rappelait l'attention que lui portait Lewis Bamer envers elle. Elle sourit intérieurement puis elle détourna le regard pour éviter de montrer sa gêne.

- Dans la cour, à 21h, dit-elle avant de partir.
- J'y serai.

Mélodie hocha la tête devant lui, gardant son sérieux, puis quand elle lui tourna le dos, elle se mit à sourire pour recommencer sa marche et se diriger vers le bureau de Marc. Mais tout à coup, elle revint à la réalité. Le poignard que lui avait confié monsieur Naima devait bien servir… Et elle avait un ordre. La jeune femme baissa les yeux, gravement, tout en marchant. Elle entendit les pas de Lewis s'éloigner d'elle, et qu'elle se retourna pour vérifier, il était bien en train de partir de son côté, les mains dans les poches dans sa posture décontractée.

Ce moment-là, Mélodie ne le sut pas, ou plutôt ne voulut pas le croire, mais une larme mouilla sa joue blanche porcelaine. Elle baissa les yeux puis reprit sa route pour aller au bureau de Marc Guy.

Quand elle arriva devant la porte, elle toqua et attendit que l'homme lui dit d'entrer. Quand ce fut le cas, la jeune femme ouvrit la porte et s'avança dans la pièce. Marc Guy était assis à son bureau et semblait contempler une photo. Le psychologue posa l'image sur la table, face cachée, ce qui intrigua Mélodie puis demanda à la jeune femme :

-   Que puis-je faire pour vous ?
-   J'ai une lettre à vous transmettre, déclara Mélodie en lui tendant l'enveloppe.

Marc tendit le bras pour prendre la lettre et l'examina. Il fit un signe à Mélodie comme pour lui dire qu'elle pouvait y aller.

-   Merci, dit-il.

Mélodie l'observa un instant, avant de finalement sortir de la pièce et elle referma la porte derrière elle. Elle resta longuement immobile dans le couloir, soupirant. Maintenant, il fallait obéir à l'ordre donné de son mentor. Elle y était contrainte, sinon la punition du proviseur allait être terrible.
Elle remonta sa manche et regarda sa longue cicatrice que lui avait faite Daniel Naima, la dernière fois. Cette entaille était marquée par cet événement mais surtout, par l'attention de Lewis, le traître qui avait pris soin d'elle. Mélodie ferma les yeux, puis son poing. Il fallait qu'elle prenne une décision à cet ordre donné.
Obéir ou mourir, telle était la question qui trottinait dans la tête de la jeune femme qui n'avait fait qu'obéir depuis son enfance…

Chapitre 34 : L'avenir

Quelques semaines auparavant, un jour après l'attaque des rebelles…

Ryan rouvrit les yeux. Il se sentait bien, au chaud. Et en effet, il n'était plus dans la forêt, mais dans une chambre, allongé sur un lit douillet. Le garçon se releva et haussa un sourcil, intrigué. Il regarda autour de lui, essayant de comprendre où il était. En tout cas, il n'était pas de lycée, et étrangement, ça le soulagea. Il ne voulait pas pour le moment retourner là-bas, depuis ce qu'il avait découvert… Toute son admiration pour le proviseur s'était effondrée quand il a su que c'était ce même homme qui avait organisé cette attaque.

Il ne pouvait croire que la Ligue Carpe Noctem était en accord avec ce plan. C'était impossible pour lui, étant donné que les rebelles étaient des ennemis de la Ligue. Alors que la Ligue Carpe Noctem les dénonçait et les écrasait, elle collaborait en fait avec eux. Cela paraissait incohérent, et Ryan avait juste vu une scène. Il n'avait rien enregistré, et donc n'avait aucune preuve de ce qu'il avançait. Ça le révoltait. Il était sûr que le chef de la Ligue, Victor Tanama, n'était pas au courant de tout ça, et donc n'était pas en accord avec ce genre de projet désastreux.

Ce fut alors qu'il comprit que ses camarades étaient en danger et que l'attaque avait déjà dû commencer depuis bien longtemps. Il n'avait aucune idée de l'heure et combien de jours il était ici. Ryan sortit de son lit et s'étira. Il se décida à voir un peu où il se trouvait. Alors qu'il était dans le noir, ses yeux bruns s'habituèrent à l'obscurité et il put apercevoir la porte de sortie. Il s'y approcha et l'ouvrit dans la plus grande discrétion. Jetant un coup d'œil à l'extérieur, il remarqua que sa chambre donnait à un long couloir sombre et au bout de ce couloir, une faible lumière luisait. Haussant un sourcil, le jeune garçon ouvrit en grand la porte et commença à marcher en direction de la lumière. Celle-ci donnait à un escalier en colimaçon fait de bois.

Ryan continuait de marcher tout en jetant des regards autour de lui : il voyait différentes portes fermées éparpillées sur le mur blanc grisé par l'obscurité. Il baissa les yeux vers ses pieds. Ils étaient nus, donc on lui avait enlevé ses chaussures. Elles avaient dû être trempées ou même froides à cause de la neige. Il ne portait pas les mêmes vêtements que quand il s'était évanoui dans la forêt. C'étaient plus des vêtements bruns un peu trop grands pour le garçon. Il poussa un léger soupir et sursauta quand il entendit une voix féminine hurler venue d'en bas :

-   BRETAGNE !

Il fronça les sourcils. A qui appartenait cette voix ? Elle semblait forte, mais jeunette et semblait penser que c'était une femme qui venait de crier ce mot. Mais pourquoi venait-elle de dire ça ?

Ryan s'approcha de l'escalier et essaya de comprendre ce qui se passait. Une autre voix féminine s'éleva mais plus douce, cependant qui reprochait l'autre :

-   Bri, arrête de crier « Bretagne » à chaque fois que tu joues un de tes pions !

- C'est pas d'ma faute si ce pays me porte chance.
  Tiens, regarde, échec ! reprit l'autre voix.
- Merde.

Le garçon à la tête blonde haussa un sourcil, intrigué. Apparemment, les deux personnes jouaient aux échecs. Mais il ne savait pas si elles étaient sans danger. Il passa sa main sur son corps, mais il remarqua vite qu'il n'avait plus son poignard. Il lâcha discrètement un juron et commença à descendre les marches, à pas de loup. Petit à petit, il put apercevoir les deux femmes autour d'une table avec un jeu d'échec dessus, en train de jouer. La première avait une chevelure rousse, longue, bouclée, et de beaux yeux bleus. Elle portait une tenue assez serrée à la taille, pantalon bleue marine, et un haut blanc avec une veste brune, avec une fourrure blanche. Cette veste était portée par les anciens aviateurs, généralement. Cette femme avait les sourcils roux froncés, et un visage long et fin, à la peau blanche et les joues couvertes de belles tâches de rousseurs.

Quant à l'autre jeune femme qui semblait plus jeune que la première, elle avait une tignasse brune avec quelques mèches aux couleurs vives rouges et orangées qui ne semblaient pas naturelles. Elle avait un visage blanc perlé, un grain de beauté sur sa joue gauche, près de son menton, et elle portait à sa bouche fine une cigarette fumante. La jeune femme devait avoir la majorité, tandis que la rouquine devait avoir la trentaine. La jeunette avait un corps mince et affûté, portant un t-shirt noir et un pantalon noir avec un trou sur son genou droit. A ses pieds, elle portait de grosses bottes noires. Sur chaque dossier, sur les chaises où elles étaient assises, il y avait un sweat gris.

Ryan examina chaque recoin de la pièce. Là où se trouvaient les deux femmes, était un petit salon où comportait deux fauteuils devant une cheminée. Sur l'un de ses fauteuils, se trouvait une autre personne à la tête brun clair, mais Ryan ne put voir à quoi elle ressemblait, car elle était pivotée de façon à ne voir que ses cheveux et ses jambes croisées, et Ryan vit que cette personne portait un pantalon brun.

Ça ne l'arrangeait pas tellement, car il y avait donc trois personnes dans la pièce, et au loin, derrière la table d'échecs, se trouvait une porte marronnée où pouvait être la sortie.

Ryan poussa un soupir, mais à cette respiration, il mit directement sa main sur sa bouche. Et si elles l'avaient entendu ? Apparemment, non.

- Echec et mat ! s'écria la jeune aux cheveux bruns et aux mèches orangées en levant les bras et se levant, faisant tomber sa chaise et sa cigarette.
- Tss… C'était perdu d'avance, de toute façon… se dit l'autre femme.
- Eh ouais, c'est bien pour ça qu'on me surnomme la BBB : « Brianna la Bretonne Brillante ! »
- Ne te repose pas sur tes lauriers, Brie…
- Roh, t'es pas drôle, Kira…

Ryan put mettre donc des noms sur les deux jeunes femmes : Kira était la plus âgée des deux, et la jeune était Brianna, surnommée Brie. Puis, une nouvelle voix prit la parole, et celle-ci venait du fameux fauteuil :

- Vous faîtes trop de bruit, les filles. Je n'arrive même pas à lire avec votre chahut.

- Mais, Sarah, on faisait une partie d'échecs, expliqua en grommelant Brianna. C'est une guerre qu'il faut gagner à tout prix !
- En criant « Bretagne » toutes les cinq minutes ?
- Ça porte chance !

La personne qui était assise sur le fauteuil se leva donc et se mit face à Brianna, les mains sur les hanches. C'était une grande jeune femme, semblant avoir l'âge de Kira, aux cheveux raides et châtains, portant des lunettes sur son assez petit nez, dissimulant des yeux aux couleurs noisette , la peau blanche comme les deux autres, et portant un sweat gris comme ceux qui étaient sur les dossiers des chaises. Sarah, donc, fronça les sourcils et dit :

- Je vous rappelle qu'il y a quelqu'un qui dort ici.
- Je ne crois pas qu'il dort encore, lâcha Kira.

Et les trois posèrent leurs regards sur l'escalier, là où était Ryan qui se cacha à ce moment-là. Kira rit légèrement et dit :

- Inutile de te cacher, nous t'avons vu.

Ryan, alors, sortit de sa cachette et se découvrit, fronçant légèrement les sourcils. Il resta silencieux et s'avança vers les trois jeunes femmes. Sarah avait les bras croisés, tandis que Brianna plissait des yeux comme si elle examinait de loin le jeune garçon, et Kira restait assise, gardant le sourire.

- Notre amie Ruby t'a trouvé dans la forêt. Elle t'a donc amené ici, chez le curé du village, expliqua Kira.

- Du village ? répéta hébété Ryan.
- Petit-Lande. Tu connais ?
- Oui…
- Oh, très bien. C'est là où tu habites ?

Ryan garda le silence. Kira regarda les deux autres femmes puis se retourna vers lui, hochant la tête.

- Bon… Tu as bien dormi, sinon ?
- Qui êtes-vous ? lâcha brutalement le jeune homme. Pourquoi m'avoir secouru ?

Il avait les sourcils froncés et gardait ses distances avec les personnes devant lui. Brianna fit une moue dégoûtée et passa sa main dans ses cheveux en marmonnant :

- Oh, je sens que ça va être long…

Kira éclata de rire et secoua la tête.

- C'est normal, dit-elle, il est un peu secoué. J'aurai dit la même chose. Moi, c'est Kira, jeune homme. Kira Ramonez. Et je te présente Brianna ainsi que Sarah que voici.

Brianna lança un regard un peu méprisant envers Ryan qui le lui rendit tandis que Sarah fit un simple signe de tête. Kira reprit la parole, se tournant vers le jeune homme avec une douceur inégalable :

- Nous nous sommes présentées, à ton tour.

Mais le jeune homme ne voulait rien dire. Un silence s'installa dans la pièce. Les trois jeunes femmes se regardèrent, puis Sarah soupira et décroisa ses bras pour s'avancer vers Ryan. Elle semblait sérieuse, à en regarder ses yeux. Ryan recula d'un pas, méfiant.

- Je comprends que tu sois méfiant. On aurait été comme toi dans cette situation, dit Sarah. Mais si tu veux rentrer chez toi, il faut que tu nous le dises.

Ryan secoua la tête.

- Vous pourriez facilement y demander une rançon, ou je ne sais quoi.

Il recula encore. Kira regarda Sarah qui croisa son regard puis elles soupirèrent encore en même temps et Brianna pesta un coup, parce qu'elle perdait patience.

- Vivement que Ruby revienne, dit-elle.

Ryan ne dit rien à cette remarque mais pensa qu'elles étaient donc quatre, et que la quatrième, Ruby, était absente. Soudain, la porte d'entrée s'ouvrit en grand, et laissa entrer une jeune femme que Ryan supposa être Ruby : elle avait de longs cheveux bruns avec des mèches violettes, un regard assez dur et des yeux bruns. Elle portait quasiment la même tenue que Sarah, avec un sweat gris, mais derrière son dos, elle portait deux sabres dans leurs fourreaux. Ryan fronça les sourcils à ce détail. Ce fut là qu'il fit le lien : les sweats, les armes, leur regard plutôt trompeur parait-il ; c'était probablement…

- Vous êtes des assassins de la Ligue Carpe Noctem…
  lâcha-t-il, les yeux bruns grands ouverts.

A ces mots, Kira, Sarah et Brianna se regardèrent encore et éclatèrent de rire ensemble. Quant à Ruby, elle referma la porte et déposa ses armes près de la cheminée. Elle jeta un coup d'œil sur le jeune garçon puis elle se tourna vers ses camarades qui s'arrêtèrent peu à peu de rire :

- Ah, il s'est réveillé. Vous savez comment il s'appelle ? demanda-t-elle.
- Non… dit Kira. Il n'a pas voulu le dire.
- Hm… fit Ruby.

Cette dernière s'approcha de Ryan et se pencha vers lui. Le jeune homme fronça les sourcils et recula encore. Ruby l'examina quelque peu, puis elle sortit quelque chose de sa ceinture : c'était le poignard qu'avait transmis le proviseur au jeune blondin. Celui-ci écarquilla des yeux et le prit brusquement des mains de Ruby qui sourit légèrement.

- C'est vous qui l'aviez… dit-il.
- C'est pas une très bonne idée, dit Brianna, il pourrait s'en servir.
- Il ne va pas le faire, dit Ruby en se relevant. Il est trop intelligent pour ça. Il sait que nous sommes en nombre inégal. N'est-ce pas ?
- Oui… lâcha Ryan en baissant les yeux.

Ruby hocha la tête et se tourna vers ses amies.

- Allez lui donner un petit déjeuner. Il doit avoir faim. Pendant ce temps, je vais passer un coup de fil.

Ryan leva la tête. C'était donc le matin… Mais il ne savait toujours pas combien de temps il était ici. Il se tourna vers Kira, qui semblait être la plus aimable des quatre.

- Combien de temps suis-je ici ? demanda-t-il.
- Oh, simplement une nuit, répondit Kira. Viens t'asseoir, on va ranger notre jeu.

Elle lui laissa donc la place et alla ranger le jeu en réprimandant un peu Brie de ne pas l'aider. Ryan hésita une seconde puis il s'assit sur la chaise. Il avait toujours ses sourcils froncés, toujours un peu méfiant. Mais il avait en effet faim, et donc attendit qu'on lui serve quelque chose.

Non, il ne voulait pas retourner là-bas. Il ne voulait pas retourner au lycée. Il risquerait sûrement sa vie comme les élèves morts qu'il avait trouvés dans le mur, lorsqu'il s'est enfui. Cependant, il ne le savait pas, mais les quatre femmes qui se tenaient là allaient changer sa vision du monde, ainsi que sa vie…

Chapitre 35 : L'amour et ses doutes

Les 21 heures allaient sonner. Mélodie marchait dans le couloir, se dirigeant vers les escaliers pour aller dans la cour et ainsi rejoindre Lewis pour leur rendez-vous. Son cœur battait la chamade et elle était tout excitée à l'idée de le revoir. Elle souriait joyeusement et sautillait presque comme une enfant qui sait qu'une belle surprise l'attend. Mais alors qu'elle allait atteindre les escaliers, un bruit de pas l'interpella. La jeune femme s'arrêta et se retourna pour voir qui ça pouvait bien être.

C'était Blanche Oriano qui la suivait de loin. Mais elle ne paraissait pas vouloir se cacher. Au contraire, elle sourit en se voyant découverte et se rapprocha de Mélodie. Dans les yeux de la directrice, Mélodie pouvait lire un regard rempli de menace et de venin de vipère. Elle comprit alors que Blanche désirait s'en prendre à elle. Mélodie se mit face à elle et prit un air dédain, désintéressé.

- Mademoiselle Oriano, fit-elle.
- Mademoiselle Rio, commença la directrice. Où allez-vous ?
- En quoi cela vous intéresse ?
- Oh, mais ça intéresse tout le monde, même votre mentor.

Au mot « mentor », Mélodie serra les dents. Blanche était prête à la dénoncer, si elle disait la vérité. Mais en se souvenant de ce que le proviseur lui avait demandé, elle s'en servit comme prétexte.

- Justement, expliqua Mélodie. Il m'a demandée un service. Ce ne sont pas vos affaires.
- Je suis la directrice de cet orphelinat, donc de tous ces enfants. Etant donné que vous êtes sur mon territoire, je dois savoir tous les faits et gestes. En quoi consiste ce service ?

Mélodie montra alors son poignard qu'elle avait gardé sur elle. Blanche fronça légèrement les sourcils puis elle sourit.

- Oh, je vois. Qui est la cible ? demanda-t-elle. Un élève ? Un professeur ?
- C'est un interrogatoire… s'offusqua Mélodie, la colère montante.
- J'ai tous les droits.
- Tss…

La jeune apprentie de Daniel Naima pesta un coup, puis baissa les yeux vers son poignard. Ensuite, elle reprit son souffle et garda son sang-froid.

- J'ai la mission de tuer Lewis Bamer. Il devient trop gênant, dit Mélodie.
- Voilà qui est intéressant… dit la directrice en ricanant. Mais à en voir votre regard fuyant, vous n'avez pas très envie de le faire.
- Qui vous dit que c'est le cas ?

Blanche s'approcha de la jeune femme, comme une prédatrice s'approchant de sa proie.

- Vous savez, il n'est pas ce qu'il prétend être… dit-elle en se rapprochant continuellement.
- C'était un assassin, c'est normal, dit Mélodie en haussant les épaules.
- Peut-être, mais s'il vous fait des avances, c'est pour mieux vous manipuler… Que vous ayez de la pitié envers lui. En réalité, il a fait la même chose pour moi.
- Pour vous ?

Mélodie avait envie d'éclater de rire. Lewis n'aurait jamais… Elle ouvrit de grands yeux. L'air taquin de l'ex-assassin revint dans sa mémoire, ainsi que le fait que c'était un libertin, qu'il n'arrivait pas à oublier cette Marie. Pourquoi aurait-il fréquenté Blanche ? Il était vrai que la directrice était une belle femme mais, elle n'avait pas pensé au fait que Lewis pouvait redevenir un libertin – ou peut-être l'était-il déjà – afin d'oublier Marie.

Elle n'arrivait pas à enlever cela de la tête et elle finit par se dire que Blanche avait sûrement raison. Les doutes la submergeaient. Mélodie se mit à froncer les sourcils et à baisser les yeux. La directrice riait intérieurement et continuant à lui tourner autour tel un vautour vers son festin. Les deux femmes se tenaient maintenant en face à face. Mélodie porta sa main à sa ceinture, prête à se défendre. Son instinct s'affolait et lui disait que la personne en face d'elle était malveillante et se préparait à un coup. La directrice s'aperçut de ce geste et sourit :

- Entre femmes, on doit s'entraider. Je peux vous aider à tuer Lewis Bamer, dit-elle en tendant sa main comme signe d'alliance.
- Je n'ai pas besoin de votre aide, dit sèchement Mélodie.
- Ah, vraiment ?

Blanche s'approcha vivement de son interlocutrice et lui prit le poignet. Elle sentit son pouls s'accélérer. Elle sourit.

- Votre pouls s'affole. Serait-ce à propos de moi ou de votre cher amoureux ? Ne le niez pas, je vous ai vus.

Mélodie se dégagea brusquement de l'emprise de la directrice en pestant quelque peu. L'apprentie de monsieur Naima se tourna vers Blanche en fronçant les sourcils :

- Ne le touchez sous aucun prétexte.
- Ah oui ? Vous confirmez alors mes dires. Je vais devoir vous tuer d'abord.

Et elle sortit un revolver et le pointa vers Mélodie qui écarquilla des yeux à la vue de l'arme. La directrice ricana et ajouta :

- C'est amusant de voir ces regards effrayés quand les gens voient une arme pointer vers eux. Ce sera la seule chose que les victimes verront de leur vie pour la dernière fois. Je pourrais tirer à n'importe quel moment. Mais, cessons de parler. Il est temps.

Mélodie ferma les yeux, prête à sentir la gâchette lâcher et mourir sous un seul coup. Elle se demanda aussi ce que Lewis lui aurait dit si Blanche ne s'était pas mise sur son chemin. Ce qu'ils auraient fait à leur rendez-vous.

Dans le noir complet, Mélodie voyait à travers ses paupières, des lumières scintillantes voler un peu partout dans l'obscurité, l'éclairant ainsi. Dans ces lumières, un visage se dessinait. C'était Marie qui lui tendait la main et qui la relevait, alors que Mélodie était à genoux dans ce vide obscur.

- Lève-toi, Mélodie. Ne te laisse pas écraser par ces paroles.

Mélodie leva la tête vers Marie qui lui tendait toujours la main. La jeune femme blonde hésitante tendit alors sa main vers cette fille au sourire merveilleux. Les mains blanches se touchèrent et Marie resserra sa main dans la sienne, continuant de sourire, pour tirer la jeune femme vers elle et la serrer dans ses bras. A cette emprise, Mélodie sentit les larmes monter à ses yeux et elle commença à pleurer.

- Pourquoi toute cette chaleur ? demanda la blonde en sanglotant. Je te haïssais…
- Mais, maintenant, tu comprends ?
- Oui…

Marie sourit et caressa les cheveux de Mélodie.

- Peux-tu veiller sur lui, pour moi ?
- Je ne vais pas mourir ?
- Ouvre-les yeux…

Mélodie ouvrit alors ses paupières et s'aperçut que la directrice était allongée au sol, assommée. Debout, se tenait Marc Guy qui avait les mains dans les poches et regardait Mélodie en souriant, avec un air bienveillant. La jeune femme rebaissa les yeux vers le corps inanimé de la directrice puis les releva vers l'homme, ne comprenant pas ce qui venait de se passer.

- Que… ? fit-elle.
- Il me semble qu'elle vous dérangeait, non ? demanda Marc.
- Oui, mais… Enfin, c'est tout de même la directrice de l'orphelinat…
- Ce n'est pas parce qu'elle est haut placée qu'elle doit tout savoir, déclara Marc. On est humains, après tout.

La phrase du psychologue fit réfléchir la jeune femme.

- Pourtant, nous sommes des assassins… dit-elle.
- Cela se discute. Le fait de juger les autres sans les connaître réellement n'est pas humain non plus. Être humain signifie que nous sommes assez intelligents pour changer de voie, lorsque l'on est dans la mauvaise. Tuer quelqu'un n'est pas signe d'humanité, il est vrai. On perd son humanité lorsque l'on dédie sa vie au sang coulé sur les mains. On ne peut pas revenir en arrière, on ne peut aller qu'à l'avant. Mais ça ne veut pas dire qu'on est consigné à prendre le même chemin encore et encore. On peut toujours changer de voie. C'est ce qu'Oliver a compris.

Mélodie écouta les paroles de Marc avec attention. Cela révélait beaucoup de choses quand il parlait d'humanité, mais pour Mélodie, cela signifiait que le temps du sang était révolu, et qu'il fallait maintenant se concentrer sur la vie qu'elle voulait, elle. Pas les autres.

-   Vous me dîtes ça comme si vous avez compris vous-même quelque chose, dit-elle néanmoins pour le tester. Pourquoi êtes-vous assassin sinon ?
-   C'est un secret que je me dois de garder, répondit Marc en hochant la tête.
-   Trop de secrets apportent la confusion…
-   Sûrement. Le monde est très curieux. Il ne se met pas à la place des autres et est beaucoup trop impatient pour attendre la vérité. J'espère que ce n'est pas le cas pour vous.
-   Non.
-   La patience est une vertu à préserver.

Marc hocha la tête et alors qu'il s'apprêtait à partir, il lança :

-   Faites attention à vous. Et bon rendez-vous.

Mélodie se mit à rougir et à balbutier :

-   Vous… Vous étiez au courant ?!

Le psychologue éclata d'un rire gentillet et se tourna vers la jeune femme en souriant :

-   Evidemment, Oliver était tout excité à l'idée de vous revoir. Il m'en parlait tout à l'heure, nerveusement.

Vous le rendez heureux, et cela me fait plaisir de le voir comme ça, alors qu'il broyait du noir depuis cinq ans à cause de la mort de son premier amour. Vous lui faites beaucoup de bien. Je vous en remercie chaleureusement. Sinon, pourquoi aurait-il demandé au proviseur de vous faire revenir ?

A ces mots, Mélodie ouvrit de gros yeux. Ce n'était pas le proviseur qui souhaitait la faire revenir. C'était Lewis Bamer qui le souhaitait. Comment avait-il fait ? Cela, elle ne le savait pas. Mais la chaleur embaumait son cœur depuis cette nouvelle.

L'amour était un sentiment nouveau pour elle. C'était presque impossible à contrôler, il fallait donc qu'elle revoie Lewis au plus vite afin que son cœur cesse de tambouriner sa poitrine. Cependant, les mots de la directrice revenaient dans sa mémoire et commençaient à la tourmenter. Ces mots créaient alors un doute qui envahit l'esprit de la jeune femme. Même si les paroles douces de Marc ne l'avaient pas laissée insensible, elle ne pouvait s'empêcher de se poser la question du pourquoi Lewis était-il allé voir la directrice. Était-ce parce qu'elle n'était plus là ?

Se savoir comme un objet ne lui plaisait pas. Il fallait qu'elle en parle à l'ex-assassin. Elle remercia Marc, puis elle s'en alla pour se diriger vers la cour.

En voyant que Lewis l'attendait près d'un banc, elle hésita. Les mots de Blanche continuaient à la hanter.

« Il n'est pas ce qu'il prétend être. »

« Oliver était tout excité à l'idée de vous revoir. »

« Pourrions-nous nous voir au moins quelques instants ? »

Elle ferma les yeux. Les larmes commencèrent à couler. Trop de questions s'attaquaient à elle. Pourquoi était-ce si dur de discerner le vrai du faux ? Ce n'était que des paroles. Mais cela suffisait pour affubler des doutes. Mélodie passa ses mains sur son visage pour essuyer ses larmes, mais d'autres venaient encore et encore et elle passa alors sa main droite à sa ceinture, quand elle s'aperçut du poignard que lui avait donné son mentor. Elle serra les dents.

La colère l'envahissait. Une trahison se faisait sentir. Elle regarda du côté de Lewis et se dit qu'il était temps d'agir. Soudain, alors qu'elle se posait toutes sortes de questions et d'hésitations, Lewis la remarqua et commença à venir vers elle pour la rejoindre, gardant un léger sourire sur son visage. Mais, la jeune femme, par peur, recula et s'en alla, devant Lewis qui haussa un sourcil, intrigué. Mélodie se retira et revint à son bureau.

Elle ne pouvait pas le faire. Elle n'y arrivait pas. Elle n'y arriverait pas. Pour elle, c'était impossible. Et pourtant, si possible…

L'amour la rendait folle. Les doutes la submergeaient.

Chapitre 36 : Quittes

L'amour est un sentiment que toute personne a le droit de ressentir. Ne pas le reconnaître rend distant, ronge l'âme, la rend noire et pousse la personne à perdre tout sentiment nouveau. Être réaliste n'est ni être optimiste, ni être pessimiste, mais permet d'aller de l'avant, apprendre à aimer ce monde et le changer.

La vision du monde ne pourra changer sans amour, sans espoir. Les gens disent souvent que croire en l'amour paraît naïf, que l'amour n'est ni blanc ni noir, il est gris. Il est certain qu'une relation entre deux personnes ne peut être forcément parfaite, mais l'Amour n'est pas gris en lui-même. Il est blanc, et le sera toujours. Que les gens disent ce qu'ils veulent, se croyant réalistes, mais le sont trop et deviennent pessimistes.

Mais si cela s'arrêtait là, ça n'aurait aucun sens. L'être humain est complexe. Même si quelqu'un vous dira ne croit pas, en lui-même espère toujours. L'espoir anime l'âme, ainsi que l'Amour. La complexité du monde reflète une souffrance de ce qui anime l'humanité. Les conflits, la rupture, la mort en elle-même, tout cela rend triste. L'humain tend sa main, plongé dans un gouffre sans fin, vers la lumière qui le tire de là. Et elle l'emmène vers les rêves.

Parce que l'espoir anime les cœurs souffrants. Et l'amour nous fait vivre.

***

Mélodie était dans sa chambre, à côté de la porte fermée, assise contre le mur, les mains sur son visage. Elle se demandait si elle devait agir ou non. Mais en elle, elle ne voulait plus tuer. La présence de Marie était maintenant dans son cœur et sa conscience s'était réveillée pour combattre tout ce qui animait la violence dans le sang coulé sur les mains de la jeune femme. Marie lui lavait son âme et la rendait blanche en lui pardonnant tous ses crimes et lui permettant d'espérer. Mélodie tremblait maintenant, assise là, ne sachant que faire. La vérité faisait peur, l'amour aussi. Elle croisa ses bras et frotta ses épaules avec ses mains en fermant les yeux. Sa chambre rangée animait une certaine tristesse. La noirceur de la pièce reflétait tout le combat qu'endurait Mélodie dans sa tête.

Tous les mots de Marc tournaient en boucle dans sa tête et ne la laissaient pas indifférentes. La jeune femme passa sa main dans ses cheveux blonds et se demandait si Lewis l'avait suivie. Evidemment, elle se disait qu'il l'avait suivie, mais allait-il jusqu'à sa chambre… ?

Elle se mit à rougir, pensant à la pièce où elle était. « Il faut absolument qu'il ne vienne pas ici… » pria-t-elle. Cependant, sa prière ne fut pas exaucée. Derrière la porte, quelqu'un toqua doucement.

-    Mélodie ? dit une voix masculine.

Mélodie reconnut tout de suite la voix de Lewis. Elle se mit tout de suite et allait ouvrir instinctivement mais elle se retint. Elle serra les dents et se recula, en baissant les yeux. Lewis continua à toquer et dit :

-   Je sais que vous êtes là. Je vous ai vue entrer.

La jeune femme put sentir dans ses paroles qu'il souriait et allait commencer à la taquiner. Ça lui brisait le cœur deux fois : la première raison était qu'elle devait le tuer, la deuxième était parce qu'elle avait encore des doutes, alors qu'il se montrait sincère.

-   Permettez-moi d'entrer, ajouta Lewis qui commença à tourner la poignée.
-   Non ! s'écria Mélodie.
-   Pourquoi ?

Lewis, derrière la porte, ne comprenait pas, puis il sourit amusé et dit pour la taquiner :

-   Vous n'êtes pas… préparée ?

Mélodie sentit ses joues s'enflammer à cette remarque et secoua la tête :

-   Arrêtez avec vos pensées malsaines ! dit-elle sèchement. Non… Je ne veux pas que vous entriez…
-   Pourquoi alors ? Y a-t-il quelque chose qui ne va pas ? demanda l'ex-assassin.
-   Je… ne veux pas… vous tuer.

La jeune femme avait lâché ces mots en balbutiant. Elle tremblait de tous ses membres. A ses mots, elle n'entendit plus Lewis. Ce dernier ne parlait plus. Aucun bruit, aucune réplique, l'homme était devenu muet. Les minutes passaient et s'écoulaient et la jeune femme se posait des questions.

Mélodie baissa les yeux et s'approcha de la porte discrètement, posant sa main sur celle-ci. Elle se demandait s'il était parti, mais elle retira cette hypothèse. S'il était parti, elle l'aurait entendu. Elle ouvrit la bouche, hésitant, puis elle dit d'une petite voix :

- Monsieur Bamer ? Vous… Vous êtes là ?

Pas de réponse. Mélodie baissa les yeux et se dit qu'il n'était plus là. Les larmes montèrent et coulèrent le long de ses joues. Elle tourna le dos à la porte et se dirigea vers sa table qui était un mini bureau. Elle passa sa main sur son visage, essuyant ses larmes. Elle sentait l'avoir déçu. Son cœur se serra et son ventre se noua, sentant la détresse qu'elle ressentait et la tristesse montante.

Soudain, la porte s'ouvrit doucement, faisant se retourner Mélodie qui écarquilla des yeux en s'apercevant que Lewis n'était pas du tout parti et la regardait avec un sourire bienveillant. La jeune femme ne savait pas comment réagir. Mais, sans comprendre, elle sortit son poignard et le pointa vers le jeune homme en disant :

- Je vous ai prévenu !
- Je sais.

Mélodie tremblait et faisait donc trembler son arme. Lewis s'avança lentement vers la jeune femme et celle-ci ferma les yeux. L'homme se rapprocha et lui prit doucement l'arme blanche des mains, sans la brusquer. Puis il jeta le poignard derrière lui et sourit à Mélodie qui rouvrit les yeux peu à peu.

- Vous… Vous n'êtes pas en colère ?

- Non. Pourquoi le serai-je ? demanda Lewis.
- Mais je devais… vous tuer… Vous n'aviez pas cru que je vous avais manipulée ou je ne sais quoi… ?
- Au début, si. Mais, en y réfléchissant, je sentais que c'était l'œuvre de monsieur Naima, n'est-ce pas ? Je ne suis pas stupide. C'est vrai que n'importe quel être humain vous en voudrait. Mais moi, je vous pardonne.

A ces mots, il prit dans ses bras Mélodie qui ouvrit de gros yeux et la serra contre lui, posant sa main sur ses cheveux pour les caresser. La jeune femme ne comprenait pas ce qui se passait. Il venait de lui pardonner. Sans qu'elle lui dise pardon. Dans le regret, ses yeux se mouillèrent encore et elle rendit l'étreinte de l'homme qu'elle aimait.

- Je vous demande pardon ! Pardon ! J'ai douté de vous… J'étais en colère…

Et elle raconta à Lewis son affront avec la directrice. Lorsque son récit fut terminé, elle sentit l'homme se crisper. Elle haussa un sourcil et se recula, rompant l'étreinte. Lewis avait perdu le sourire et avait le regard qui fuyait. La jeune femme comprit qu'il avait quelque chose à cacher.

- Dîtes-moi que ce n'est pas vrai. Vous n'avez pas fait ça avec…elle ?

Lewis regarda d'un air triste la jeune femme qui sentit son cœur de nouveau se serrer. Son monde s'écroulait ; elle avait envie de fondre à ce moment-là. Cet homme avait trahi son amour en allant vers cette autre femme. Et Lewis ne disait rien pour s'expliquer, ce qu'elle espérait vivement mais comme il gardait le silence, cela l'énervait encore plus.

Ce fut là que le coup partit tout seul. La jeune femme le gifla.

Lewis se laissa faire, restant silencieux, la regardant toujours de ses yeux tristes. Mélodie le regardait aussi, les yeux mouillés par ses larmes. Elle se mit à marcher vers la sortie, ne voulant plus jamais le revoir.

Cependant, la voix de Lewis s'éleva, la faisant s'arrêter pour écouter ce qu'il avait à dire, gardant le poing serré :

-   Mélodie… Je ne l'ai pas fait, dit-il. J'aurai pu le faire, on allait le faire, mais on ne l'a pas fait.

La jeune femme se retourna vers lui. Il était face à elle, l'air désemparé, comme s'il voulait qu'elle reste. Alors, elle resta pour entendre ses explications. Mélodie croisa les bras et demeura silencieuse. Lewis hocha légèrement la tête et continua :

-   Je voulais retrouver un de mes élèves qui avait disparu. Et seule la directrice pouvait me le dire. Alors… J'ai usé de mes charmes. Je suis un imbécile. Pardonnez-moi. En aucun cas, je voulais vous blesser. Blanche a cru à ma « parole » mais elle n'a jamais eu ce qu'elle souhaitait de moi. Je pensais trop à vous pour le faire.

Mélodie écouta attentivement les paroles de Lewis. Sa dernière phrase prononcée fit fondre toute colère qu'elle avait contre lui, et elle se mit de nouveau à rougir légèrement. Lewis, en la voyant, sourit doucement et s'approcha d'elle pour la reprendre dans ses bras. Mélodie se laissa faire et l'enlaça après quelques secondes d'hésitation.

- Nous sommes quittes, alors, dit-elle avec timidité.
- Oui… répondit Lewis en souriant et lui caressant les cheveux.

Les deux restèrent longtemps enlacés, serrés l'un contre l'autre. Lewis soufflait quelques mots doux à la jeune femme qui se calmait peu à peu et qui riait légèrement. Mélodie raconta un peu son séjour à la Ligue et Lewis répondait avec quelques phrases drôles qui faisaient encore plus rire la jeune femme qui se mit un peu plus contre lui.

Puis, nous les retrouvions assis sur le lit de Mélodie. Lewis avait pris les mains de la jeune femme dans les siennes et les caressait de son pouce doucement en la regardant amoureusement.

Les yeux de Mélodie pétillaient, plongeant dans ceux de cet homme qui faisait battre son cœur. Mélodie sentait que c'était bon : elle et lui, ça pouvait devenir officiel. Ça l'était. Elle le savait. Il ne manquait que la touche finale. Elle se rapprocha de Lewis et ferma les yeux. Lewis la regarda et sourit, sachant parfaitement ce qu'elle demandait.

Ça aurait été donc la première fois qu'ils le faisaient. Ça aurait pu.

Lewis se pencha vers elle, fermant les yeux également afin de profiter le plus du moment. Leurs lèvres se rapprochèrent de plus en plus, se frôlant presque. Mais, le sort en a voulu autrement. Ce fut une alarme qui les arrêta.

Lewis et Mélodie se levèrent, s'interrogeant de ce que ça pouvait être. Alors que la porte était fermée, Lewis baissa les yeux et vit une flamme s'agiter de dessous la porte.

- Du feu… Un incendie ! s'écria-t-il.
- Au lycée ?! demanda Mélodie. Mais, pourtant, on fait toujours attention à ce qu'il n'y en ait pas. Il y a des sécurités partout… Il n'y a jamais eu d'accident de ce genre.

L'ex-assassin se tourna vers elle. Mélodie le regarda également, mais au croisement de regard, elle comprit tout de suite.
L'incendie était volontaire.
Lewis se rua alors à la fenêtre et l'ouvrit. Ils ne pouvaient pas sortir par la porte, alors il fallait sortir par la fenêtre. Il prit des draps et les assembla pour en former une longue corde. Mélodie le regardait faire, puis posa son regard sur la porte. Cette dernière était en train de prendre feu. La jeune femme se dépêcha donc d'aider Lewis puis ils accrochèrent la « corde » et lancèrent le reste dehors.
Lewis se tourna vers Mélodie.

- Partez devant. Je vous rejoins. Je dois vérifier que les élèves soient partis aussi.
- Mais c'est dangereux ! dit-elle.
- Ne vous en faites pas pour moi.

L'homme lui fit un clin d'œil puis, avant de partir, il déposa un baiser sur le front de la jeune femme.

- Partez !

Et Mélodie, suivant du regard Lewis qui sortait par la porte, se protégeant avec sa veste, sortit par la fenêtre, en espérant que tout ira bien pour lui.

Chapitre 37 : Vérité

Clara se préparait à aller se coucher. Elle avait mangé tôt et elle était prête à s'allonger sur son lit afin de s'endormir rapidement et ne pas se confronter à Zélie, sa compagne de chambre. Depuis qu'elle avait tenté de la tuer, Clara n'osait pas adresser la parole à la jeune brune. Olivier s'était montré protecteur et sachant ce dont il était capable de faire, la blonde évitait tout contact avec la jeune fille. Durant cet isolement, elle avait longuement réfléchi à tout ce qu'elle pensait d'elle, et se disait qu'elle avait mal jugé Zélie.

Zélie ne montrait pas assez ses capacités et les gardait en elle. Pourquoi ? C'était égoïste… Mais pour le caractère de la jeune fille, Clara comprenait bien que Zélie n'était pas prête à développer son talent de discrétion.

La jeune fille fit une queue de cheval avec ses cheveux blonds. Elle poussa un léger soupir et se mit dans ses couvertures, dans son lit afin de s'endormir. Mais elle n'arrivait pas à trouver le sommeil. Elle se tournait d'un côté, d'un autre, essayant de trouver une position confortable, mais ses pensées noires revenaient.

Avant que Ryan disparaisse, eux deux préparaient un plan d'anéantissement sur Zélie. Cependant, comme le jeune homme était présumé mort, Clara n'avait aucune envie de mettre son plan à exécution. Elle aurait pu le faire et elle s'était apprêtée à l'exécuter, mais Olivier s'était mis en travers de son chemin, ainsi que John, Iris, Mia et les autres. Cela l'avait étonnée, ainsi que la prestation de sa camarade de chambre. Clara l'avait mal jugée, apparemment. Elle en avait honte. Un assassin ne devait pas sous-estimer son équipe, et monsieur Bamer l'avait répété sans cesse.

Dans son lit, Clara s'assit et passa une main dans ses cheveux. Zélie était encore en train de parler avec d'autres élèves, ce qui l'avait étonnée aussi. Zélie était d'habitude silencieuse, discrète. Le fait qu'elle chasse une timidité maladive d'un seul coup, était impossible pour la blonde.

Être introverti, c'était se renfermer et ne plus s'ouvrir au monde. Du moins, c'est ce que pensait Clara. Par suite des révélations de son professeur, et bien sûr à l'attaque des rebelles, Clara n'arrivait pas à mettre un point sur tout ça et à chercher quelque chose qu'elle ne savait définir.

La jeune fille ferma les yeux et entoura ses jambes pliées avec ses bras blancs. Elle cherchait une issue où s'enfuir. Une issue qui lui donnerait la chose qu'elle cherche. Clara était comme abandonnée sur une scène bien trop grande pour elle, et dansait sans savoir la chorégraphie. Elle était sur un fil invisible où elle cherchait un équilibre : l'équilibre de ses idées. Est-ce que monsieur Bamer pensait tout ce qu'il disait ? Les sauver ? Mais de quoi ?

L'histoire avec ce sourire donné qu'il avait racontée montrait un côté malsain de la Ligue Carpe Noctem. Clara pensait que dans cette organisation, tout problème serait écarté. Mais apparemment, il y en aurait toujours. Le seul endroit où l'on pouvait trouver la paix était la mort elle-même. Cependant, la mort était discrète, plus discrète que Zélie. Ou peut-être était-ce Zélie elle-même. Vu comment elle avait réagi pour sauver Olivier, contre Alix, elle était capable de bien plus.

Tout cela lui donnait mal à la tête. Clara descendit de son lit et chercha dans son tiroir dans le meuble qui se trouvait près de la fenêtre. Elle y trouva sa boite et elle l'ouvrit pour prendre ses chaussons de danse que Lewis Bamer lui avait offerts. La jeune fille les enfila et commença à faire quelques pas de danse classique. Elle avait toujours été une grande sportive, mais la danse était son domaine à elle. Elle ne l'avait jamais dit à quelqu'un, c'est pourquoi elle se demandait comment son professeur le savait. Le cadeau de monsieur Bamer lui avait fait chaud au cœur. Avec ses chaussons, elle se sentait vidée de toute épreuve, éloignée de tous ses problèmes. La réalité n'avait plus d'importance, le rêve était là.

Elle s'imaginait sur une scène de théâtre, à l'Opéra de Paris, devant grand nombre de spectateurs et elle jouait Clara dans Casse-Noisette. C'était son rêve le plus cher : devenir ballerine. Cependant, le destin a voulu qu'elle soit orpheline et abandonnée dans un lycée d'assassinat.

Elle ne l'avait pas choisi. Et Lewis Bamer l'avait compris.

Clara montait sur pointe et fit quelques tours, pour revenir en seconde position. Ses bras volaient et faisaient quelques gestes de danse, avec grâce. Elle n'avait pas besoin de musique pour accompagner ses pas, elle l'avait dans la tête. A chaque pas de danse qu'elle faisait, Clara fronçait les sourcils. Elle se demandait qui elle pouvait devenir. Qui elle deviendrait plus tard. Cette peur du futur envahissait petit à petit dans son esprit : évidemment, son rêve de ballerine était toujours présent, mais elle se posait la question de qui elle était vraiment.

La passion de la danse s'écartait pour faire place à une souffrance que Clara avait enfouie au plus profond d'elle. Se haïr était le pire sentiment qu'elle éprouvait envers elle. Et le fait qu'elle ait déçue Olivier, le garçon dont elle était amoureuse, empirait son sentiment de détresse. La blonde s'arrêta peu à peu de danser pour se mettre à genoux et laisser couler ses larmes. Seule contre cette dignité assassine, la jeune fille ne voulait pas tomber dans le gouffre. Peur du vide, de l'obscurité, Clara se laissait emporter dans ce néant sans fin.

Les larmes continuaient de couler le long de ses joues à pommettes.

- Je ne suis qu'un déchet, dit la jeune fille en sanglotant.

Elle retira ses chaussons qu'elle jeta contre le mur. Les sourcils blonds froncés, déchirant un visage joyeux, la jeune fille s'effondra sur le sol, pleurant, les mains refermées sur sa poitrine. Son cœur battait la chamade et ne pouvait s'arrêter. Tous les événements qui s'étaient déroulés auparavant revenaient dans sa mémoire. Si elle était si extravagante dans les matières de l'assassinat, c'était parce qu'elle voulait chasser sa colère, ses sentiments contraires ainsi que sa détresse. Elle se détestait comme elle détestait ce monde. Il n'y avait que Ryan qui croyait en elle. Cependant, ce dernier était mort et il n'y avait plus personne pour la soutenir.
Alors qu'elle désespérait sur le sol froid de sa chambre, sa porte s'ouvrit discrètement et une voix intervint dans l'obscurité de la pièce :

- Clara ?
- Zé…Zélie ? dit la jeune fille en reniflant, ne reconnaissant pas la voix.

Un bruit se fit entendre. C'étaient des pas qui venaient dans la direction de la blonde qui restait accroupie, essayant de voir qui c'était.

-   Non, c'est moi. Ryan, reprit la voix.

Clara écarquilla des yeux et ouvrit la bouche pour dire quelque chose, mais une main se posa sur ses lèvres pour l'empêcher de parler.

-   Chut… Il ne faut pas qu'on t'entende, murmura le jeune homme.

Et sur ses dires, il referma la porte et alluma la lumière. Clara put donc confirmer que c'était bien le blondin farceur qui se tenait devant elle. Elle se releva et le prit dans ses bras, avec vitesse, à la surprise du jeune homme qui resserra ses bras autour d'elle avec quelques secondes d'hésitation.

-   Je t'ai manquée, princesse ? dit Ryan en blaguant.
-   On te croyait mort !
-   Ah… Ouais, ça veut dire que la ruse a marché.
-   La ruse ? Quelle ruse ?

Clara s'écarta pour regarder avec interrogation son ami, en sourcillant un cil. Qu'avait-il bien pu se passer pour lui ? Ryan s'apprêtait à s'expliquer, quand il remarqua les yeux rougis de la jeune fille. Il passa sa main sur la joue de Clara et lui demanda :

-   Pourquoi as-tu pleuré ?

- Oh, ça…C'est rien… C'est rien…
- Je ne crois pas. Dis-moi ce qui te chagrine.

Clara regarda Ryan dans les yeux puis détourna le regard en le baissant vers le sol. Elle n'était pas fière d'avoir pleuré. Elle en avait même honte. Se savoir faible n'était pas digne pour être assassin. Elle se mit donc à raconter ce qu'il s'était passé : les révélations de monsieur Bamer, l'attaque des rebelles, la mort de Natalie, Zélie ainsi qu'Olivier. Ryan écoutait attentivement son récit puis il prit le même sourire qu'il faisait, quand il était insolent. Mais il le perdit vite, car il vit bien que la jeune fille présentait une certaine faiblesse.

Le Ryan d'avant en aurait été dégoûté. Mais aujourd'hui, le jeune homme de seize ans n'était plus le même. Il prit la main de son amie et la serra avec douceur, tout en relevant le menton de la jeune fille pour qu'elle puisse tourner sa tête blonde vers lui.

- J'ai moi aussi des choses à raconter. Mais pour le moment, il faut qu'on quitte cet endroit. Es-tu avec moi, princesse ? demanda-t-il.
- Quitter le lycée ? dit Clara.
- Oui. Ce destin que nous propose le directeur n'est pas pour nous. Ce que monsieur Bamer vous a dit avant les rebelles, je suis sûr qu'il a raison. Moi-même, j'en ai une preuve.

Clara le regarda, hébétée. Elle ne comprenait pas ce qu'il voulait dire.

- Quelle preuve ?
- Le proviseur a organisé l'attaque.

- Quoi ?!
- Je les ai entendus comploter dans le bureau : il y avait un rebelle borgne, la directrice et monsieur Naima.

Ryan serra les dents, dégoûté d'avoir admiré un tel homme.

- Je ne veux plus que les élèves qui sont ici souffrent encore. Cet endroit doit brûler, dit-il.
- Je suis d'accord.

Le jeune homme regarda Clara, un peu étonné de sa réponse si rapide. La jeune fille avait un regard déterminé.

- Brûlons cet endroit maudit. Je ne veux pas de cet avenir. Mais toute la classe n'est pas forcément d'accord avec ça. Tu veux fuir ? Alors prenons ceux et celles qui ne veulent pas non plus de ce dessein de sang, déclara la blonde. Les autres se débrouilleront. En cas d'incendie grave, les professeurs les emmèneront ailleurs, oui ; ils deviendront sûrement des assassins, oui ; mais on ne peut rien faire pour eux. Les paroles ne suffisent pas malheureusement.
- Entendu, princesse.

Alors que Ryan s'apprêtait à sortir, la jeune fille remarqua qu'il tenait une torche à sa ceinture, puis en réfléchissant quelques secondes, elle le retint et lui demanda :

- Mais, attends… Qui t'a convaincu ?
Ryan se retourna et lui adressa un sourire.

- Des amies de monsieur Bamer. Elles sont de la Ligue Carpe Noctem, mais il paraît… qu'elles ont déserté récemment.

Clara haussa un sourcil puis sourit. Ça avait dû être difficile pour ces « amies » de convaincre ce jeune homme têtu. Mais apparemment, il avait compris ou même appris quelque chose.

Et cette chose était peut-être celle que recherche la jeune fille.

Ryan sortit de la pièce, après avoir regardé si personne n'était dans le couloir, puis il se tourna vers Clara.

- OK, donc on cherche les autres, et après on brûle. Mes amies, elles, s'occupent des rôdeurs[2].
- D'accord.

Et ils se séparèrent sur ce.

---

[2] Les élèves appellent « rôdeurs » les surveillants, les professeurs qui rôdent dans les couloirs ou à l'extérieur.

Chapitre 38 : Evacuation

La lune était montée haut dans le ciel brumeux. Les rôdeurs – les surveillants – faisaient leur tour de garde comme dans leur habitude. Avant l'attaque des rebelles, comme l'avait remarqué Ryan, ils n'étaient pas présents sous l'ordre du proviseur. Le jeune blondin l'avait expliqué aux quatre femmes qui l'avaient recueilli.

-   Donc, ils rôdent autour du lycée ? avait demandé Ruby, adossée à l'un des murs de la pièce.
-   Oui. A l'intérieur, et à l'extérieur, avait affirmé Ryan.

Le jeune homme avait été convaincu par les femmes qui lui avaient raconté l'histoire. Les poings serrés, il était déterminé à sauver ses amis, de les sortir de ce lycée d'horreur. Kira le regardait attentivement, tandis que Sarah et Brianna préparaient leurs armes, mettant leur capuche sur leur tête, chacune. Ruby s'approcha du jeune homme et posa sa main sur son épaule. Ryan leva les yeux vers elle.

-   Ton regard est déterminé. Mais si tu rentres dans le lycée, tu risques ta vie car celle-ci dérange à partir de ton départ. L'es-tu toujours ?
-   Toujours. Je suis prêt à mourir pour les retrouver, répondit Ryan, les sourcils froncés.
-   Toute ta classe ne te suivra pas forcément, dit Kira en croisant les bras. Il n'y aura pas de temps pour les

convaincre. Il faudra prendre ceux et celles qui auront écouté Oliver Stone, enfin, Lewis Bamer.

- …Oui.

Cela fit mal au cœur à Ryan. Il appréciait sa classe, mais il ne pouvait pas nier le fait que tout le monde n'avait pas vraiment accepté la vérité. Il savait que quelques élèves le suivraient, mais pas toute sa classe au complet malheureusement. Le mensonge habitait toujours leurs cœurs. Il fallait donc s'y résigner. Ruby et Kira se regardèrent puis elles lui sourirent.

- Un jour, ils apprendront, dit Ruby. Ça prend du temps, mais ils verront bien la lumière du jour.

Ryan hocha la tête et reprit son regard déterminé.

- Dis-moi, intervint soudainement Brianna qui revenait vers eux. Qu'est-ce qui t'a convaincu de nous suivre dans notre plan ?
- Eh bien…

Le jeune homme réfléchit avant de répondre. Il leva ses yeux bruns vers la jeune femme.

- Je cherche encore. Ce que le proviseur a fait, ça me dégoûte… Mais ça ne suffit pas pour donner une raison à vous suivre, n'est-ce pas ? Eh bien… Alors que j'allais m'enfuir par ce mur qui faisait peur à tous les élèves, il y avait…un cimetière. C'était carrément un cimetière d'élèves comme moi.

Il serra un peu plus fort son poing puis les dents à en lui faire mal à la mâchoire.

- Les rumeurs étaient donc vraies… lâcha-t-il.

Les femmes se regardèrent. Ce qui disait Ryan, ça les convainquait amplement du fait qu'il les suivrait. Sarah s'approcha de Ryan et se pencha vers lui, légèrement.

- Alors, suis-nous, dit-elle.

***

Un des rôdeurs s'arrêta pour sortir une cigarette et l'allumer afin de fumer un court instant. Les autres continuaient leur ronde de leur côté. L'homme souffla une longue fumée en direction de la forêt qui se trouvait devant lui. Tout était calme. Il grommela quelques mots, car il souhaitait vivement retrouver son lit, au lieu de faire un tour de surveillance qui ne servait que très peu. C'était surtout en apparence, pour les élèves afin qu'ils voient que c'était impossible de s'échapper. Monsieur Naima avait tout de même réprimandé les rôdeurs de la sortie non-signalée de Lewis Bamer, à Noël. C'est pourquoi, les rôdeurs devenaient soupçonneux et même très méfiants vis-à-vis des alentours, au moindre bruit, au moindre geste précis. Cependant, cachées dans les broussailles de la forêt, attendaient patiemment Ruby et son équipe féminine. Kira était postée derrière un arbre ; Brianna était allongée sur une branche, portant son arbalète, prête à tirer ; Sarah se dissimulait derrière les ronces et Ruby dans la pénombre de la forêt. Toutes les quatre avaient leurs armes en main : Bri avait donc son arbalète chérie ; Ruby, ses deux sabres tranchants ; Kira, son fusil et Sarah avait apporté pour sa part plusieurs petites bombes-grenades, ne faisant que de petites explosions mais suffisantes pour éliminer un homme.

Attendant patiemment dans chacune de leur cachette, les filles observaient les rôdeurs faire leur ronde habituelle. Ruby jeta un seul regard à ses amies, pour leur faire comprendre que c'était le moment ou jamais. Il fallait agir. Ryan avait pu entrer sans qu'un rôdeur l'aperçoive par la petite porte par où il était passé la dernière fois pour sortir du lycée. Alors, Brianna tira une de ses fléchettes sur lesquelles étaient gravées sur chacune le mot « Bretagne », marquant son admiration pour la région – et son délire – sur l'un des rôdeurs qui se la reçut en plein front. Un filet de sang éclaboussa le visage du surveillant, et le bruit sourd que le corps fit en tombant, alerta un autre rôdeur qui revenait sur ses pas.
Ruby sauta sur l'occasion pour apparaître derrière lui et lui trancher la gorge avec son sabre qu'elle avait sorti. Du côté de Kira, elle parcourut les alentours de la forêt pour le tour du lycée et trouver de potentiels dangers qui pouvaient arriver et faire tomber à l'eau le plan. Elle en trouva deux autres et s'en occupa en leur tirant dessus deux fois de suite, ce qui les tua, un pour chaque balle. Les coups de feu interpellèrent le reste des rôdeurs qui se rendirent tout de suite sur les lieux et trouvèrent Sarah prête à lancer ses bombes. Elle en lança une qui tomba proche d'un des adversaires et cette grenade explosa au toucher du sol, emportant la vie de l'homme et expulsant les autres à terre.

Quant à Brianna, elle restait à son poste, perchée sur son arbre, observant si un rôdeur approchait. En voyant un s'approcher de trop près de son amie Ruby, elle l'acheva d'un coup de fléchette. Ruby leva les yeux vers la forêt, où se cachait Brie et lui fit un signe de tête pour la remercier. Puis, elle repartit vers Kira et Sarah pour se cacher dans les buissons et attendre que Ryan fasse sa part de mission.

- Il va s'en sortir ? demanda Kira.
- Je l'espère, répondit Ruby. Avec tout le boucan qu'on vient de faire, je crois qu'on a fait rappliquer les autres. Attendons qu'ils sortent…
- Génial… Et s'il s'en sort pas, on fait quoi ? dit Sarah.
- On entre de force.

Les trois jeunes femmes regardèrent du côté du lycée qui demeurait toujours silencieux. Au bout de quelques minutes, alors que rien n'a été signalé, Kira haussa un sourcil.

- C'est étrange, dit-elle.
- Quoi ? dit Sarah.
- Comment ça se fait que personne ne vient ?
- C'est un problème, en effet.
- Je pense qu'on devrait y aller.

La rouquine commença à se lever pour passer à l'offensive, quand Ruby la retint par le bras et la tira vers le sol en lui disant :

- Ne bouge pas.
- Pourquoi ? demanda la rousse.

Ruby pointa du doigt le lycée. Kira leva les yeux et les écarquilla. Une épaisse fumée noire s'épanouissait dans le ciel noir et brumeux. Au-dessus du mur, on pouvait à peine entrevoir des étincelles de flammes qui s'élevaient et disparaissaient dans les airs. Peu avant, une alarme incendie s'enclencha, faisant vibrer les feuilles de lierre qui recouvraient l'épais mur qui entourait le lycée d'assassinat. Sarah sourit en voyant ce spectacle.

- Mission accomplie, on dirait, dit-elle en s'étirant.
- Préparons-nous à la sortie, dit Ruby.

Et elles se levèrent pour courir en direction de l'entrée secrète qu'avait utilisé Ryan. Kira se posta un peu plus loin pour faire le guet, et Ruby fit de même, tandis que Sarah attendait patiemment derrière l'entrée. Au bout d'un certain temps, une jeune fille aux longs cheveux noirs, dans un uniforme d'écolière, apparut. Elle semblait un peu déboussolée et elle regarda, un peu perdue, Sarah qui l'accueillit.

- Qui êtes-vous ? demanda la jeune élève.
- Je suis Sarah. Je suis là pour t'aider. Et toi, comment t'appelles-tu ?
- Iris…
- Très bien, Iris, réfugie-toi vite dans la forêt et attends les instructions.

Iris hocha légèrement de la tête et en jetant un dernier regard derrière elle, elle partit droit devant elle. Sarah la suivit du regard pour vérifier qu'elle allait bien, puis elle reprit son poste et accueillit un jeune homme aux cheveux bruns ébouriffés, portant un bandeau de sport : John Bamou. La même chose qu'Iris lui fut donnée comme instruction et il partit rejoindre son amie. Il fut suivi de Mia, Lucie, Marie, Clara, Olivier, Zélie, Arthur et enfin, Ryan, ce qui rassura la jeune femme. Pourtant, elle fut un peu déçue qu'il y ait si peu d'élèves qui suivirent les instructions de leur camarade. Les autres étaient donc restés à l'intérieur... Et ils préféraient ce dessein plutôt qu'un autre plus noble.

Ruby regarda partir un par un les élèves que le blondin avait ramenés et elle fronça les sourcils. Elle arrêta le jeune garçon et lui demanda une seule chose :

-   Où se trouve ton professeur ?

L'élève leva ses yeux bruns vers la jeune femme brune aux mèches violettes puis les baissa, en fronçant légèrement les sourcils, prouvant un certain regret. Ruby comprit et le laissa partir, en serrant les dents. Elle passa son regard vers l'entrée et déclara :

-   On y va.

Kira et Sarah hochèrent la tête et prirent le chemin du retour en appelant d'un signe convenu lors de la planification de la mission leur amie Brianna qui rangea son arbalète et sauta de son arbre, atterrissant sur ses deux pieds joints, pour les rejoindre, s'enfonçant dans la forêt. Seule derrière, Ruby jeta un regard sur le lycée qui brûlait.

Lewis Bamer n'était pas parmi les élèves. La jeune femme, ayant très bien connu l'ex-assassin, savait qu'il était en train de régler quelque chose. Un danger ? Sûrement. Mais il restait tout de même imprévisible. Elle s'apprêta à partir quand elle entendit un bruit. D'un geste par réflexe, elle sortit ses deux sabres et en se retournant, pointa ses lames vers le danger. Ruby tomba nez à nez avec une jeune femme aux cheveux au carré blond vénitien qui recula d'un pas en levant les bras, surprise. Ruby haussa un sourcil et baissa ses armes. Mais alors qu'elle ouvrait la bouche pour dire quelque chose, elle entendit Marc venir vers elle qui sortait par la même entrée.

- Ruby ! Cette femme est dans notre camp.
- T'es sûr ? demanda la jeune femme.
- Oui, certain. Oliv m'en a parlé. Elle s'appelle Mélodie. Elle m'a même délivré elle-même la lettre d'Ambre pour le plan.

Ruby baissa les yeux vers Mélodie qui la fixait sans mot dire. La brune plissa des yeux pour l'examiner puis s'écarta pour la laisser passer. Mélodie hocha légèrement la tête, se retourna vers le lycée pour jeter un dernier coup d'œil. Les flammes montaient et montaient encore. Elle serra le poing et alors qu'elle allait s'en aller, Marc posa une main sur son épaule pour lui dire :

- Il va s'en sortir, ne t'en fais pas.
- Je l'espère, lâcha-t-elle.

Et elle partit, disparaissant dans la forêt. Ruby la suivit du regard puis elle se tourna vers Marc.

- Tu sais où sont les autres élèves ? demanda-t-elle.
- Les professeurs les ont évacués. J'espère juste qu'il n'y a pas de blessés… répondit-il.
- De toute façon, ce n'est plus notre affaire. Heureusement qu'ils ne passent pas par-là, en tout cas. Allons-y.
- Oui.

Les deux jeunes gens s'en allèrent alors, laissant derrière eux le lycée brûler au milieu de la forêt. Tous deux espéraient la même chose : que Lewis revienne sain et sauf. Mais connaissant le jeune homme, ils savaient qu'ils n'allaient pas le revoir de sitôt...

Chapitre 39 : La fin dans la braise

Lewis sortait de la chambre de Mélodie. Les flammes étaient grandes, immenses, belles et étincelantes. Trop belles pour être admirées, Lewis enleva sa veste pour se la mettre au-dessus de lui et éviter d'être brûlé. Il passa un mouchoir sur sa bouche et son nez, afin de ne pas respirer la fumée qui se dégageait dans le feu ardent. Les rideaux du couloir avaient bien été pris et étaient désormais en morceaux. Lewis s'avança rapidement et ouvrit une fenêtre pour faire échapper la fumée. Il toussa quelque peu et se dirigea vers le fond du couloir pour passer à l'escalier.

En marchant et tentant de ne pas se prendre une flamme, il entendit des cris et des bruits de pas qui courent. Il entendit même les voix des professeurs s'élever :

-   Par ici ! Vite ! Au gymnase !

Lewis continua de s'avancer. Son but était de voir si ses élèves allaient bien et étaient évacués comme les autres. Il descendit les escaliers quatre à quatre mais s'aperçut vite qu'il arrivait à un point où le feu barrait tout passage possible. Il se retourna pour remonter mais c'était la même chose de l'autre côté. Il soupira et secoua sa veste sur le feu pour apaiser les flammes et sortir de ce pétrin. Il descendit des escaliers et se dirigea vers un autre couloir, aussi enflammé.

En marchant, il buta contre quelque chose. Il fronça les sourcils et se baissa pour regarder. C'était un reste de torche.

Il voulut la prendre, mais il se brûla et se releva rapidement. L'ex-assassin comprit que cet incendie n'était pas accidentel. Quelqu'un avait mis le feu dans le lycée. Mais qui ? Il continua alors sa route pour chercher à comprendre.

Le feu brûlait intensément le bâtiment. Lewis crut même que le plafond allait s'effondrer. Et à tout moment, il le pouvait, puisque cela tremblait de partout. Le professeur se dit que le feu avait dû prendre il y a longtemps, et se demandait pourquoi cela avait pris autant de temps pour sonner l'alarme. Puis, il comprit.

À 22h, tout le monde dormait. Même les professeurs, à part les rôdeurs qui surveillaient l'extérieur du lycée. C'était donc le moment idéal pour commettre un incendie. Le proviseur et la directrice avaient tellement endoctriné les élèves et la Ligue, ses assassins, qu'ils étaient sûrs d'eux de prendre soin de ce bâtiment. Cependant, leur seule erreur était de croire qu'Oliver Stone reviendrait et serait resté en bon toutou à son maître. Lewis sourit à cela.

Mais il ne savait toujours qui avait provoqué l'incendie. Il continua à marcher encore et encore, jusqu'à ce qu'il entende des cris un peu plus loin devant lui. À ces hurlements de désespoir, Lewis serra les dents et se mit à courir en essayant de trouver d'où provenaient ces cris.

Au milieu de débris enflammés, se trouvait une personne à terre : c'était Alex Erase qui gémissait de douleur. Ses vêtements étaient embrasés par le feu et une poutre l'écrasait sur le sol. Peinant à se relever, le jeune homme sentait sa fin proche. Lewis l'aperçut rapidement et accourut pour l'aider.

-    Ça va aller ! Je vais t'aider, je suis là !
-    M…Monsieur… ?

- Oui, c'est moi, monsieur Bamer…
- Pourquoi… ?
- Tu es mon élève, voyons !

Lewis commença à soulever la poutre et dit à Alex :

- Vas-y vite ! Je ne vais pas tenir longtemps. Elle est lourde…

L'élève prit son courage à deux mains et sortit de cette impasse. Il poussa quelques gémissements de douleurs mais put se relever. Lewis lâcha à cet instant la poutre qui lui brûlait les mains. Le professeur regarda ses mains qui étaient rougis par les braises et souffla sur elles. Il déchira sa chemise pour se faire un bandage. Pendant ce temps, Alex l'observait. Il n'arrivait pas à croire que son professeur était venu l'aider.

- Il y en a d'autres ? Où sont tes camarades ? demanda Lewis.
- Je les ai vus partir par-là…

Alex montra l'escalier qui se situait à côté. Le professeur le remercia et lui dit de rester près de lui afin d'aller dans la cour. En descendant, Lewis sut que c'était bientôt la fin de sa mission. Il s'arrêta en milieu de chemin et dit à Alex :

- Alex. Pars devant.
- Monsieur ? Où allez-vous ? demanda l'élève.

Lewis se tourna vers lui et lui adressa un simple sourire. Il posa une main sur son épaule et se pencha vers lui.

- Préviens tes camarades que je m'en vais. Vous avez votre chemin à suivre. Mais sans moi. Suis ce que tu veux suivre. Sache que tu pourras toujours changer d'avis. Va de l'avant et deviens un homme, Alex. Vous êtes tous promis à un grand avenir.

Alex ne comprit pas vraiment les mots de son professeur mais il hocha la tête et s'en alla pour sortir dans la cour. Lewis savait qu'il allait voir les autres et leur dire ce que l'ex-assassin lui avait dit. Et Lewis savait que Ryan en serait le premier à faire parvenir ce message à ses amis.

Depuis le début, le professeur savait que le blondin n'était pas mort mais pris en charge par Ruby et ses camarades. Marc le lui avait expliqué et lui avait parlé même du plan conclu. Cependant, Lewis ne les rejoindrait pas. Il avait décidé que son chemin était terminé avec eux. Mais ça, il ne l'avait pas dit à son ami, ni à Ruby. Il avait préféré n'en rien dire, car il savait qu'ils l'en empêcheraient.

Lewis fit demi-tour et remonta en se protégeant tant bien que mal des flammes qui envahissaient les lieux de plus en plus. Les vagues de feu reculaient et avançaient en même temps et dansaient autour du jeune homme, formant une route vers le seul endroit que voulait se diriger Lewis depuis le début : le bureau de son ennemi, monsieur Naima.

Lorsqu'un QG d'assassin brûle ou s'effondre, le chef de ce QG devait rester jusqu'au bout, comme un capitaine lier à son navire qui est en train de couler. Cela montrait une certaine fierté chez les assassins de la Ligue Carpe Noctem, stipulée dans ses règles. Lewis savait donc que monsieur Naima était dans son bureau, assis sur sa chaise, en train d'attendre.

Arrivant enfin devant ce fameux bureau, le professeur ouvrit la porte et la referma derrière lui. Les flammes avaient déjà atteint la pièce, mais pas assez pour tout brûler. Le proviseur était en effet sur sa chaise de bureau en train de fumer une cigarette et quand il vit que son adversaire était enfin arrivé, il poussa un léger rire cynique et éteignit sa cigarette avant de se lever. Il mit ses mains derrière son dos et s'avança doucement. Lewis avait les poings serrés, les sourcils froncés, attendant patiemment que l'autre dise quelque chose.

- Cela faisait longtemps que j'attendais ça, dit Daniel en souriant d'un air sardonique.
- A moi aussi. Cela me démangeait depuis des jours, dit Lewis.
- Oh, vraiment ? Je croyais que vous refusiez de reprendre vos habitudes. Je suis surpris.
- Vous n'êtes pas le premier.
- Ainsi, monsieur Tellier n'avait provoqué qu'une vague de colère en vous... Oliver Stone se serait-il réveillé puis rendormi ?
- Il ne reviendra pas. Lewis Bamer est désormais devant vous, et seul.

Daniel observa attentivement le professeur puis éclata de rire.

- Si seulement vous pouviez tenir cette promesse... dit-il en riant.
- Si seulement vous compreniez que cette promesse a été tenue... dit Lewis en souriant.
- Je vous demande pardon ?
- C'est ça, le problème avec vous, dans la Ligue. Vous croyez tout contrôler, tout comprendre. Mais elle ne

m'a jamais demandé d'arrêter de tuer. Elle m'a juste demandé d'enseigner le sourire aux autres. Aux jeunes particulièrement.

- Mais alors…

Le proviseur écarquilla des yeux. Puis il contracta sa mâchoire, comprenant que le Conseil et lui-même s'étaient laissés berner par cet individu. Lewis prouvait son intelligence et sa ruse aux yeux de tous.

- Vous m'avez ouvert la porte, vous-mêmes… continua Lewis en s'approchant.
- Assez ! Vous nous avez tous bernés, soit, je le reconnais, mais je peux toujours remédier à notre fierté déjà foulée.

Dans un geste brusque et coléreux, Daniel Naima prit son poignard et s'élança sur Lewis qui esquiva avec justesse. Ce dernier remarqua la vigueur et la fougue de cet assassin qui montrait toutes ses facultés. Encore un peu, et il l'aurait blessé au bras droit. Lewis fronça les sourcils et sortit son poignard également. Le feu commençait déjà à envahir la pièce et à entourer les deux hommes. Les adversaires firent quelques pas, tournant en rond, puis s'élancèrent dans un combat féroce.

Les lames s'entrechoquèrent, les hommes voulaient se surpasser l'un l'autre et bénéficiaient une force sans égale à chaque coup. Lewis montrait une extrême agilité à éviter les coups, tandis que pour Daniel, l'attaque était son domaine où la perfection atteignait le plus haut stade de l'assassinat. Des étincelles de feu faisaient briller les yeux des combattants.

Chacun avait son camp : l'un défendait la Ligue Carpe Noctem, l'autre était contre. Lewis savait qu'il ne sortirait de ce combat que par le biais de l'assassinat. Cela lui faisait mal au cœur, mais le proviseur recommencerait ses méfaits et quoiqu'il en coûte, il fallait gagner du temps pour les enfants qui s'enfuyaient de cet endroit sordide.

Alors qu'ils se reculaient pour reprendre leur souffle, Daniel éleva la voix en souriant :

- Je trouve ça surprenant qu'elle vous ait parlé, à vous et pas à un autre.

Lewis haussa un sourcil, ne comprenant pas.

- De quoi parlez-vous ?
- De Marie, évidemment. La jeune femme que vous avez aimée auparavant. C'est drôle de savoir que nous avons eu affaire à la même personne.
- Comment ?

Le professeur n'en revenait pas. Monsieur Naima venait de dire qu'il connaissait Marie. Comment cela pouvait-il être possible ? Daniel hocha légèrement la tête et s'approcha de Lewis, qui recula d'un pas.

- Vous n'êtes pas le seul à l'avoir connue. Sûrement pas. Et vous auriez dû mieux la protéger. Cette femme faisait agiter la Ligue tout entière, continua le vieil homme.
- Vous voulez dire…

- Oui. Je faisais partie de ceux qui devaient la tuer. Cette mission d'assassinat n'avait pas été donnée à qu'une seule personne. J'étais chargé de l'assassiner.

Lewis ouvrit grand ses yeux. Mais avant qu'il put réagir, Daniel enfonça son poignard dans son épaule, ce qui lui fit lâcher un long gémissement de douleur. Monsieur Naima sourit, son regard assassin plongeant dans les yeux de sa victime pour murmurer ces quelques mots d'une voix suave :

- J'aurais dû la tuer. Elle m'a juste rappelé quelqu'un. Sinon… Elle aurait connu un plus triste sort que ce qu'elle a connu.
- Va te faire…

A ces mots, Lewis prit le poignet de Daniel et le repoussa violemment avec un coup dans la mâchoire. Surpris, le proviseur tomba par terre et regarda, effaré, Lewis qui s'avança vers lui, retirant le poignard de son épaule saignante. Les yeux de l'ex-assassin n'avaient pas changé l'aura imposante du jeune homme. Il gardait une certaine prestance vis-à-vis de Daniel, gardant le visage fier. Il lui montrait aussi sa grandeur et du fait qu'il serait prêt à tout pour achever son plan.

Le proviseur sut que c'était bientôt sa fin. Mais il tenta encore un coup. Il mit un coup de pied dans le genou de Lewis qui, sous ce coup désespéré, étouffa un cri et se recula en titubant, près du bureau. Posant une main bandée sur la table, le professeur posa son autre main sur sa jambe, reprenant ses esprits. Daniel en profita pour lui mettre un coup de poing au menton, puis au torse. Lewis se prit les coups et tomba à genoux, par terre, toussa et cracha un peu de salive mêlée au sang. Pendant qu'il agonisait, monsieur Naima s'approcha lentement, se baissant pour reprendre son arme, et l'achever.

Il s'avança ensuite vers Lewis qui avait le dos tourné à lui et leva son poignard afin de le tuer à cet instant. Il sourit de toutes ses dents, montrant aussi la brillance de sa dent en or, l'horreur jaillissant de ses yeux d'assassin, profitant d'une belle occasion de savourer le moment d'achever une proie qu'il visait depuis bien longtemps.

Cependant, il s'arrêta. Ses yeux s'écarquillèrent, sous la surprise et l'étonnement, puis son visage devint pâle comme un mort. Ses grosses mains tremblantes lâchèrent péniblement l'arme qui tomba sur le sol brûlé et l'homme baissa doucement vers son propre ventre. Du sang tâchait ses vêtements et formait déjà toute une mare rougeoyante. Ses oreilles n'entendaient plus, il voyait flou. Il ne vit juste que le visage rayonnant de son ennemi juré…

Lentement, son corps le lâcha et Daniel Naima perdit tout sens de la vie. Les flammes l'emportaient dans une tombe de braises.

Ainsi était la fin d'un criminel sans cœur.

Epilogue

La pluie avait déjà commencé à tomber et à éteindre d'elle-même le feu qui avait détruit le lycée, avant que les pompiers appelés par un villageois qui s'inquiétait de cette épaisse fumée qui se dégageait de la forêt n'arrivent. Etant donné que c'était un village abandonné, au beau milieu de nulle part, les secours tardaient à arriver. Quand ils sont arrivés et purent éteindre les restes de flammes, ils découvrirent les corps sans vie des rôdeurs à l'extérieur du lycée, ainsi que le fameux cimetière d'élèves près de l'épais et imposant mur qu'avait découvert Ryan lors de sa fugue. Ce fut une découverte flagrante qui resta comme un mystère non résolu par la police du coin. Le corps du proviseur Daniel Naima fut retrouvé dans les décombres, à moitié brûlé. On ne put définir la cause de sa mort.

Il n'y avait plus personne sinon, à part ces corps qui furent enterrés dans les semaines qui suivirent. La police fit tout de même une enquête, mais finalement, ils conclurent que c'était un accident et déclarèrent cette affaire sans suite. Ce qui intrigua beaucoup la population, et le village fut rapidement envahi par les touristes, intéressés par ce mystère. Les gens racontent maintenant des légendes autour de ce bâtiment en ruine et disent que les fantômes des morts de l'incendie rôdent dans les alentours.
Certains croient que c'était un simple accident, d'autres non et pensent que c'est un coup surnaturel, ou même un complot

organisé. On raconte que la police a retrouvé des instruments de torture dans l'école ou encore que les survivants de l'incendie faisaient partis d'une secte. Mais, ce ne sont que des histoires…

Cependant, que sont devenus les élèves de monsieur Bamer qui se sont enfuis avec Ryan ? Ruby et ses amies avec Marc les ont emmenés au village où les attendait une jeune femme portant un violon dans son dos, nommée Ambre Zadig ainsi que le curé du village. Ce dernier avait confié sa maison à Ruby pour garder en lieu sûr Ryan. Il avait aidé Ambre pour le plan, même s'il n'était pas forcément d'accord pour tuer.
Ryan l'avait croisé lorsqu'il passa ses quelques jours dans cette fameuse maison. Le père avait discuté avec lui et ce fut peut-être à l'issue de cette conversation que Ryan fut convaincu qu'il fallait sortir de ce lycée répugnant. Lorsque les enfants atteignirent le village et rencontrèrent l'abbé et Ambre, la violoniste les accueillit et leur dit qu'à partir de cette soirée, le curé allait prendre soin d'eux.

- C'est une personne de confiance, dit Ambre. L'abbé Georges tient un couvent un peu plus loin où des religieuses prendront soin de vous. Ils ont un orphelinat aussi, où des enfants de tout âge sont gardés.

Les élèves ne répondirent rien et se regardèrent. Ryan était devant et hocha légèrement la tête. Il se tourna vers ses camarades, ou plutôt ses amis :

- Qu'est-ce que vous choisissez ?

Il y eut un silence puis une voix discrète s'éleva :

-   Je vous suis.

Zélie – c'était elle – s'avança et s'approcha du prêtre. Elle leva légèrement la tête vers l'homme religieux et dit :

-   Merci de nous accueillir.
-   Vous êtes ici chez vous, mon enfant, répondit en souriant le curé.

Olivier s'avança également et prit la main de la jeune fille en lui disant :

-   Et là où tu iras, Zélie, j'irai aussi.

La jeune fille regarda son ami et serra doucement sa main en lui souriant timidement. Ryan les regarda faire et un simple petit rictus s'esquissa sur ses lèvres. Les voir ensemble lui procurait étrangement une joie intense. Soudain, il sentit une main prendre la sienne délicatement. Il tourna la tête et aperçut Clara qui se tenait droite et déterminée.

-   Pareille pour moi, dit-elle.
-   Ah oui ? dit Ryan, amusé.
-   Mais pas… Enfin… Pas ce que tu crois ! pouffa-t-elle en détournant le regard.

Ryan éclata de rire.
Arthur s'avança avec Marie vers le curé et dit la même chose que Zélie, tandis que John et Mia, ainsi qu'Iris et Lucie restaient en retrait. Ambre s'adressa à eux :

-   Vous venez aussi ?
-   Si John vient, je viens aussi, répondit Mia.

John sourit un peu et hocha la tête. Iris regarda les deux jeunes gens et baissa un peu les yeux. La pluie tombait à fines gouttelettes, cachant les petites larmes qui coulaient sur ses joues. La jeune fille sentit tout de même une main se poser sur son épaule. Lucie était là, près d'elle. Elle lui adressa un sourire, Iris le lui rendit et les deux levèrent leurs regards vers Ambre et le curé pour répondre d'un simple hochement de tête.

Ainsi marquait la fin de tout. La fin d'un destin qui n'était pour eux. Le curé s'occupa donc des enfants et commença à les emmener chez lui pour les réchauffer, avant de les accompagner à l'orphelinat du couvent.
Ambre les regarda partir puis elle se tourna vers ses amies et Marc. Elle leur sourit.

-   Merci.
-   Y a pas de quoi, dit Brianna en s'étirant. Toujours un plaisir de faire équipe avec vous.
-   Tu pourras toujours compter sur nous, dit Kira en lui rendant son sourire.

Ruby, Sarah, Kira et Brie partirent de leur côté, laissant Marc et Ambre seuls. Les deux se regardèrent et Marc, un peu gêné, détourna le regard. Ambre sourit doucement.

-   Ça fait longtemps, Marc.
-   Oui… C'est vrai.

Sous la pluie, les deux jeunes gens se regardèrent puis sourirent l'un et l'autre avant de repartir, ensemble, pour rejoindre les autres qui les attendaient. Au loin, une personne les regardait, en souriant, avant de prendre un autre chemin opposé au leur.

L'histoire pouvait maintenant continuer…

Postface

Et voilà que se termine mon premier roman (enfin, premier…
Il y en a eu d'autres, mais c'est celui-là dont je suis le plus
fière.) Cela me rend toute drôle de savoir que *Le Poignard du
Sourire* est enfin fini… Cela fait deux ans que je travaille
dessus, et cela va se rallonger avec les autres qui arriveront
par la suite. Je suis heureuse que vous avez suivi jusqu'au
bout, cela me fait très plaisir, et encore plus si vous l'avez
aimé !

Quand je terminais un chapitre, je me disais : « enfin fini,
passons à l'autre ! Pourvu que ça soit vite la fin ! » Et
finalement, j'ai pris plaisir à écrire, au point que je prenais
mon temps, même si la passion pouvait me prendre un temps
et me faire terminer un chapitre en moins de trois heures !
L'écriture est vraiment un domaine fabuleux pour s'évader.
Je m'évade sûrement un peu trop, mais au moins, j'écris pour
moi. J'ai tellement observé durant ma vie (qui n'est pas finie
heureusement) qu'il y a tant de choses à décrire, à dire !
Je me suis demandée s'il fallait faire une saga de mon univers,
mais faire des tomes à la suite ne me tentait pas tellement. Je
pense qu'il vaut mieux s'arrêter là pour Lewis Bamer/Oliver
Stone et ses aventures. C'est un personnage culminant, je le
sais, mais beaucoup trop de monde portent trop d'importance
à certains personnages, alors que c'est à l'auteur de choisir.

Au bout d'un moment, il faut se dire « stop ». Les sagas, ce n'est pas tellement ma tasse de thé. Trop de livres à lire à la suite… Oui, j'ai la flemme.

Cependant, quand l'univers ne se décompose qu'en plusieurs aventures, et non à s'arrêter qu'à l'histoire du personnage principal – son passé par exemple – mais d'aller un peu plus loin dans la quête qu'il fait, je trouve ça passionnant.
Ce que je veux dire par-là, c'est que je ne veux pas qu'un seul personnage marque les lecteurs. Je voudrais permettre aux autres de se développer avec leurs propres aventures, parce qu'eux aussi ont leurs secrets ! C'est une chose importante en réalité, et surtout dans la vie commune. La popularité d'un seul personnage déteint sur les autres qui sont écartés alors qu'ils ont tout aussi bien que le premier des choses à offrir. C'est un détail de ma vie qui m'a intriguée.
Quand je demande à mes amies quel personnage elles préfèrent, le plus souvent ce n'est pas Lewis Bamer qui ressort. Et cela me fait plaisir que cela ne soit pas que lui. Ruby, Daniel Naima, Marc Guy, Ryan, Mia etc… Beaucoup ont des caractères différents et se présentent comme des piliers de l'univers. Vous les reverrez très bientôt, évidemment ! La Ligue Carpe Noctem n'a pas dit son dernier mot !

Deux ans que j'ai écrit ce roman… C'est assez émouvant quand j'y pense. Quand j'avais terminé un chapitre, je disais à certaines de mes amies : « c'est bon, allez lire ! » Cela peut paraître un peu orgueilleux, dis comme ça… Mais qui n'a pas envie d'être reconnu ?
Tout ce que j'ai écrit, c'est pour transmettre un message. Ce que j'ai vécu dans mon histoire à moi, c'est important pour

moi. Je n'aurais jamais cru que je serais arrivée jusque-là aujourd'hui, et si je n'avais pas vécu ces périodes-là, qui sait ce que je serais devenue ? Je trouve qu'il est très important de développer ses qualités. C'est comme une fleur qui déploie ses pétales. C'est comme un oiseau qui déploie ses ailes.

Ma vie n'a pas été facile. Mais j'espère de tout cœur que je réussirai à montrer ce que je vaux. Et je l'ai peut-être déjà montré.

Toi qui lis ce message, je te remercie du fond du cœur d'avoir lu cette histoire. J'espère qu'elle t'apportera beaucoup de choses. Certes, elle n'est pas jolie quand on voit qu'il s'y passe, c'est même horrible, toute cette injustice ! Mais sache que cette injustice, qui existe belle et bien, peut se dissoudre. Justice sera toujours rendue un jour ou l'autre. Mais cela prend du temps…

Il y a beaucoup de choses dont j'ai parlées au cours de ce roman, ce sont des choses qui existent ou qui pourraient exister. Il faut juste que tu cherches ce que sont ces choses dont je parle. Ce n'est pas facile, mais toute énigme a une solution.

J'ai toujours espéré. Et j'espère toujours. La vie est un don. Mais on la dénature facilement et je trouve cela triste. On juge un amour noir qui n'existe pas, on juge un espoir non existant qui existe. On souhaite détruire tout bonheur, alors qu'on veut être heureux.

La nature humaine est passionnante mais triste, et parfois pathétique. Mais ce qui rend pathétique peut être unique. Il suffit d'un peu d'amour dans ce monde si malheureux.

On a tous envie d'obtenir le bonheur qu'on souhaite et qu'on mérite tous.

Souvent, je pense que je ne mérite pas d'être heureuse. Après tant de rejets que j'ai reçus alors que je ne voulais qu'être aimée, pourquoi devais-je continuer à vivre ? Parce que j'avais toujours quelqu'un près de moi. Je suis heureuse d'être ici aujourd'hui à écrire cette postface.

Je rêve encore, je vis encore, et c'est une grande joie de continuer à développer mes qualités et à découvrir encore plus de choses.

Je suis si heureuse de terminer un roman qui me tient à cœur.

Je vous dis à bientôt.

Remerciements

Je remercie à toute ma famille de m'avoir soutenue et de me soutenir encore dans les moindres cas et soucis. Dans ma vie particulièrement.

Je remercie mes chères amies Alexandra, Emmy, Charlotte et Lina de m'accompagner à chaque période, chaque pas que je fais. Et bien sûr, à toi aussi, Julien.

Je remercie La Source de m'avoir accueillie, alors que je me sentais un peu perdue.

Je remercie mon cher ange gardien de veiller sur moi.

Merci à mon grand-père d'être là pour moi.

Merci à ma grand-mère. Prends soin de toi.

Merci à chaque lecteur d'avoir lu cette histoire.

Et merci à toi, Lewis Bamer, mon cher petit assassin de cœur, d'être entré dans ma vie.

A bientôt.

Table de matières